本书为"加勒比文学史研究（多卷本）"（21&ZD274）阶段性成果

加勒比文学"简·爱"塑形研究

张雪峰 著

首都师范大学出版社
CAPITAL NORMAL UNIVERSITY PRESS

图书在版编目(CIP)数据

加勒比文学"简·爱"塑形研究/张雪峰著.—北京：首都师范大学出版社，2024.3

ISBN 978-7-5656-7881-3

Ⅰ.①加… Ⅱ.①张… Ⅲ.①女性-人物形象-文学研究-西印度群岛 Ⅳ.①I750.06

中国国家版本馆 CIP 数据核字(2023)第 206200 号

JIALEBI WENXUE JIAN AI SUXING YANJIU
加勒比文学"简·爱"塑形研究
张雪峰　著

责任编辑　禹　冰
首都师范大学出版社出版发行
地　址　北京西三环北路 105 号
邮　编　100048
电　话　68418523(总编室)　68982468(发行部)
网　址　http://cnupn.cnu.edu.cn
印　刷　北京印刷集团有限责任公司
经　销　全国新华书店
版　次　2024 年 3 月第 1 版
印　次　2024 年 3 月第 1 次印刷
开　本　890mm×1000mm　1/32
印　张　7.125
字　数　172 千
定　价　32.00 元

序

　　欧洲殖民历史造就了加勒比地区多元民族与种族混杂的社会现实，也就此形成了加勒比地区多元文化杂糅的克里奥尔文化地貌。然而，这一杂糅文化地貌特性却被整齐划一的后殖民理论体系所淹没。脱离具体历史文化语境，一味强调民族、种族矛盾，一味凸显殖民与反殖民意识对立性的理念，不仅使后殖民批评陷入为反抗而反抗的单一循环模式，也使后殖民女性批评陷入民族、种族元素与女性性别元素厚此薄彼的尴尬境地。作为后殖民文学研究重地的加勒比文学，受到这种评价准则的影响自然在所难免，而加勒比克里奥尔文化地貌的杂糅性特征以及存在于加勒比文学与西方文学之间的文学文化互动关系也因此被忽略。

　　基于此，本书以加勒比"简·爱"的塑形为切入点，以两位加勒比女性作家简·里斯（Jean Rhys）与牙买加·金凯德（Jamaica Kincaid）的作品为主要研究对象，依托于不同文学文化间的互动与对话以及回归具体历史语境分析文本的后殖民文学研究思路，以跨民族、跨种族与跨文化比较为研究路径，在加勒比文学与欧洲文学、加勒比女性文学与西方女性文学交叉的文化语境内，通过对里斯的《黑暗中的航行》（*Voyage in the Dark*，1934）与《藻海无边》（*Wide Sargasso Sea*，1966）以及金凯德的《安妮·约翰》（*Annie John*，1985）与《露西》（*Lucy*，1990）等主要文本进行分析与解读，探讨"简·爱"女性形象在加勒比女性文学中的展现及其历史嬗变，管窥自《简·爱》开始的女性话语在加勒比社会文化语境中的流变与变形，挖掘加勒比女性叙事背后错综交织的文化内涵。概言之，里斯与金凯德作品中加勒比"简·爱"女性形象塑形研究的实质，是以文本影响研究推动文化影响研究，其最终目的是跳出后殖民研究固化的对立性与反抗性思维窠臼，通过探讨加勒比女性文学与西方女性文学在文学表现主题与形式层面的重合与差异，折射西方文学与后殖民文学在文学与文化层面的对话关系，指向后殖民文学跨民族、跨文化的交叉化研究路径。

进入 21 世纪以来，世界文学空前繁荣，作为世界文学版图中的一颗璀璨明珠，加勒比文学自有其独特光芒。本书只是探索了加勒比文学世界的冰山一角，希望能够吸引更多研究者关注加勒比文学，一起探索加勒比文学的过去、现在与未来。

本书是在我博士学位论文基础上修改而成的。感谢恩师王丽亚教授的指导，是她鼓励我勇敢地探索加勒比女性作家的世界。感谢章燕教授、蒋虹教授、陈永国教授、陈世丹教授和马海良教授在开题与答辩环节给予的宝贵建议。感谢周敏教授"加勒比文学史研究（多卷本）"项目团队的帮助。感谢首都师范大学大学英语教研部资助本书出版。另外，本书个别章节已以论文形式在《当代外国文学》《妇女研究论丛》《广东外语外贸大学学报》等刊物发表，在此谨致谢忱！

本人才疏学浅，书中错误和疏漏之处在所难免，还请专家学者批评指正。

张雪峰

2023 年 4 月 18 日

目 录

导　论

伯莎是简最真实和最黑暗的重影：她代表了孤儿简的愤怒，代表了简自盖茨黑德生活的日子以来一直试图压制的暴力和秘密的自我。

——[美]桑德拉·吉尔伯特·苏珊·古芭

小时候读《简·爱》时，我就想为什么她（勃朗特）要将克里奥尔女人描写为疯女人？将罗切斯特的妻子伯莎描写为一个糟糕的疯女人是多么羞辱的事情……

——[英]简·里斯①

---

　　①　里斯出生于英属西印度群岛的多米尼加共和国，后定居英国。文学史中多将其定义为英国作家。

本书是以加勒比"简·爱"的塑形为聚焦点①,以两位加勒比女性作家简·里斯(Jean Rhys,1890—1979)与牙买加·金凯德(Jamaica Kincaid,1949—)的作品为主要研究对象,在加勒比文学与欧洲文学、加勒比女性文学与西方女性文学交叉的文化语境内,通过对里斯的《黑暗中的航行》(*Voyage in the Dark*,1934)与《藻海无边》(*Wide Sargasso Sea*,1966)以及金凯德的《安妮·约翰》(*Annie John*,1985)与《露西》(*Lucy*,1990)等主要文本进行分析与解读,探讨"简·爱"女性形象在加勒比女性文学中的展现及其历史嬗变,从而实现两个研究目的:一是通过剖析里斯与金凯德作品中的西印度"简·爱"女性形象塑形的叙事特征,审视加勒比女性文学与西方女性文学在形式与内容上依赖与断裂共存的文学"母女"纽带关系,管窥加勒比女性意识与女性身份的动态建构历程,洞察女性话语传统在加勒比历史文化语境中的嬗变。二是旨在以文本研究映射文化研究,通过里斯与金凯德有共性亦有差异的克里奥尔女性视角透视加勒比社会历史文化的变迁,纵观英殖民文化与加勒比地区克里奥尔文化间的双向影响,即着重于探究英殖民文化与加勒比地区非裔文化传统对于欧洲白人与加勒比非裔黑人的共时性影响,从而修正后殖民文学研究中白人殖民者与黑人被殖民者之间对抗的定式思维模式,阐释加勒比地区欧洲文化与非裔文化之间的杂糅性。

共同的英殖民历史与殖民教育使得我们能够将里斯、金凯德与勃朗特这三位跨越历史、民族、种族与社会文化差异的女性作家的作品联系起来:熟读《简·爱》的加勒比克里奥尔白人作家里

---

① 西印度群岛(West Indies/West Indian)通常指加勒比地区前英属殖民地,如牙买加、特立尼达和多巴哥、巴巴多斯以及安提瓜、圭亚那等。而"加勒比"(Caribbean)一词则指涉该地区所有的岛国。为便于论述,文内所提及的加勒比文学或西印度文学均指涉加勒比英语文学。

斯在采访中愤怒地表达道："小时候读《简·爱》时，我就想为什么她（勃朗特）要将克里奥尔女人描写为疯女人？将罗切斯特的妻子伯莎描写为一个糟糕的疯女人是多么羞辱的事情……"①。熟读《简·爱》的加勒比非裔黑人作家金凯德在1991年的一次采访中亦坦言道："对这个女孩（露西）的人生有特殊影响的就是《简·爱》。"②对于里斯的《藻海无边》，后殖民文学批评界达成的共识是它逆写、改写或颠覆了勃朗特《简·爱》中的殖民话语力量，凸显了受压制的被殖民者的声音③；对于金凯德的《露西》，加勒比文学评论界普遍接受的观点是它"重写了勃朗特的《简·爱》中一个年轻女性追求独立自主生活的故事"④。倘若暂时放下这些逆写、改写、重写等掷地有声的后殖民批评术语，暂时摘下殖民意识与反殖民意识形态的放大镜，我们会发现共同的女性身份诉求才是连接《藻海无边》《露西》与《简·爱》的黏合剂，里斯作品中那个疯癫的安托瓦内特（Antoinette）和金凯德作品中那个愤怒的露西与勃朗特笔下的简·爱一样，都在抗议女性的从属地位，都在追求女性精神的独立。安托瓦内特和露西这样的加勒比女性人物与简·爱这样的西方女性人物都是在为被压制的女性话语而抗争，这种女性抗争意识既可以跨越地域、时间、民族与种族范畴的界限，又可以在不同的地域、时间、民族与种族范畴内产生女性话语形式的变形，就如同勃朗特笔下的简·爱所预言的那样："没

① Vreeland E. Jean Rhys: The Art of Fiction LXIV [J]. Paris Review, 1979 (76), p. 235.

② Vorda A. An Interview with Jamaica Kincaid [J]. Mississippi Review, 1991, 20(1－2), p. 22.

③ Tiffin H. Post-Colonial Literatures and Counter-Discourse [J]. Kunapipi, 1987, 9(3), pp. 17－34. 另外亦参见 Ashcroft B, Griffiths G & Tiffin H. The Empire Writes Back: Theory & Practice[M]. New York: Routledge, 1989, p. 192.

④ Simmons D. Jamaica Kincaid [M]. New York: Twayne Publishers, 1994, p. 58.

有人知道除了政治反抗之外，有多少反抗在人世间芸芸众生中酝酿着"①。

因此，里斯与金凯德作品中加勒比"简·爱"女性形象塑形具体指涉的是以勃朗特塑造的简·爱这一女性经典形象为参照蓝本，重点凸显简·爱这一形象所产生的普适的女性意识与女性精神价值在里斯与金凯德这两位加勒比女性作家文本中的延续与变形，通过探寻加勒比女性文学与西方女性文学在内容与形式上存在的女性文学纽带关系，展现加勒比女性身份叙事策略，挖掘加勒比女性文本背后交织的社会文化元素，审视加勒比社会文化与西方殖民文化之间的双向交互影响。虽然将勃朗特的《简·爱》与里斯、金凯德的作品并置引入，但本书并非要着重探讨里斯与金凯德的作品与《简·爱》之间具体的文本互文关系，也并非要探讨简·爱这一女性形象对里斯与金凯德笔下的女性人物的具体影响，而是将简·爱视为女性意识与女性诉求的象征，并将这一女性共性认知与加勒比地区的民族、种族与历史文化语境差异相结合，以加勒比女性叙事话语折射民族、种族与历史文化差异所产生的女性主义话语传统的流变与变形，透视女性文本背后混杂的文化交汇。因此，加勒比女性"简·爱"的形象塑形是基于女性共性认知，但又有民族、种族与历史文化语境差异的女性意识和精神的隐喻，是连通加勒比后殖民女性文本与西方殖民女性文本、加勒比后殖民社会文化与西方殖民社会文化的桥梁。概言之，里斯与金凯德作品中加勒比"简·爱"女性形象塑形研究的实质是以文本影响研究推向文化影响研究，其最终归宿是借助加勒比女性文学叙事这一视角，双向审视女性文本研究与加勒比后殖民社会

---

① Bronte C. Jane Eyre: with Related Readings [M]. New York: Glencoe/McGraw-Hill, 2000, p. 95.

文化研究的纵横交织，搭建起西方殖民女性文本与加勒比后殖民女性文本以及西方殖民社会文化与加勒比殖民地社会文化之间共性与差异、重合与分歧、联合与对抗多重关系并存的对话平台。

具体来说，里斯与金凯德作品中的加勒比"简·爱"女性形象塑形研究的意义主要体现在两个关系层面。

第一个关系层面是女性文本关系层，这其中既有加勒比女性文学与西方殖民女性文学的外部文本关系层，又包含不同时代、地域、民族与种族的加勒比女性文学内部的文本关系层。其核心是以简·爱所传承的普适的女性性别身份意识为契机，弥合加勒比女性文学与西方女性文学之间因意识形态差异而形成的隔阂，透视自简·爱开始的女性主义文学传统在后殖民时代的衍变与流变，将共性的女性身份诉求与加勒比地区具体的殖民历史、种族、民族等社会文化特征进行整合，挖掘加勒比女性身份建构的多元性。因此，这既是一次对加勒比女性身份建构的探寻历程，又是一次对自简·爱开始的女性主义文学书写的修正历程。女性批评家里奇(Adrienne Rich)指出："修正就是一种回顾的行为，是以新的眼光、新的批评角度审视旧文本的行为。对我们而言，它不仅仅是文化历史中的一个篇章，它是使我们存活下来的一种行为。"[①]作为受殖民教育的后殖民女性作家，里斯与金凯德既是殖民文化的被动接受者又是写作主体，既是《简·爱》的阅读者又成为其新的写作者，里斯与金凯德笔下的加勒比"简·爱"女性形象的塑形叙述正是以对于《简·爱》这一西方殖民文本与女性主义文本的阅读与重新审视为写作起点，以加勒比历史文化与欧洲历史文化的交叉为文化语境参照，从而实现对于女性文本在加勒比

---

① Rich A. When We Dead Awaken: Writing as Revision[J]. College English, 1972, 34(1), p. 18.

历史文化语境中的修正历程。

如果说女性主义评论家肖尔瓦特(Elaine Showalter)将勃朗特笔下平凡、独立坚韧、不甘屈服又充满反叛精神的简·爱推崇为具有"革命性影响"的女性形象的先驱的话①，那么吉尔伯特(Sandra M. Gilbert)与古芭(Susan Gubar)则是进一步将其视为女性"自我与灵魂对话"的完美传递者，稳固了简·爱这一女性形象的经典地位②。此后，无论是对简·爱这一女性形象背后的殖民意识形态的挖掘，还是对于其背后的社会、经济、文化以及女性欲望的探索③，都无法阻挡这一经典女性形象被赋予女性对任何压迫(殖民、男权等)予以顽强抗争以及追寻女性自我身份的女性主义使命，而简·爱这一经典女性形象所承载的积极力量与里斯和金凯德作品中的女性人物的诉求完全吻合。无论是《藻海无边》中的安托瓦内特、《黑暗中的航行》中的安娜、《安妮·约翰》中的安妮，还是《露西》中的露西都淋漓尽致地再现了简·爱所延续的女性主义诉求。里斯与金凯德作品中或疯癫或出离愤怒的女性人物只是将勃朗特笔下简·爱的女性抗争精神移植到加勒比地域，使其产生语境化的变形，塑造加勒比"简·爱"女性形象，从而探寻隶属于加勒比女性自己的女性话语特征，映射加勒比殖民历史与

---

① Showalter E. A Literature of Their Own: British Women Novelists from Bronte to Lessing [M]. New Jersey: Princeton UP, 1977, p. 122.

② Gilbert S M, Gubar S. The Madwoman in the Attic: The Woman Writer and the Nineteeth-Century Literary Imagination[M]. New Haven/London: Yale University Press, 1979, p. 336.

③ 在布鲁姆主编的《夏洛特·勃朗特的〈简·爱〉》这一文集中，哈代(Barbara Hardy)、伊格尔顿(Terry Eagleton)等批评家详细地剖析了《简·爱》背后的社会、经济、文化等因素。参见 Bloom H. Charlotte Bronte's Jane Eyre[C]. New York: Chelsea House Publishers, 1987, pp. 21—46;而阿姆斯特朗(Nancy Armstrong)则是将女性性欲望与小说的发展史结合，揭示小说这种叙事形式背后的政治权力。参见 Armstrong N. Desire and Domestic Fiction: A Political History of the Novel[M]. New York and Oxford: Oxford UP, 1987, pp. 186—198.

后殖民社会文化特征。

　　然而，强调里斯与金凯德作品中的女性人物与勃朗特作品中女性人物共同的女性诉求并不意味着忽视女性话语的种族、民族与社会语境差异，虽然以吉尔伯特为代表的西方女性批评家也承认疯女人伯莎被压制的"愤怒与叛逆"[①]，但却仅仅视伯莎为蜷缩于简·爱内心的另一个"最真实、最黑暗的自我"[②]，只是强调了女性话语的共性诉求，却忽略了女性身份具体的种族、民族与社会历史文化差异，这也正是为后殖民女性文学评论所诟病之处。而 20 世纪末以斯皮瓦克（Gayatri Chakravorty Spivak）为代表的后殖民女性批评者毅然崛起，她们肢解了以简·爱这一西方女性主义典范所构建的理想化世界，将里斯重写疯女人伯莎的叙事策略推崇为第三世界女性属下反抗帝国主义意识的"'非理论性的'且具有明确公正性的方法论"[③]。但是这种后殖民女性批评的焦点又过度集中于逆转殖民关系与殖民意识形态之上，殖民地女性身份与女性话语诉求的微弱声音常被淹没于反抗殖民意识的主流浪潮中，殖民地女性身份与女性话语诉求应该具有的民族、种族与社会语境的差异性与多元性也同时被忽略。重塑、重写西方女性文学文本也仅仅被视为反抗殖民意识的策略与手段，至于后殖民女性文本与西方女性主义文本之间的关联性，也常被笼统地归类为反抗殖民意识的挪用策略，这二者在女性主义文学叙事内容与形式上的关联性与延续性则是被浓烈的反殖民意识情怀所阻断，形成因民族、种族与社会历史差异而势不两立的博弈阵营。

　　① Gilbert S M & Gubar S. The Madwoman in the Attic: The Woman Writer and the Nineteeth-Century Literary Imagination[M]. New Haven/London: Yale University Press, 1979, p. 339.

　　② Ibid., p. 360.

　　③ Spivak G C. Three Women's Texts and a Critique of Imperialism[J]. Critical Inquiry, 1985, 112(1), p. 243.

评论家苏勒莉(Sara Suleri)说过:"后殖民理念自身常被掠夺了历史具体性,只是起到了将任何话语形式的争论都化为预先设定好的讽喻的功能。"①脱离具体历史语境,一味强调民族、种族矛盾,一味凸显殖民反抗意识的理念主旨不仅使得后殖民批评陷入为后殖民而后殖民的单一循环模式,也使得后殖民女性批评陷入重民族、种族元素而轻女性性别元素的尴尬境地,至于西方女性文学文化与后殖民女性文学文化间的对话交流更是无力触及。为此,诸多评论者纷纷呼吁后殖民批评理性化的评析转向。批评家里奥内特(Francoise Lionnet)指出,"展现差异并不是要鼓励我们退入新的死胡同,并不意味着将我们自己陷入简单的对抗论实践或是枯燥的斥责、拒绝圈"②;蒂姆(John Thieme)在探讨逆写殖民经典的后殖民文本复杂的混杂性时亦指出,"它们(后殖民文本)逆写经典的反话语是以多种多样的方式展现的,将它们一并贴上'反抗'的标签显然太过于以偏概全"③;蒂纳(Seodial Frank H. Deena)则直言"后殖民研究不应该是为复仇或谴责而为之,而应该是呼吁理性的分析"④。因此,在跨民族、跨文化文学发展的大语境下,在理性的文化对话中重新审视西方文学与后殖民文学在文学与文化层面的关系,展现殖民地民族、种族、性别背后多元、杂糅的文化传统就成为后殖民文学的新需要。而对于同时兼顾民族、种族与性别等多个话语诉求的后殖民女性文学研究而

---

① Suleri S. Woman Skin Deep: Feminism and the Postcolonial Condition[J]. Critical Inquiry, 1992, 18(4), p. 758.

② Lionnet F. Autobiographical Voices: Race, Gender, Self-Portraiture[M]. Ithaca: Cornell UP, 1989, p. 5.

③ Thieme J. Postcolonial Contexts: Writing back to the Canon[M]. London and New York: Continuum, 2001, p. 3.

④ Deena S F H. Situating Caribbean Literature and Criticism in Multicultural and Postcolonial Studies[M]. New York: Peter Lang Publishing, 2009, p. 28.

言，回归具体的历史文化语境，将民族、种族与女性性别元素一并糅合，重新梳理西方女性文学与后殖民女性文学间错综交织的网状关系，强调民族、种族差异的同时又能关注其共性的女性身份诉求，探求女性共性的身份诉求时又不忽略民族与种族文化的差异性与多元性，就成为解决"民族与性别究竟哪一个应该先置"以及"女性话语如何同时表征女性与民族这两个范畴"等问题的有效路径①，而这也正是本书对于加勒比文学"简·爱"女性形象塑形叙事中呈现出的文本与文化杂糅性进行研究的意义所在。本书所言的里斯与金凯德作品中加勒比文学简·爱塑形研究正是要在探求加勒比女性文本与西方女性主义文本之间共通的女性意识与女性认知纽带的基础之上，关注女性主义话语与加勒比地区具体的种族、民族与社会语境相融合之后呈现出的弹性与灵活性，将女性身份话语与加勒比地区具体的民族、种族矛盾以及具体的社会文化语境相连接，搭建起加勒比女性文学与西方女性主义文学这一女性主义外部话语层，以及加勒比克里奥尔白人女性文本与加勒比非裔黑人女性文本这一加勒比女性文学内部话语层的互动平台，形成对女性话语流变由内而外、内外结合的双层审视通道。

　　第二个关系层面是加勒比地区欧洲殖民文化与加勒比非裔黑人文化之间的双向文化影响。虽然同为加勒比女性作家，里斯常被界定为加勒比克里奥尔白人女性作家，而金凯德则时常被界定为加勒比黑人女性作家，这主要源于里斯与金凯德及其作品中女性人物鲜明的民族、种族身份差异。无论是《黑暗中的航行》中流落伦敦街头的安娜，还是《藻海无边》中被囚禁于黑暗阁楼里的安

---

① Suleri S. Woman Skin Deep：Feminism and the Postcolonial Condition[J]. Critical Inquiry，1992，18(4)，pp. 759－760.

托瓦内特,都集中呈现的是克里奥尔白人女性的叙事视角,而这一叙事视角就成为评判里斯是否具有殖民意识倾向的主要准则①,亦一度引发加勒比文学界对里斯加勒比作家身份的质疑与争论②。而金凯德作品中的女性主人公则无一例外地全部是加勒比黑人女性,安妮、露西以及《我母亲的自传》(*The Autobiography of My Mother*,1996)中的雪拉(Xuela)都是以加勒比黑人女性的视角叙述,这些性格鲜明的金凯德式的女性人物一跃成为展现后殖民时代加勒比独立女性的典范。

克里奥尔白人女性作家与加勒比黑人女性作家身份的定位本身已经映射出加勒比社会根深蒂固的民族与种族问题,正如加勒比另一重要的男性作家兰明(George Lamming)所言,"在这片土地上出生与成长的人没有人能逃脱这些伤疤,每个人,无论他们的祖先源头在哪里,都有着敏锐的种族意识"③。殖民历史与奴隶庄园制经济使加勒比克里奥尔白人与加勒比非裔黑人处于社会文化与意识形态的对立境地。欧洲殖民入侵与奴隶制庄园经济使得大量黑人远离非洲故土,被迫分散于加勒比各个岛屿。1834年英国废奴令的实施解放了大批黑奴,大批印度裔、华裔等契约劳工的输入一方面形成了加勒比地区多元民族混杂的社会现实,另一

---

① 后殖民女性批评先驱斯皮瓦克在对里斯反帝国主义与男权社会的态度给予肯定时,亦对里斯以克里奥尔白人视角将克里斯提芬叙述话语在文末消除的写作方式提出质疑与不满。参见 Spivak G C. Three Women's Texts and a Critique of Imperialism [J]. Critical Inquiry, 1985, 112(1), pp. 243—261.

② 《藻海无边》的出版亦引发了加勒比评论界对里斯是不是西印度作家、如何界定西印度作家与西印度小说等关于加勒比民族性的争论与探讨。加勒比最具影响力之一的诗人、评论家布莱斯维特(Edward Kamau Brathwaite)对里斯的加勒比作家身份提出明确质疑,认为其克里奥尔白人的身份叙述不能客观地展现加勒比社会文化的真实面貌。参见 Brathwaite E K. Contradictory Omens: Cultural Diversity and Integration in the Caribbean[M]. Kingston: University of the West Indies, 1974, p. 38.

③ Lamming G. In the Castle of My Skin[M]. New York: Schocken, 1983, p. 39.

方面也加剧了加勒比地区白人与非裔黑人固有的民族与种族矛盾。里斯在其自传体作品《请微笑》(*Smile Please*,1979)中回忆道:"19世纪30年代,在英国废奴令通过之后,刚获取自由的黑奴就放火烧了祖父的第一所庄园。"[①]多元民族文化混杂的社会现实、白人殖民者与黑人被殖民者的民族与种族矛盾形成的悖论,在加勒比颇具影响力的作家兼评论者布莱斯维特(Edward Kamau Brathwaite)的言论中可见端倪。布莱斯维特认识到加勒比复杂的多元民族文化现状,"因为西印度没有大一统的声音,因此,也不会有单一发声的西印度文学"[②]。在评价里斯的《藻海无边》中克里奥尔白人视野中的西印度社会时,布莱斯维特指出"英属与法属地区的克里奥尔白人作为一个群体已经将他们分离,他们与当前的(社会)结构之间存在一个巨大的鸿沟。因此,他们对于马尾藻海这边的精神世界里的文化认同所能做出的贡献可谓少之又少"[③]。布莱斯维特所指的"马尾藻海这边的精神世界"指的就是加勒比黑人世界,而与之相对立的"那边"就是加勒比白人世界。尽管布莱斯维特并未否认加勒比多元民族社会的事实,但他的评述却剑指加勒比历史长河中欧洲白人殖民者与加勒比黑人被殖民者以及克里奥尔白人与加勒比非裔黑人之间不可逾越的民族与种族界限。

漫长的欧洲殖民历史给加勒比各民族造成精神创伤是不争的事实,但是殖民历史同样造就了加勒比地区不同民族、种族间的交流,这种被迫的民族、种族交流继而形成了加勒比独具特色的

---

① Rhys J. Smile Please:An Unfinished Autobiography[M]. London:A. Deutsch,1979,p.33.

② Brathwaite E K. Roots[M]. Ann Arbor:The University of Michigan Press,1993,p.115.

③ Brathwaite E K. Contradictory Omens:Cultural Diversity and Integration in the Caribbean[M]. Kingston:University of the West Indies,1974,p.38.

克里奥尔文化[1]。克里奥尔文化首先强调的是打破种族与民族的生物界限，将加勒比地区欧洲裔白人与非裔黑人一并囊括来界定："在加勒比语境中的克里奥尔人既指涉白人亦指涉黑人，适用于所有在加勒比本土出生的白人与黑人群体……其基本概念是关乎文化、社会与语言的混杂而非种族纯洁性"[2]。其次，克里奥尔文化强调的是在接受加勒比地区多元民族与种族差异的基础之上，将不同民族与种族的语言、社会文化在加勒比地区重新本土化的过程。格里桑（Edouard Glissant）指出其在文化与语言层面的"跨文化诗学"特征[3]，而布莱斯维特则称其为"克里奥尔化进程"（Creolization），强调不同族群在不同历史时间段的融合过程，将其视为不断融合又不断变化的文化流体[4]。因此，倘若单纯从里斯的克里奥尔白人视角或是从金凯德的加勒比黑人视角对加勒比克里奥尔文化作以审视，无疑是太过于强调其民族、种族差异，易忽略加勒比女性写作中种族差异背后的克里奥尔女性共性认知，也易忽略加勒比地区各个民族文化间的对话与交流，继而削弱加勒比克里奥尔文化的多元化影响。为此，本书将里斯与金凯

① 克里奥尔（creole）一词源于西班牙语的 criollo 以及葡萄牙语的 crioulo（或更古老的 creoulo），最初被用来描述出生在新世界、印度洋沿岸的岛国殖民地以及加勒比海地区欧洲移民的后裔。该词在不同的历史文化语境中有不同的指涉："在 18 世纪上半叶，克里奥尔的法语词汇 créole 被用来指涉出生在加勒比海地区、路易斯安那或是马斯克林群岛的黑人、白人或是混血；在现当代的毛里求斯，"克里奥尔"一词通常指涉非白人群体；而在留尼汪岛与安地列斯群岛地区，该词又将白人、黑人与混血人群一并囊括"。参见 Lionnet F & Shih Shu-mei. The Creolization of Theory[C]. Durham and London: Duke UP，2011，p. 22.

② Enwezor O, et al. Creolite and Creolization[C]. Ostfilden-Ruit: Hatje Cabtze, 2003, p. 29.

③ Glissant E. Caribbean Discourse[M]. Charlottesville: UP of Virginia, 1989, p. 140.

④ Brathwaite E K. The Development of Creole Society in Jamaica 1730—1820 [M]. Oxford: Clarendon Press, 1971, pp. 296—305.

德的作品并置，通过其不同民族与种族视角的交叉审视，探究其女性文本中折射出的英殖民文化与加勒比非裔黑人民族文化之间的双向影响，即着重于探究英殖民文化与加勒比地区非裔黑人文化传统对于欧洲裔白人与加勒比非裔黑人女性家庭生活领域的共时性影响，洞察两种文化之间的对话与对抗，并通过加勒比地区克里奥尔白人与加勒比非裔黑人间双向的文化影响，修正后殖民文学研究中白人殖民者与黑人被殖民者以及殖民文化主导影响等定式评论思维，以期对后殖民文学中的文化杂糅性做出具象化的阐释。

第一节　里斯与金凯德的克里奥尔女性世界

1949 年，年近 60 岁的多米尼加女性作家里斯正生活在英国肯特郡(Kent)的一个叫贝肯汉姆(Beckenham)的小镇，此时的她面临生活窘迫、精神崩溃的困境：恐再无作品产出的苦闷、第三次婚姻出现危机、与邻居的争执以及因此而引发的 9 次出庭，使得里斯被视为患有"歇斯底里症"的疯女人①，也正是这般"疯"的生活经历与心路历程成就了其 1966 年的成名之作《藻海无边》。那个发出歇斯底里般怒吼、被视为"阁楼上的疯女人"、被强迫改名为"伯莎"的安托瓦内特抒发的又何尝不是里斯内心的压抑与对她所生活的那个时代的控诉?

而与此同时，另一载入加勒比文学史册的女性作家金凯德在安提瓜才呱呱坠地。金凯德的母亲安妮·德鲁(Annie Drew)出生于多米尼加，是一个对孩子充满"窒息母爱"的母亲②，这样一个

①　Carr H. Jean Rhys[M]. Plymouth：Northcote House，2012, pp. XIII－XV.
②　Edwards J D. Understanding Jamaica Kincaid[M]. Columbia：The University of Soth Carolina Press，2007，p. 2.

让金凯德又爱又恨的母亲形象与母亲记忆就此开启了金凯德的文学生涯。从 20 世纪 80 年代的《在河底》(*At the Bottom of the River*，1983)、《安妮·约翰》再至 90 年代的《露西》、《我的弟弟》(*My Brother*，1997)与《我母亲的自传》等，无一不充斥着作为叙述者的"女儿"对于这样一个母亲形象认知的叙述。也正是这样一个执着于母亲与女儿之间关系的叙述主题引发诸多评论者的关注与热议。自 1985 年荣获巴黎丽兹海明威奖(Ritz Paris Hemingway Award)之后，1989 年金凯德荣获了古根海默奖(Guggenheim Fellowship)，1997 年凭借《我母亲的自传》又摘得莱南文学奖(Lennan Literary Award)。金凯德小说中诗化的叙述语言与简洁文字流露出的浓郁的散文叙述风格更是获得评论者们的赞誉：桑塔格(Susan Santag)认为金凯德的文字中充满了"情感的真实性"[1]，沃尔科特(Derek Walcott)认为金凯德作品中看似简单的语言却传达着"令人惊叹的"的情感"温度"[2]，而布鲁姆(Harold Bloom)则直接将她视为"文体家与视觉艺术家，以及有丰富想象力的幻想家"[3]。

　　尽管出生于不同时代，里斯与金凯德的人生经历与女性体验却有着些许巧合。首先，二人有 16 岁离开故土的同样经历。里斯于 1907 年离开多米尼加远赴英国求学；而金凯德在 1965 年离开故土安提瓜，远赴纽约做家庭女佣。其次，二人同样以改变名字的方式意图切断过去，实则以更加隐秘的方式连接过去、揭露真实。在遭遇诸多生活变故之后，19 岁的里斯将原来的名字艾

① Garis L. Through West Indian Eyes[N]. New York Times Magazine, 1990-10-7.

② Edwards J D. Understanding Jamaica Kincaid[M]. Columbia：The University of South Carolina Press，2007，p. 118.

③ Bloom H. Jamaica Kincaid[M]. Philadelphia：Chelsea House Publishers，1998，p. 2.

拉·格温德琳·里斯·威廉姆斯(Ella Gwendolen Rees Williams)
改为简·里斯(Jean Rhys)①。安吉尔(Carole Angier)认为里斯改
变名字的意义在于两方面,一是"她改变自己的名字与生活,这
样人们就会认为过去的那个她(艾拉)已经死亡"②;二是"当她成
为简·里斯时,她只是想告诉世界她通过自己所诉说的一切只是
虚构"③。金凯德则在1973年将原来的名字伊莱恩·波特·理查
德逊(Elaine Potter Richardson)改为牙买加·金凯德(Jamaica
Kincaid),只因这一新名字既有历史寓意,"与我出生的那个世
界、那片地域相关,牙买加被哥伦布称为'Xaymaca'且展现了英
国堕落的一面,而'金凯德'仅仅是为了与'牙买加'这一词匹
配"④,又能以虚构隐藏的方式看穿真实,"当我谈论安提瓜时,
人们不会知道是我,我需要自由,我想要以非我的形式倾诉我所
知道的一切真相"⑤。最后,她们都将写作视为倾诉内心与自我
认知的方式。里斯在其未完成的自传《请微笑》中这样叙述自己写
作的情感:"我必须写作。如果我停止写作,我的生活将会充斥
凄惨的失败"⑥;而金凯德在采访中亦毫不掩饰自己的写作热情,
"我有强烈的写作欲望,这不仅仅是一种欲望,更是我生命组成

　　① 评论家豪威尔斯(Coral Ann Howells)这样阐释里斯的这一新名字,"Jean 可
以是一个男性化或女性化的名字,而 Rhys 则源于她的本名中的 Rees,这一名字暗示
出里斯想以男性化名字的力量坚守隐藏于其中的女性个性"。参见 Howells C A. Jean
Rhys[M]. New York:St. Martin's Press, 1991, p. 11.
　　② Angier C. Jean Rhys[M]. Harmondworth:Penguin Books, 1985,p. 11.
　　③ Ibid. , p. 28.
　　④ Vorda A. An Interview with Jamaica Kincaid[J]. Mississippi Review, 1991,
20(1—2), p. 15.
　　⑤ Ibid.
　　⑥ Rhys J. Smile Please:An Unfinished Autobiography[M]. London:A.
Deutsch, 1979, p. 163.

的一部分,是我怎样认识我自己的真实组成部分"①。

正是这样相似的人生经历与以虚构的写作揭露现实生活的写作形式,使得里斯与金凯德的作品都是将自传的真实与小说的虚构想象特征融为一体,以具有自传性质的个人书写表征加勒比边缘女性群体的集体声音,最终推而广之,将女性感知延伸至具有普适性层面的无种族、民族、性别差异的所有人类的认知范畴。因此,殖民者与被殖民者、白人与黑人、男性与女性、强者与弱者以及正义与非正义之间无声的对抗与对话就成为里斯与金凯德的作品蕴含的共性。里斯的作品如《离开麦肯齐先生之后》(*After Leaving Mr. Mackenzie*,1930)、《黑暗中的航行》和《早安,午夜》(*Good Morning,Midnight*,1939)等均是采取了虚构与真实相得益彰的女性生活写作的模式,将她自己真实的个人体验做文学虚构化的处理,将自传的真实性与小说的虚构性融为一体,以断裂的记忆叙述加勒比边缘女性遭受历史、社会、政治、性别压迫沦为都市流亡者的异化心理,而这种漂泊他乡的都市女性内心承受的孤独无助、压抑、绝望与幻灭不仅仅是里斯本人生活体验的写照,亦汇入现代主义文学时期人类精神异化的时代潮流。詹姆斯(Louis James)指出,"忠实于体验是简·里斯早期作品的优点亦是其局限性所在。她的作品是虚构的,但是她的想象却精细地挖掘着她所知道的东西,她很少远离以记忆为基调的主题"②。而里斯作品的另一早期评论者奥康纳(Teresa F. O'Connor)则明确指出,里斯"不仅将自己的生活赋予她的女性人物,而且她将

---

① Buckner B. Singular Beast:A Conversation with Jamaica Kincaid[J]. Callaloo, 2008,31(2),p. 461.

② James L. Jean Rhys[M]. London:Longman Group Limited. ,1978,p.49.

这些女性人物视为自己"①。因此,在里斯的作品中,无论是第一人称叙述者"我"或是第三人称叙述者"她/他",都成为里斯真实兼虚构的自我叙事的代言人。譬如里斯将其首任丈夫遭遇经济诈骗的生活经历塑造在《四重奏》(*Quartet*,1928)中的玛利亚的悲苦命运中;将自己成为唱诗班成员的经历折射在《黑暗中的航行》的主人公安娜的身上;将自己第一个孩子死亡的悲剧刻画进《早安,午夜》萨沙的叙述中;将自己乘船初至伦敦时孤立无助的心理感知投射在《藻海无边》安托瓦内特的叙述中。

而金凯德亦多次在采访中坦言她的写作只是其个人经历与情感的书写,她说:"我的写作一直是自传性的。对我而言,这就是拯救我生命的一种行为。因此,它必须是自传性的"②。然而,金凯德的自传性质的写作并不完全表述她自己真实的生活体验,在另外的采访中她说道:"对我而言,写小说的过程就是借用现实,然后重新创造现实,这是我写作的最成功的方法。"③因此她的虚构式自传体叙事写作一方面是取材于其个人体验,不失自传的真实性;但另一方面却是以虚构自传的方式折射个人体验的真实,是将她本人的真实个人体验嫁接于他者,从而延伸自我,以叙述他者的方式叙述自我,建立跨越种族、民族、性别范畴的主体间关系。作品中的安妮、露西、德鲁(Devon Drew)、雪拉、鲍特先生(Mr. Potter)等人物都成为金凯德自传性叙事的虚拟载体④。无论是第一人称叙事的"我"或是第三人称叙事的"她/他",

---

① O'Connor T F. Jean Rhys:The West Indian Novels[M]. New York and London:New York UP, 1986, p. 8.

② Ferguson M. A Lot of Memory:An Interview with Jamaica Kincaid[J]. Kenyon Review, 1994, 16(1), p. 176.

③ Vorda A. An Interview with Jamaica Kincaid[J]. Mississippi Review, 1991, 20(1—2), p. 16.

④ 德文·德鲁是《我的弟弟》中的男性人物,鲍特先生是《鲍特先生》中的男性人物。

都是将"我""她/他""她们/他们"的世界一并蕴含。因此，里斯与金凯德的虚构自传体叙事越过了自传/传记、自我/他者、个人/群体、真实/想象的界限，将自传、传记与小说叙事融为一体。

如果说里斯与金凯德作品中的虚构自传是其叙述形式上的共性，那么文化困境与身份困惑而致使的心理失落则是其叙述内容上的共性。正如加勒比评论家哈特（Joyce C Harte）所言，"加勒比女性作家的作品中总是弥散着一种失落感"①，里斯与金凯德的写作也是源于这种失落感，这种失落感既是一种因无根感、无身份感引发的集体心理层面的失落，亦是女性因在社会文化裂缝中艰难生存，甚至是沉沦堕落、失去尊严的个人现实生存层面的失落。这种生活的无奈、内心的失落使得她们视写作为抒发内心的解药。里斯在采访中坦言其写作的初衷是"祛除快要压垮她的悲伤"②；在其日记中她也不断地鞭策自己："我必须写作，如果我停止写作，我的生活将是彻头彻尾的失败"③。而金凯德在采访中则是反复强调"写作就是个人成长的表达……写作对我而言就是关乎拯救我自己生命的事情，如果不写作我不知道自己还能做什么，这是我生命中最深层次的事情"④。于是，她们通过写作祭奠、追忆那些埋藏于内心的有关自我成长、家庭变故、远离故土的个人记忆，又通过这些个人记忆折射出那些深植于加勒比人无意识之中的有关殖民文化伤痛的集体记忆。

① Harte J C. Come Weep with Me: Loss and Mourning in the Writings of Caribbean Women Writers[M]. Cambridge Scholars Publishing, 2007, p. 1.

② Vreeland E. Jean Rhys: The Art of Fiction LXIV[J]. Paris Review, 1979 (76), p. 224.

③ 里斯的日记后来以附录的形式被收录于其未完成的自传《请微笑》的文末，参见 Rhys J. Smile Please: An Unfinished Autobiography[M]. London: A. Deutsch, 1979.

④ Ferguson M. A Lot of Memory: An Interview with Jamaica Kincaid[J]. Kenyon Review, 1994, 16(1), p. 169.

里斯 1890 年生于西印度的多米尼加，里斯的祖父来自苏格兰，后来成为加勒比庄园奴隶主，父亲威廉姆斯（Rhys Williams）是来自威尔士的医生，母亲洛克哈特（Minna Lockhart）是多米尼加的克里奥尔白人。虽然 1805 年之后的多米尼加在经历了持久的法国殖民之后改为受英国统治，但当地操法语、土语的黑人族裔力量依旧强大，"多米尼加的英国统治只是名义上的罢了……岛上没有一个黑人愿意维护英国的权威……"①因此，欧洲殖民文化的家庭教育环境与多米尼加黑人文化主导的社会环境使得里斯的童年充满矛盾性：既焦灼于加勒比非裔黑人的仇恨与敌意，又受困于英国维多利亚时代晚期的家庭价值观。这种生活的矛盾性对里斯的创作有着直接的影响，里斯作品研究者斯坦利（Thomas F. Staley）就坦言"她的（生活）背景与文化不仅能够将里斯与其同时代的作家加以区分，而且形成了她与众不同的感知力与种族意识"②。作为克里奥尔白人，里斯对加勒比黑人有着复杂的情感："我对黑人的世界充满好奇，他们不断地激励我，我觉得他们很亲近。但是令我痛心的是我意识到他们却厌恶或者不信任白人，他们背地里都把我们叫作'白蟑螂'"③。里斯将这种复杂情感投射到其作品中的女性人物中，《藻海无边》中的安托瓦内特渴望得到蒂亚（Tia）的友谊，但却同样被蒂亚视为"白蟑螂"；《黑暗中的航行》中的安娜总是留存着对黑人女孩弗朗新（Francine）的美好记

---

① O'Connor T F. Jean Rhys：The West Indian Novels[M]. New York and London：New York UP, 1986，p. 16.

② Staley T F. Jean Rhys：A Critical Study[M]. London and Basingstoke：The Macmillan Press Ltd, 1979，p. 1.

③ O'Connor T F. Jean Rhys：The West Indian Novels[M]. New York and London：New York UP, 1986，p. 36.

忆，但是"她不喜欢我，因为我是白人"①；《请微笑》中的"我"试图亲近黑人女性梅塔（Meta），而结果却是"她对我展现的是一个恐惧与不信任的世界"②。尽管里斯以西印度克里奥尔白人的视角言说的是克里奥尔白人世界的凄惨，但其文本亦映射出加勒比非裔黑人的生存境况以及加勒比非裔文化传统的影响力，正如斯坦利所言："童年时与黑人亲密的关系以及在英国的亲身经历都使得里斯能够理解、认同那些在英国遭受心理异化的黑人移民者。"③

　　因此，里斯及其笔下具有自传色彩的里斯式的女性人物就穿梭在加勒比与英国，她们渴望融入加勒比黑人世界但又被视为殖民者而遭排斥，渴望回归英国故土却又被视为无异于加勒比黑人的被殖民者，因而再次遭遇排斥。《黑暗中的航行》主要叙述了来自多米尼加的克里奥尔白人女性安娜在伦敦的艰难生活，安娜的心理意识不停地在加勒比与英国之间切换。加勒比温暖、美好的记忆与伦敦寒冷、堕落的生活形成强烈的反差，西印度女性身份使安娜永远只能生活在加勒比黑人群体与英国白人世界构建的记忆夹层中，融入加勒比黑人群体、享受加勒比黑人群体的温暖对安娜而言只是幻想，而回归英国白人世界对安娜而言也只能是更遥远的奢望。如果说在《黑暗中的航行》里，里斯主要是着墨于安娜在伦敦的生活经历与心理认知，安娜对于加勒比的记忆描述只是为了衬托英国伦敦生活的残酷与无助的话，那么在《藻海无边》

① Rhys J. Voyage in the Dark[M]. Harmondsworth: Penguin Books, 1969, p. 62.

② Rhys J. Smile Please: An Unfinished Autobiography[M]. London: A. Deutsch, 1979, p. 32.

③ Staley T F. Jean Rhys: A Critical Study[M]. London and Basingstoke: The Macmillan Press Ltd, 1979, p. 5.

这部小说中，三分之二的叙述背景都是在加勒比世界，里斯通过女主人公安托瓦内特与男主人公罗切斯特的叙述，将加勒比黑人对"白蟑螂"的仇恨以及白人殖民者视所有加勒比人为"加勒比黑鬼"的歧视都放置在同一层面进行考量，则更能深刻地呈现加勒比克里奥尔白人的文化边缘身份与强烈的文化心理错位感。

与里斯一样，作为加勒比非裔的金凯德同样遭遇了非裔文化与英殖民文化的双重冲击。运送非洲黑奴至加勒比新世界的"中间通道"成为加勒比非裔与非洲文化母体既连体又分裂的分水岭，就像金凯德在作品《我母亲的自传》中叙述的一样，"非洲民族虽然也被打败了，但他们幸存了下来；而加勒比民族被打败后灭绝了，如同花园里的杂草一样被抛弃了"①。在一次采访中，当提及去肯尼亚的经历时，金凯德坦言自己在肯尼亚感受不到丝毫的家的归属感，"我一点都不觉得我到家了"②；在提到同根同源亦遭受同样奴役命运的美国非裔时，金凯德指出加勒比非裔与美国非裔同样存在区别，"美国非裔认为成为黑人是某种前世注定，他们会有黑人民族主义情结，而我们却没有"③。或许对于加勒比非裔而言，非洲母亲只能成为历经文化蜕变之后，始终萦绕心头却可望而不可即的语言隐喻。

在被迫与非洲文化分离之后，英殖民统治使得抵达加勒比的黑人在仇视英语语言与文化的同时又要被动地接受英殖民文化教育。布莱斯维特指出英殖民文化的渗透使得"加勒比人对英国国王与女王的了解程度远远多于我们对自己的民族英雄以及奴隶反

① Kincaid J. The Autobiography of My Mother[M]. New York：Farrar，Straus and Giroux，1996，p. 16.
② Ferguson M. A Lot of Memory：An Interview with Jamaica Kincaid[J]. Kenyon Review，1994，16(1)，p. 172.
③ Ibid.，p. 164.

21

抗的了解"①。也正是这样的文化裂痕与文化断层状态使得沃尔科特为加勒比非裔发出质问："血脉分离，我们该何去何从？"②与里斯所属的克里奥尔白人陷入文化困境一样，诸如金凯德这样的加勒比非裔只能陷入非洲文化与英殖民文化建构的文化夹缝中，但又不可能完全归属于任何一种文化传统，只能在两种文化心理状态中悬置。

虽然同样遭受双重文化心理的断裂与分离，但里斯与金凯德却以不同的方式诠释这种异化心理。里斯以接受宿命的态度面对现实生活中的一切，她在采访中提道："无论如何，我相信命运……我相信生活终会将一切都呈现出来，有无选择不重要，重要的是适应……人生来就是两种选择，要么认命，要么反抗"③。卡鲁斯(Cathy Caruth)曾指出命运就是"一系列需要遭遇但又完全违背自己意愿或者完全失控的痛苦事件"④，出生于殖民地的里斯，面对克里奥尔白人身份在加勒比与英国的尴尬境地却无能为力，这是命运；在20世纪早期欧洲现代主义的浪潮下，成为弱势群体中的一员，遭遇战争、现代经济危机的恶果，深陷现代性所致的精神萎靡与自我怀疑中却无能为力，这是命运；而里斯笔下的女性人物依旧将这种悲苦命运延续，她们脆弱、敏感，近乎于精神疯狂，只能将身体作为商品以求得生存，这亦是命运。里斯与其笔下的女性人物之所以深陷这样一系列非自己意愿能够控制的

① Brathwaite E K. History of the Voice：The Development of Nation Language in Anglophone Caribbean Poetry[M]. London：New Beacon，1984，p. 263.

② Burnett P. The Penguin Book of Caribbean Verse in English[C]. Middlesex：Penguin Books，1986，p. 243.

③ O'Connor T F. Jean Rhys：the West Indian Novels[M]. New York and London：New York UP，1986，p. 45.

④ Caruth C. Unclaimed Experience：Trauma，Narrative and History[M]. Baltimore：Johns Hopkins UP，1996，p. 2.

痛苦之中，根源就在于她们深陷殖民身份、被殖民身份及女性身份形成的多层社会文化约束中，循环往复地遭遇自己意愿或控制之外的苦痛，面对苦痛却束手无策，唯有无奈与叹息。但是，掩藏于无奈与叹息之下的真实与倔强才是里斯女性作品独具的特点。里斯以文学叙事的方式诚实地感知、记录了 20 世纪初期底层女性的真实生活，她以无声的静默为女性命运呐喊，以冷峻的笔调向读者传达丰富的情感。英国作家兼评论家艾尔瓦雷斯（A Alvarez）曾一语道破里斯作品中的人文情感色彩："尽管她（里斯）的视野范围较窄，有时甚至痴迷于一个点，但现在没有一个人的写作能将这般情感渗透与艺术技巧融合，达到无须刻意突出与无法撼动的真实"[1]。

　　与里斯的宿命论与认命态度不同，金凯德则是反抗一切所谓的命运，她毫不掩饰自己对于殖民主义以及女性弱势地位的控诉与愤怒情绪。金凯德在采访中坦言："我已经开始爱上愤怒了……我意识到宣扬自我的第一步就是愤怒。"[2]1988 年出版的《小地方》（A Small Place）一书更是将对殖民主义的愤怒推至高点，金凯德将欧洲殖民者直斥为"罪犯"，将英语语言斥责为"罪犯的语言"[3]，以至于有评论家对于金凯德文字中流露出的强烈的愤怒做出如下评价：《小地方》一书已经"被愤怒扭曲了"[4]，英国一专栏评论员则认为"不幸的是该书作者对其素材失控了，只是

① Alvarez A. The Best Living English Novelist[N]. New York Times Book Review, 1974-3-17.

② Perry D. Blacktalk：Women Writers Speak Out[M]. New Brunswick：Rutgers UP, 1993, pp. 132－133.

③ Kincaid J. A Small Place[M]. New York：Farrar, Straus and Giroux, 1988, p. 32.

④ Simmons D. Jamaica Kincaid[M]. New York：Twayne Publishers, 1994, p. 19.

一味地对糟糕的且业已散去多年的殖民权力进行痛哭流涕的攻击"①。除了直言对殖民主义的强烈愤怒之外,金凯德也将这种愤怒化为抵制愤怒的反叛力量,并将其投射到其作品的女性主人公身上。安妮、露西、雪拉等女性人物都个性鲜明、性格反叛,倔强地寻求独立,犹如金凯德所言:"当我们反抗的时候,我们希望的是所有(不公的)事情都能够被冲走,发生颠覆性的变化。"②

里斯与金凯德对于加勒比女性生活的书写态度与表现方式存在较大差异,主要源于两个因素:

第一个因素是各自的民族身份差异以及加勒比地区客观的民族、种族现实。里斯的克里奥尔白人身份使其在加勒比地区的历史与文化语境中陷入徒有虚名的尴尬处境。克里奥尔白人虽为欧洲白人的后裔,但这一族群的优势地位在废奴令实施之后日渐衰弱,并成为加勒比地区的少数民族。此外,西班牙、荷兰、法国以及英国等庞杂的欧洲殖民历史又使得克里奥尔白人无从追溯自己的文化源头,唯有背负"臭名昭著"的历史骂名罢了③。里斯在其作品中反复流露的宿命态度根源于此,羡慕加勒比黑人的原因也在于此。在里斯看来,加勒比非裔仅仅是被迫丢失了他们的文化身份,而克里奥尔白人却从未有过真正的归属感。因此,作为一位极度敏感的女性作家,里斯将这种无根、无家、无任何依靠与归属感的情感都折射到具有浓烈自传色彩的女性人物身上。

与里斯截然相反,金凯德所属的加勒比非裔虽然被迫与非洲

---

① Maja-Pearce A. Corruption in the Caribbean[N]. New Statesman and Society, 1988-10-7.

② Ferguson M. A Lot of Memory: An Interview with Jamaica Kincaid[J]. Kenyon Review, 1994, 16(1), p. 177.

③ Emery M L. Jean Rhys at "World's End": Novels of Colonial and Sexual Exile [M]. Austin: University of Texas Press, 1990, p. 13.

母亲分离，但是加勒比非裔文化的源头依旧是非洲，庞大的非裔群体在加勒比地区依然是主流民族。正如金凯德本人所言，加勒比非裔"从未被压垮，因为他们是多数民族。西印度人谈论种族主义是一件非常奇怪的事情，虽然过去与现在确实存在种族主义，但'种族主义'这个词对于他们而言只是一个外来词。他们是西印度坚强的黑人"①。金凯德作品中倔强、不易屈服的女性人物就是西印度黑人坚强性格的表征。

　　第二个因素来自其创作的时代与社会背景。里斯的大部分作品创作于 20 世纪 20—30 年代，最后一部作品《藻海无边》创作于 1966 年。20 世纪 20—60 年代欧洲社会与加勒比社会的历史变迁对里斯的写作有着深刻的影响。里斯创作的密集期适逢欧洲现代主义发展的高峰时期，也是英国政治、经济和文化的动荡期，战争、经济危机、高失业率、女权运动与殖民地的反殖民主义活动纷纷接踵而至。因此，里斯对于英国的幻想在移居英国之后全部幻灭，就像《黑暗中的航行》的主人公安娜所言"英国就如同一场梦"②。1936 年，里斯唯一一次返回多米尼加③，"她发现童年记忆中的多米尼加与当前现实中的多米尼加相差太大"④。她在接受采访时也提到"我返回了西印度，但我却很厌恶它"⑤。除了对加勒比气候的不适应之外，20 世纪 30—40 年代加勒比地区社会格局的变化也让里斯无法适应，加勒比工人罢工与游行此起彼伏，

　　① Ferguson M. A Lot of Memory：An Interview with Jamaica Kincaid[J]．Kenyon Review，1994，16(1)，p. 164.

　　② Rhys J. Voyage in the Dark[M]．Harmondsworth：Penguin Books，1969，pp. 1—2.

　　③ 此次多米尼加之行对里斯最后一部作品《藻海无边》的创作有重要影响。

　　④ Staley T F. Jean Rhys：A Critical Study[M]．London and Basingstoke：The Macmillan Press Ltd，1979，p. 16.

　　⑤ Vreeland E. Jean Rhys：The Art of Fiction LXIV[J]．Paris Review，1979(76)，p. 236.

黑人文化运动的兴起使加勒比非裔黑人的民族自豪感重新恢复，这一切都将加勒比民族运动推向了历史的前台①。因此，从历史时间而言，里斯的作品是衔接欧洲现代主义文学与加勒比民族主义文学的"桥梁"②，其写作中的女性流亡叙述亦是加勒比 20 世纪 50—60 年代大移民产生的流散文学发展的前奏③。虽然里斯的写作刚好经历欧洲社会与加勒比社会的转型期，但是对于身处社会与文化交叉点且生活在最底层的里斯而言，既要经历英国社会由盛及衰的幻灭，又要接受加勒比世界从童年时期美好的记忆到满目疮痍的社会现实，却又对所有的这一切无能为力，这种幻灭与无力感只能是处处充满悲情。

与里斯不同，金凯德的作品大都创作于 20 世纪 80 年代以后。20 世纪 80 年代的加勒比各民族已经纷纷脱离英国的殖民控制，在以"解构中心论"与"本质论"为重要内容的后现代思潮的影响下，不同族裔文学、流散文学与女性文学可谓遍地开花，而加勒比女性文学将民族、阶级、性别等元素交织，"言说她们自己的经历，加入世界女性队伍的行列，特别是非裔流散群体的行列"④，为加勒比女性寻求自己的身份。这样的女性书写语境为加勒比非裔女性文学的发展提供了自信，加勒比黑人女性的书写任

---

① 1934—1938 年，工人罢工与示威游行从伯利兹蔓延至牙买加并席卷整个英殖民地区，这些抗议活动成为点燃加勒比民族运动的导火索。参见 Rosenberg L R. Nationalism and the Formation of Caribbean Literature[M]. New York：Palgrave Macmillan，2007，p. 1.

② Rosenberg L R. Nationalism and the Formation of Caribbean Literature[M]. New York：Palgrave Macmillan，2007，p. 181.

③ 加勒比作家奈保尔(V S Naipaul)对里斯作品中女性的流亡叙述做出这样的评价："里斯早在三四十年前就已经涉足我们今天所关注的主题：孤独、在社会与集体中的缺失感、心理破碎感、依赖、失落……" 参见 Frickey P M. Critical Perspective on Jean Rhys [C]. Washington：Three Continents Press，1990，p. 58.

④ Alexander SA J. Mother Imagery in the Novels of Afro-Caribbean Women [M]. Columbia：University of Missouri Press，2001，p. 2.

务就是清除欧洲殖民声音，屏蔽加勒比男性声音的干预，"忘记教育、传统强加在我们身上的上层建筑，我们需要聆听另一种声音，我们要像白人那样写作"①，言说并聆听自己的声音。因此，金凯德作品中的历史记忆、个人记忆、女性直觉与想象的交织都只为言说加勒比女性在后殖民时代的心声，尽管记忆中依旧有苦痛、悲伤与无奈，但内心永远涌动的是不屈的呐喊与不畏权威的勇敢。如果说里斯的写作只是停留在试图让世界聆听那些生存在"看不见"的地方的底层女性的心声，金凯德的写作就是不仅要让世界"看见"一个曾经被忽视的弱势群体的存在，而且要让世界聆听到她们坚强的呐喊。

　　除了将共同的人生经历与民族文化身份困境折射进自己的作品中，英殖民文化与殖民教育亦成为里斯与金凯德的女性书写世界中共性的元素。多米尼加与安提瓜都曾是英属殖民地，因此，里斯与金凯德都无法逃离英国殖民教育的影响，欧洲经典文学也不同程度地影响着她们的写作。评论家格雷格（Veronica Marie Gregg）指出里斯的小说与"英国与欧洲文学传统与意识形态有着密不可分的联系"②。里斯亦在访谈中道出自己对西方经典文本殖民性的愤怒，"小时候读《简·爱》时，我就想为什么她（勃朗特）要将克里奥尔女人描写为疯女人？将罗切斯特的妻子伯莎描写为一个糟糕的疯女人是多么羞辱的事情。我认为我应该立即写出一个还原真相的故事，她应该是一个可怜的鬼魂，我认为我应该赋予她生命"③。也正是基于这样的愤怒，里斯以挪用经典文本实现

---

　　① Alexander SA J. Mother Imagery in the Novels of Afro-Caribbean Women [M]. Columbia: University of Missouri Press, 2001, p. 38.

　　② Gregg V M. Jean Rhys's Historical Imagination: Reading and Writing the Creole[M]. Chapel Hill: University of North Carolina Press, 1995, p. 170.

　　③ Vreeland E. Jean Rhys: The Art of Fiction LXIV[J]. Paris Review, 1979, 76, p. 235.

逆写经典的反话语策略,将西印度疯女人伯莎这一经典女性形象进行了颠覆式的改写,追溯阁楼上的疯女人背后蕴藏的英帝国与男权意识形态,奠定了《藻海无边》这一后殖民逆写经典之作的地位。后殖民评论家蒂芬(Helen Tiffin)指出,诸如《藻海无边》这样的文本"逆写的不仅仅是英国经典文本,而且逆写的是这些经典文本所操纵的并且在后殖民世界持续操纵的整个话语场"①。

与里斯比较相似,金凯德同样怒斥殖民教育渗透的帝国性与殖民性。她将英语斥为"罪犯的语言":"罪犯的语言只宣扬其行径的仁善,只是从罪犯的角度解释其行为,因而并不会包含其行为的恐怖与非正义,也不会包含我遭受的苦痛与耻辱"②。然而,在控诉殖民教育霸权行径的同时,金凯德却在西方经典文本中找到了反叛与抗争的力量。《露西》中的女性人物露西的名字就源于《失乐园》(A Paradise Lost)中桀骜不驯的路西法(Lucifer)。受访时,金凯德谈到《失乐园》对自己的影响,"……这是一个关于弱者与强者的故事,它与我无助的感受紧密相连。我认为它同样也是一个关乎正义与非正义的故事……它让我有了像路西法那样言说自己痛苦的想法"③。此外,"露西"这一人物形象的塑造也没有脱离"简·爱"这一人物形象的影响。熟读《简·爱》的金凯德坦言:"对这个女孩(露西)人生有特殊影响的就是《简·爱》。"④而金凯德笔下的安妮与露西又被评论家视为另一个具有反抗精神的

---

① Tiffin H. Post-colonial Literatures and Counter-Discourse [J]. Kunapipi, 1987, 9(3), p. 23.

② Kincaid J. A Small Place[M]. New York: Farrar, Straus and Giroux, 1988, p. 32.

③ Simmons D. Jamaica Kincaid and the Canon: In Dialogue with Paradise Lost and Jane Eyre[J]. MELUS, 1998, 23(2), p. 67.

④ Vorda A. An Interview with Jamaica Kincaid[J]. Mississippi Review, 1991, 20(1—2), p. 22.

"简·爱"，西蒙斯(Diane Simmons)指出"安妮与露西对 20 世纪安提瓜与美国种族、阶级压迫体系的反抗堪比简·爱对 19 世纪英国等级体系的反抗"①。

　　尽管里斯与金凯德隶属于加勒比地区不同民族，但是共同的殖民历史、共同的文化心理以及共同的加勒比女性话语诉求，使得我们能够将两位作家并置，审视其对于女性性别与加勒比文化身份的表现方式。尽管里斯与金凯德的作品有时代区分，但是里斯与金凯德作品中的这种时空跨度丝毫不会形成文学审美断层的困扰。倘若以殖民历史为参照点，将加勒比文学笼统地分为殖民时期、民族主义时期以及独立之后这三个时间段的话，那么里斯的创作则跨越殖民时期与加勒比民族解放运动时期，而金凯德的写作则跨越了加勒比民族独立时期以及独立之后的(新殖民)时代。换言之，这种跨越时空的写作不是一种时间维度的断裂，而是一种交替更迭的延续，这一时空维度恰好使得我们能够以无断裂的、动态的眼光纵观加勒比女性视野中的自殖民社会至后殖民时代的变迁，管窥加勒比地区在殖民与后殖民时代的民族、种族、性别与社会文化的面貌。而里斯与金凯德的作品与西方经典女性文学千丝万缕的联系不仅为我们提供了一个审视加勒比后殖民文学与西方殖民文学关系的视角，更为我们创造了一个从加勒比女性视角审视女性话语传统在后殖民时代产生语境流变的平台，通过里斯与金凯德有共性亦有差异的克里奥尔女性视角的碰撞，重新审视西方女性文学与后殖民女性文学以及后殖民文化与殖民文化的混杂关系。

---

　　①　Simmons D. Jamaica Kincaid[M]. New York：Twayne Publishers，1994，p.64.

第二节 里斯与金凯德的作品研究现状

一、里斯作品研究现状

在《藻海无边》问世之前，里斯20世纪20—30年代的作品《离开麦肯齐先生之后》《黑暗中的航行》《早安，午夜》《四重奏》在文学评论界受到的关注较低，其作品中浓烈的个人叙述色彩与近乎一致的女性人物的悲苦命运叙述常被视为"局限于狭隘的女性视野"[①]，欠缺文化深度。因此，虽然创作于现代主义高峰时期，但里斯的作品却常被解读为"一个女性不幸命运的个人叙述"[②]，从而受到欧洲现代主义文学市场的冷遇。除去里斯非白非黑的克里奥尔作家身份这一客观因素的影响之外，这也与里斯早期的写作与20世纪30年代加勒比文学与英国文学写作的大环境背道而驰这一因素密切相关。当时的英国正值两次世界大战之间的政治、经济动荡时期：战争、经济大萧条，西班牙共产主义与法西斯主义抬头，反闪族主义情绪、女权运动的日益崛起都使得英国陷于内忧外患的局势[③]。因此，对英国民族身份与帝国性焦虑、质疑的同时，又要竭力维护英帝国民族身份的自豪感与优越性就成为

---

① Carr H. Jean Rhys[M]2nd ed. Plymouth：Northcote House，2012，p. 1.

② Ibid.

③ Hackett R，Hauser F，Wachman G. At Home and Abroad in the Empire：British Women Write the 1930s[M]. Newark：University of Delaware Press，2009，p. 13.

20 世纪 30—60 年代英国晚期现代主义叙述的社会大背景①。虽然里斯与伍尔夫（Virginia Woolf）、乔伊斯（James Joyce）、海明威（Ernest Hemingway）等人属于同一时代的作家，但是里斯的克里奥尔白人作家身份与其作品中始终如一的令人窒息的幽怨情绪，致使其早期作品被淹没在欧洲现代主义文学的浪潮中，"里斯的艺术源于一种敏锐的甚至是病态的情感与感知……其作品中的女性人物（甚至是没有人物）都不具备承受苦难的能力……这就引发了现代评论家的不安与敌意"②。因此，里斯作品中贫穷、慵懒、懦弱、消极甚至是自甘堕落的里斯式女性人物不仅与 20 世纪初欧洲现代主义文学中隐含的帝国骄傲情感背道而驰，亦与欧洲女性主义运动的迅猛发展势头格格不入。

与此同时，20 世纪 30 年代的加勒比地区正经历反对英国殖民统治的民族主义运动，一些具有政治敏感度与导向的报刊以及团体的创建③，都有力地推动了这一阶段西印度民族文学的发展，诸多如玛森（Una Marson）、麦凯（Claude Mckay）等本土或移民作

---

①　评论家米勒（Tyrus Miller）、埃希（Jed Etsy）等人将 20 世纪 30—60 年代的现代主义文学称为"晚期现代主义"，与 20 年代的现代主义高峰时期形成对比。米勒认为晚期现代主义是继 20 年代现代主义形式写作高峰时期之后的疲劳期，亦是对现代主义之后文学创新表现形式的期盼；而埃希则视晚期现代主义为"人类政治学"的转向时期，是帝国普遍性与民族特殊性的过渡时期。参见 Miller T. Late Modernism：Politics，Fiction and the Arts between the World Wars[M]. Berkeley and Los Angeles：University of California Press，1999. Etsy J. A Shrinking Island：Modernism and National Culture in England[M]. Princeton：Princeton University Press，2004.

②　Hazzard S. Marya Knew Her Fate and Couldn't Avoid It[N]. New York Times Book Review，1971-4-11.

③　"牙买加文学"之父麦克德莫特（Thomas Macdermot）与柯乐科（Asteley Clerk）等人携手创建的《牙买加时报》（*Jamaica Times*）在牙买加地区影响力较大。除此之外，巴巴多斯的《论坛季刊》（*Forum Quarterly*）以及特立尼达和多巴哥的《特立尼达卫报》（*Trinidad Guardian*）都颇具影响力。

家涌现出来，致力于构建"纯正的民族文学"①。里斯在 1907 年已经离开多米尼加远赴英国，而且在离开加勒比地区后，"疏离于英国、法国以及荷兰等地的其他加勒比移民"②，因此她并未参与 20 世纪 30 年代的加勒比民族运动或民族文学的构建，这也是早期加勒比文学史及文学评论中鲜见里斯及其作品的原因所在。

直至 1966 年，《藻海无边》的出版才使里斯与其作品逐步走入英国文学与加勒比文学的中心地带。自 20 世纪 70 年代开始，里斯逐渐被评论界视为后殖民作家、女性主义作家以及欧洲现代主义作家，其作品研究也基本上集中于后殖民主义、女性主义以及现代主义研究这三个方面。应该说，这三个维度的研究将里斯分置于后殖民文学、女性文学以及现代主义文学传统中，既对里斯的作品进行了多维度、立体式的考查，也使得里斯及其作品逐步回归加勒比文学与英国文学中应有的文学地位。但是与此同时，里斯作品中的含混、矛盾与悖论的写作立场又使后殖民主义、女性主义和现代主义研究者对其作品形成了极端分化的批评模式。《藻海无边》的成功带动了大批评论者对里斯早期作品的关注。安吉尔（Carole Angier）、贝里（Betsy Berry）等评论者将里斯与伍尔夫、乔伊斯、福楼拜等现代主义主流作家并置③，关注里斯前四部作品《黑暗中的航行》《早安，午夜》《四重奏》《离开麦肯齐先生之后》中的现代性与现代主义特征，关注其跨时空的意识流叙事美学特征以及资本经济商品化对女性生活的影响，但是在

---

① Rosenberg L R. Nationalism and the Formation of Caribbean Literature[M]. New York：Palgrave Macmillan，2007，p. 1.

② Ibid. , p. 182.

③ 参见 Angier C. Jean Rhys[M]. Harmondworth：Penguin Books，1985；Berry B. "Between Dog and Wolf"：Jean Rhys's Version of Naturalism in *After Leaving Mr. Mackenzie*[J]. Studies in the Novel，1995，17(4)，pp. 544—559.

前置里斯作品中欧洲现代性的同时，却将里斯作品中的加勒比后殖民性背景化。

《藻海无边》的出版亦引发了加勒比评论界对里斯是不是西印度作家、如何界定西印度作家与西印度小说等关乎加勒比民族性的争论与探讨。1968 年加勒比评论家莱（Wally Look Lai）在《通往桑菲尔德庄园之路：解读简·里斯的〈藻海无边〉》（The Road to Thornfield Hall：An Analysis of Jean Rhys's *Wide Sargasso Sea*，1968）一文中将《藻海无边》视为西印度小说中的杰作，将里斯视为优秀的西印度作家，认为《藻海无边》中典型的西印度风景与西印度社会文化"对西印度社会做出了艺术性的阐释"[1]，也使得里斯成为早期加勒比评论史上唯一一位加勒比女作家。但是与莱的观点针锋相对，加勒比最具影响力之一的诗人兼评论家布莱斯维特在其著作《矛盾的征兆》（*Contradictory Omens：Cultural Diversity and Integration in the Caribbean*，1974）中却对里斯的加勒比作家身份提出明确质疑："《藻海无边》纯属虚构叙述，它忽视了社会与历史形成的广阔领域……"[2]布莱斯维特认为里斯作为克里奥尔白人的殖民身份与殖民视角不可能客观反映加勒比地区真实的社会状况，也不可能真实反映加勒比非裔的殖民心理。作为加勒比非裔的代表，布莱斯维特实际上竭力维护的是加勒比庞大的黑人群体的文化话语权力，而《藻海无边》中的克里奥尔白人安托瓦内特对黑人克里斯蒂芬以及蒂亚的含混态度难逃种族优越感之嫌，这也就是布莱斯维特质疑里斯西印度作家身份的原因。在此之后，评论家拉姆昌特（Kenneth Ramchand）对西印度作家与

---

[1] Lai W L. The Road to Thornfield Hall：An Analysis of Jean Rhys' Wide Sargasso Sea[J]. New World Quarterly，1968(4)，p. 17.

[2] Brathwaite E K. Contradictory Omens：Cultural Diversity and Integration in the Caribbean[M]. Kingston：University of the West Indies，1974，p. 38.

作品的问题给出了明确的界定,"西印度文学作品是指出生或成长于西印度地区并且在西印度环境下描述出一个可辨识的西印度社会的作家的作品"①,这样就将里斯这一移居于英国的克里奥尔白人作家纳入西印度作家的行列,拉姆昌特认为里斯作品中的克里奥尔方言"以非教诲的叙述唤醒了西印度的文学体系"②,并将里斯置于与哈里斯、沃尔科特等加勒比作家同等重要的地位,考查其作品中西印度的地域特色。至此,里斯的西印度作家地位才得以确立。

对里斯西印度作家身份的认可进一步推动了其作品的后殖民研究。里斯作品的后殖民研究相对集中于《黑暗中的航行》与《藻海无边》两部作品,主要是因为这两部作品中的女性人物安娜与安托瓦内特都具有明确的克里奥尔白人身份。一方面,以弗里德曼(Susan Stanford Friedman)以及斯皮瓦克为代表的学者,将里斯视为充满殖民反抗意识的后殖民作家,围绕其作品中西印度后殖民性中的反话语叙述,控诉欧洲殖民历史带给加勒比地区民族、种族、性别以及社会文化的创伤③;而另一方面,里斯在《藻海无边》中的有关克里奥尔白人与加勒比非裔黑人间民族矛盾的叙述又不乏殖民主义与种族主义话语之嫌,这亦引起了汉德利(George Handley)等评论者的质疑,将其视为"对于受废奴运动残害的庄园主阶层的深层同情"④。里斯作品的评论者斯坦利认

---

① Ramchand K. An Introduction to the Study of West Indian Literature[M]. Middlesex: Thomas Nelson and Sons Ltd. , 1976, p. 93.

② Ibid. , p. 95.

③ 参见 Dettmar K J H. Rereading the New: A Backward Glance at Modernism[C]. Ann Arbor: University of Michigan Press, 1992, pp. 41—72; Spivak G C. Three Women's Texts and a Critique of Imperialism[J]. Critical Inquiry, 1985, 112(1), pp. 243—261.

④ Handley G. Postslavery literatures in the America: Family Portraits in Black and White[M]. Charlottesville: UP of Virginia, 2000, p. 150.

为，"对于黑人，里斯有着复杂的情感态度……她童年时与黑人的亲密关系以及在英国的经历都使得她能够理解、认同生活在英国白人世界里的黑人移民"①；另一评论者奥康纳则以里斯的采访与自传内容为佐证反驳斯坦利的观点，认为"无论是对多米尼加的黑人还是对英国的黑人，里斯都没有流露出任何同情"②；而后殖民批评家斯皮瓦克则在肯定里斯作品中后殖民反叛精神的同时，又指责里斯及其笔下的安托瓦内特的克里奥尔白人叙述对加勒比黑人女性"属下"话语的压制，将"第三世界女性建构为能指"③，体现出殖民与帝国思想的倾向。

虽然上述评论者对里斯及其作品中的殖民态度做出了与殖民思想或一致，或背离，或含混三种不同的解读，但存在以下三个共性问题：一是上述评论都仅仅以作家本人或作品中人物的种族或民族身份为评判基点，视欧洲白人或加勒比克里奥尔白人为殖民者、加勒比黑人为被殖民者，是以现当代的后殖民思想审视里斯作品描述的 19 世纪初加勒比地区的社会以及文化状况，这就势必造成时代错位解读，以后殖民思想的普适性特征遮盖里斯作品中具体的文化语境，忽略了加勒比地区特定时期的历史以及文化地貌对于里斯本人及其作品的影响。二是评论者们都是以殖民文化的主导性影响来评判里斯的作品，忽略了里斯作品中折射出的西印度文化自身的能动性与反作用力。三是上述评论是将里斯的后殖民身份与女性身份分而视之，由被殖民者反抗殖民者的叙述进而拓展至女性反抗男权压制的叙述策略，这就将里斯作品中

① Staley T F. Jean Rhys: A Critical Study[M]. London and Basingstoke: The Macmillan Press Ltd, 1979, p. 5.

② O'Connor T F. Jean Rhys: the West Indian Novels[M]. New York and London: New York UP, 1986, p. 35.

③ Spivak G C. Three Women's Texts and a Critique of Imperialism[J]. Critical Inquiry, 1985, 112(1), p. 254.

女性元素在加勒比殖民历史文化中的重要性以及克里奥尔白人与加勒比非裔黑人之间的关系做了模糊化的处理。本书尝试将里斯的《藻海无边》与《黑暗中的航行》置入加勒比地区特定时期的历史以及文化地貌进行考查，以期重新剖析里斯作品中有关欧洲白人、加勒比白人后裔与加勒比非裔黑人之间的种族、民族、性别关系，指出里斯作品中克里奥尔白人女性的心理异化不仅仅源于欧洲白人的殖民历史，也源于加勒比克里奥尔文化进程中非裔黑人族群强大的文化反向力。

里斯作品的女性主义批评首先是针对里斯作品中女性人物的懦弱。里斯式的女性人物大都依赖于男性，甘心臣服于男性权力，"与柔弱的女性气质而非女性主义的期望相一致"[1]，这样的文学叙事与女性主义寻求平等与女性自我身份的完整性似乎背道而驰。因此，里斯的作品首先遭遇到女性主义评论家的批判，"她的作品中反复出现的主题是：女性永远是男性社会的受害者……一旦成为女性，就注定没有逃脱的希望，注定成为男性至上社会中的最底层"[2]。对此，以奥康纳为代表的评论家将里斯式女性人物的懦弱归因于里斯童年及在英国流亡的经历，虽然这一阐释是以里斯本人可信的自传与采访为依据，为后来的评论提供了有力的支撑，但奥康纳将里斯作品中的隐含作者等同于真实作者，并未进一步挖掘里斯作品中自传性虚构这一特征，也未充分挖掘里斯式女性存在的深层社会原因。哈里森（Nancy R Harrison）与克洛普弗（Deborah K Kloepfer）都将里斯笔下的女性人物

---

[1]　Emery M L. Jean Rhys at "World's End": Novels of Colonial and Sexual Exile [M]. Austin: University of Texas Press, 1990, p. 11.

[2]　Miles R. The Fiction of Sex: Themes and Functions of Sex Differences in the Modern Novels[M]. London: Vision, 1974, p. 99.

视为"言说主体"①，"里斯的'史无前例'的世界是女性言语的世界，她们表达出她们想要表达的言语……她塑造的女性人物或是叙述者想说的内容是否与当下自由女性的心声吻合已经不那么重要了，重要的是记录女性在男性话语框架里未曾言说的反应"②。但略有差异的是，哈里森认为里斯的作品是对男性声音的反驳，而克洛普弗倾向于剖析女性文本中的母女关系，认为里斯不仅仅反驳男性话语，也反驳了女性文本中潜藏的女性文学这一母系语言的影响。应该说，哈里森与克洛普弗对于里斯作品中柔弱的女性声音做出了充分的解读，笔者赞同其基本观点，认为里斯作品中的女性人物并不是以倔强与反叛表现其强烈的女性意识，而是以脆弱展现女性主义建构背后不曾言说的痛苦。本书是将里斯的作品置入欧洲女性主义与加勒比女性主义写作的历史文化语境中来解读，这与哈里森与克洛普弗的研究路径截然不同。

里斯的双重身份的确使其作品具有加勒比文学与欧洲现代主义文学的不同传统，因此必然会产生以后殖民话语与英国现代性为主要视角的不同评判准则。然而依据作家身份定性其作品，显然缺乏足够的信度，也不能全面考查里斯的所有作品。20 世纪末，随着后殖民理论、女性主义批评视野的不断扩大，评论界对里斯作品的解读不再将其后殖民女性叙述与现代主义女性叙述分而视之，而是将其后殖民性、现代主义特征以及女性作家身份相结合，显示出明显的跨民族、跨文化批评倾向。相比于对里斯双

---

① 参见 Harrison N R. Jean Rhys and the Novel as Women's Text[M]. Chapel Hill and London: University of North Carolina Press, 1988, pp. 63－65; Kloepfer D K. The Unspeakable Mother: Forbidden Discourse in Jean Rhys and H. D. [M]. Ithaca and London: Cornell UP, 1989, pp. 13－15.

② Harrison N R. Jean Rhys and the Novel as Women's Text[M]. Chapel Hill and London: University of North Carolina Press, 1988, p. 63.

重文化身份的评论,埃默莉(Mary Lou Emery)与豪威尔斯(Coral Ann Howells)等人的评论则更为中肯,他们都较为全面地指出了里斯作品中的跨民族、跨文化书写特征。埃默莉指出里斯作品产生悖论性的根源是其作品中多重文化书写传统的交织,"仅仅将里斯视为一位女性作家,或是西印度作家,或是欧洲现代主义作家,无一例外地都限制了我们对其作品的理解。在每一种语境中,由于其他两种语境的加入,使其作品总是在主流之外"①。而豪威尔斯则强调里斯作品中的多重文化语境与女性书写特征的关联,"里斯通过她的小说建构的是欧洲现代主义语境下女性化的殖民情感意识,所有的殖民剥夺与文化错位都被聚焦、转嫁于性别之上,使得所有条件都凝练成为独特的女性伤痛"②。换言之,豪威尔斯亦认为不能简单地将里斯的作品归属于后殖民性、女性主义或是现代主义传统,其作品中的后殖民性、女性主义书写特征与现代主义的叙事技巧错综交杂。但是,埃默莉与豪威尔斯在论及里斯作品中复杂的文化交织性时,依旧是按后殖民性、女性主义或是现代主义传统分门别类地进行论述,如埃默莉在其专著《"世界末日"里的简·里斯:殖民与性别流放小说》(*Jean Rhys at "World's End"*)的第一章侧重于描述里斯作品中的现代主义反叛,第二章侧重于揭示加勒比文化蕴含的后殖民反抗意识,第三章则聚焦里斯作品中的女性意识;而豪威尔斯在其专著《简·里斯研究》(*Jean Rhys*)的第一章依旧分女性作家、殖民作家与现代主义作家三个板块进行论述。因此,其论述本身最终还是将里斯的作品放入三种分离的书写传统进行考查。

对此,本书认为将里斯作品中的后殖民性、女性主义以及现

---

① Emery M L. Jean Rhys at "World's End": Novels of Colonial and Sexual Exile [M]. Austin: University of Texas Press, 1990, pp. 7—8.

② Howells C A. Jean Rhys[M]. New York: St. Martin's Press, 1991, p. 5.

代主义叙事并置且分而视之是导致对里斯作品的评论两极分化的根本原因。首先，后殖民批评是以殖民/被殖民的二分法为基准，女性主义批评是以男性/女性的对立模式为基准，而现代主义阐释是以现实主义叙事/现代主义叙事的对立为基准，因此，倘若单纯以后殖民性、女性主义以及现代主义的标签定位里斯及其作品，难免会使其作品落入二元对立本质论的窠臼。对里斯作品的研究中的二元对立体系论是以现代主义文学与后殖民文学的对立与矛盾为基本预设立场，以过度强调现代主义文学与后殖民文学之间的差异而模糊或抹除这两种文学传统间的交叉与重合，因此对里斯及其作品的研究产生差异与分化视角就在所难免。其次，里斯作品中的后殖民性与女性主义视角最终都落脚于对殖民话语与父系霸权或背离，或一致，或含混的意识形态层面内容的批判，而其作品中的现代主义视角则注重于现代主义叙事形式，将后殖民性、女性主义以及现代主义分而视之的批评视角不仅割裂了里斯早期作品与最后一部作品《藻海无边》之间的关联，亦造成里斯作品内容与形式的分离，最终形成对里斯作品批评的极端分化趋向。最后，以后殖民性、女性主义以及现代主义这样旗帜分明的标签定位里斯及其作品，实际上是过度强调其后殖民性、女性主义以及现代性批评话语特征，这就容易忽略里斯作品中关于普适性的人类情感的伦理特征。事实上，里斯并不完全是一个"政治性或社会性作家"[①]，甚至里斯本人也曾坦言自己"并不是一个严格意义上的女性主义者"[②]，她只是借助文学叙事的方式诚实地感知、记录自己生活的那个时代的真实。她的作品试图诠释的

----

① Pool G. Jean Rhys：Life's Unfinished Form[J]. Chicago Review，1981，32 (4)，p. 71.

② Nebeker H. Jean Rhys：Woman in Passage[M]. Montreal：Eden Press Women's Publications，1981，p. Ⅶ.

只是女性，一个"渴望快乐但无法快乐的自我"①，诉说作家本人对女性作为社会边缘人的理解。但她的作品又绝非纯粹的自传性叙述，而是以人物自我的认知为圆心，辐射 20 世纪初生活在欧洲现代主义与殖民主义语境下的所有底层女性，叙述的是所有底层女性的生存状态与心理状态，从而一方面揭露欧洲现代主义蕴含的帝国与殖民性，另一方面展现人这一拥有自然属性的个体在现代性社会逐步被社会、种族、性别、文化符码所奴化、僵化甚至商品化的历史现实，并借此与读者进行交流，引发读者的情感共鸣。

基于上述论述，本书首先认为里斯的克里奥尔作家出身并不是里斯含混写作立场的根源，反倒是里斯书写的巨大优势。当弗里德曼、斯皮瓦克等评论家视加勒比克里奥尔白人既不是欧洲白人亦不是加勒比黑人为劣势时，只是以否定性的思维掩盖了双重否定背后肯定性的力量。换言之，里斯的克里奥尔身份使她既可以是欧洲白人，亦可以是加勒比非裔黑人；既可以是殖民者，亦可以是被殖民者，这就自然而然地消解了出身、血统、肤色、民族、种族等定式判断准则，使里斯能够以多维度、差异化的眼光与视角打量欧洲与加勒比世界。因此，在将里斯的克里奥尔白人身份视为其作品无法摆脱的幽灵以及赞同其多重文化传统的观点基础之上，本书拟将里斯置入后殖民性、女性主义以及现代主义叙事交织的跨民族、跨文化的三维立体空间内进行考查，这样的交织体系使得对里斯及其作品的研究跳出欧洲殖民/加勒比后殖民、男权/女权世界以及现代主义/现实主义的固化的二元对立思维定式，既可以宏观地审视加勒比与欧洲的现代化进程以及加勒比女性文学与欧洲女性文学的重合与分歧，映射加勒比克里奥尔

---

① Angier C. Jean Rhys[M]. Harmondworth: Penguin Books, 1985, p. 17.

文化的混杂特性，又可以避免对里斯作品研究的两极分化，同时兼顾里斯的早期作品与晚期作品，全面考查里斯作品中折射出的加勒比女性世界与文化地貌特征。

二、金凯德作品研究现状

本书研究的另一位作家金凯德，其作品无论是在写作时代或是写作主题上都与里斯的作品形成鲜明的对照与互补。首先，里斯于 1979 年逝世，而金凯德的第一部作品在 1983 年才正式出版，因此，金凯德写作的起始点恰是里斯写作生涯渐近尾声的时间点，这就从时间上构成加勒比女性流散文学内部"母女"书写关系的基础条件。其次，金凯德的加勒比非裔女性身份以及身处后殖民时代的历史文化语境能够与里斯欧洲白人后裔身份以及殖民时期的历史文化语境形成关照与互补，为管窥加勒比女性叙事与女性话语传统的嬗变提供了有利条件，使我们能够通过其作品透视女性性别与民族、种族、阶级以及社会文化语境等要素融合后的变形。最后，作为 20 世纪晚期的第二代加勒比非裔流散作家，金凯德对西印度故土与西印度文化身份的认知与里斯形成显著对比。里斯作品中的克里奥尔女性人物具有标签式的种族、阶级、性别以及文化符码转换特征，而金凯德的作品却避免了这样的符码转换，直言独立后的加勒比女性需要面对的女性自我、殖民主义以及流亡等问题。金凯德以更强烈的情感控诉英殖民历史对加勒比民族的心理创伤的同时，亦以更坦然的心态看待自己的民族身份与流亡体验，这就与里斯不断寻求文化身份归属的女性夙愿迥然不同。

目前，评论界对于金凯德作品的研究主要聚焦于文本中的母女关系叙述与跨文化性这两个方面。加勒比文学批评家克拉科（Edith Clarke）的著作《我的母亲以父之名养育了我》（*My Mother*

Who Fathered Me）呈现了加勒比文学中"母亲"这一角色的核心地位[①]，残酷的奴隶制度去除了黑人父亲的伟岸形象，促使母亲成为维系家庭纽带与民族身份的核心。因此，母子/母女关系书写就成为加勒比文学书写的叙事特征[②]。"母亲"这一形象在加勒比文学中超越了生物性概念的局限，更多承载的是民族身份的隐喻或象征寓意。尽管里斯与金凯德的作品中都涉及母女关系的叙述，但在里斯的作品中，母亲扮演生物性母亲的角色远远大于文化身份母亲的角色，甚至连疯癫都被视为生物性母亲的遗传特征；而与里斯有所不同，金凯德则将母女关系叙述推向其作品的最前端，对"母亲"这一形象的民族身份以及文化隐喻做出丰富的阐释。

因此，母女关系叙述就成为金凯德作品的核心特征，这一特征贯穿于金凯德所有的作品中。评论家西蒙斯指出"遭遇挚爱母亲的背叛是回荡于金凯德所有作品的主题"[③]，无论是在其早期作品《在河底》《安妮·约翰》，还是晚期作品《露西》《我的弟弟》《我母亲的自传》中，女主人公对母亲总是怀有既爱又恨的复杂情感。对此，评论者们从各个角度探究金凯德反复书写母女关系的缘由。弗格森（Moira Ferguson）指出金凯德作品中的母亲"具有殖民性与生物性双重的言说声音"[④]。德·阿布鲁纳（Laura Niesen de-

---

① 参见 Clarke E. My Mother Who Fathered Me: A Study of the Family in Three Selected Communities in Jamaica[M]. London: G. Allen and Unwin, 1957.

② 许多加勒比作家的作品中都描述了母亲在家庭中的主导地位，譬如兰明（George Lamming）的《在我皮肤的城堡》（In the Castle of My Skin）；克里夫（Michell Cliff）的《阿本》（Abeng）以及奈保尔（Naipaul V S）的《比斯沃斯先生的房子》（A House for Mr. Biswas）等。

③ Simmons D. Jamaica Kincaid[M]. New York: Twayne Publishers, 1994, p. 1.

④ Ferguson M. Jamaica Kincaid: Where the Land Meets the Body[M]. Charlottesville: University Press of Virginia, 1994, p. 1.

Abruna)则进一步指出其作品中反复出现的"对于母亲的仇恨"这一主题"与对文化帝国主义的仇恨密切相关"①。弗格森与德·阿布鲁纳是从母亲这一隐喻的双重性入手,将金凯德作品中个体化的母亲民族化,对生物性的母亲赋予政治内涵,即母亲是殖民者与殖民文化思想的承载者,因而女儿以抗拒母亲的方式抗拒殖民史与殖民文化的渗透。

弗格森与德·阿布鲁纳的解读重心是母女关系中的母亲,将金凯德作品中母亲的个体性与民族性、生物性与殖民性合二为一。而科巴姆(Rhonda Cobham)关注的重心是母女关系中的女儿,强调现当代加勒比女性文学中母亲个体性与民族集体性之间的断裂张力,"作为女儿,她们自身不再有母性抑或是扮演受害者的角色。母女矛盾的象征性竞技场已经从个人心理转向集体心理。正是通过这样的方式,母性的生物性与社会性产生了断裂"②。换言之,金凯德作品中的安妮、露西拒斥母亲以及母亲身份的女性书写最终指向的是加勒比各民族意欲脱离殖民统治与殖民思想的渗透,寻求独立的民族身份以及女性身份。因此,女儿身份才是母女关系政治隐喻的结点。

此外,评论家们对于"母亲"这一隐喻的具体所指也给出了不同的答案,德·阿布鲁纳认为女儿"与母亲的疏离与异化隐喻的是对完全受英帝国控制的岛国文化的疏离"③,因此,德·阿布鲁纳认为金凯德作品中的母亲是被殖民的安提瓜岛;多奈尔(Alison

① Conde M, Lonsdale T. Caribbean Women Writers: Fiction in English[C]. New York: St. Martin's Press, 1999, p. 181.

② Cobham R. Revisioning Our Kumblas: Transforming Feminist and Nationalist Agendas in Three Caribbean Women's Texts[J]. Callaloo, 1993, 16 (1), p. 56.

③ Conde M, Lonsdale T. Caribbean Women Writers: Fiction in English[C]. New York: St. Martin's Press, 1999, p. 181.

Donnell)则认为"母亲的权威是殖民母国与语言的转喻"①，亦即"母亲"指涉前宗主国英国；而另一评论家亚历山大（Simon A. James Alexander)则认为金凯德作品中的母亲具有第三重指涉，即"'真正'的非洲母亲"②。因此，西蒙斯将金凯德的作品置于非裔文学传统视域内进行了考察。

上述对于金凯德作品中母女关系以及"母亲"一词的多层隐喻评述虽然都将其视为公共政治与民族身份的宏大隐喻，却恰巧忽略了其作品中殖民历史及殖民文化思想对现当代加勒比私人领域（家庭）的影响。诸如此类的评述都强调金凯德作品中对立的母女关系，却忽视了其作品中女儿与母亲之间既依赖又断裂的含混之处。这种依赖与断裂并不矛盾，而是相辅相成，只有通过依赖才能实现最后的断裂。金凯德作品中母女之间的依赖与断裂可以拓展至多个层面，既可以是殖民者与被殖民者之间的依赖与独立，又可以是欧洲文学与加勒比文学之间、西方女性文学与加勒比女性文学之间以及加勒比女性文学内部作家间的影响关系。正如斯普林菲尔德(Consuelo Lopez Springfield)指出的那样："我们都是女儿，我们将母亲的故事重新编织进我们自己的故事，从而改变传统。"③

除了关注金凯德作品中的母女关系叙述之外，评论家们纷纷将金凯德的作品置于跨文化比较的领域进行探讨，构建其作品与西方殖民文本或非裔美国女性文学文本的对话比较模式。西蒙斯

---

① Rejouis R M. Caribbean Writers and Language: The Autobiographical Poetics of Jamaica Kincaid and Patrick Chamoiseau[J]. The Massachusetts Review, 2003, 44 (1－2), p. 222.

② Alexander SA J. Mother Imagery in the Novels of Afro-Caribbean Women [M]. Columbia: University of Missouri Press, 2001, p. 18.

③ Springfield C L. Daughters of Caliban: Caribbean Women in the Twentieth Century[C]. Bloomington and Indianapolis: Indiana UP, 1997, p. Ⅶ.

的《金凯德与经典：与〈失乐园〉和〈简·爱〉的对话》(Jamaica Kin-caid and the Canon: In Dialogue with *Paradise Lost* and *Jane Eyre*)一文从文本层面分析了金凯德作品中的露西、安妮与《失乐园》中的路西法以及《简·爱》中的简·爱的共性，揭示出金凯德作品与西方经典文本之间的对话关系，指出金凯德以重新刻写英国经典文学主题的方式，构建后殖民时代加勒比女性的话语叙事。肖克利(Evie Shockley)则是将金凯德的《露西》与勃朗特的《维莱特》放置在同一层面，探究其文本中的哥特写作传统，并以此展现金凯德与勃朗特作品中女性人物共同的社会边缘性。与西蒙斯和肖克利的观点构成鲜明对比的是科威(Giovanna Covi)的观点，在《牙买加·金凯德与对传统的抵抗》(Jamaica Kincaid and the Resistance to Canons)一文中，科威指出金凯德的《在河底》与《安妮·约翰》中的后现代主义表现方式"突破了客观的、形而上的线性叙述传统"，她的作品不能用"任何确定的表述"来定性①，这就间接地拒绝、排斥将金凯德的作品贴上任何与传统、经典有关的标签。评论家爱德华斯(Justin D. Edwards)则将金凯德的作品与非裔美国女性作家莫里森(Toni Morrison)的作品联系起来，认为"这两位作家诉说的都是历史的重要性，特别是以殖民与奴隶制时期为标记的历史"②。评论家盖茨(Henry Louis Gates Jr)更是把金凯德与莫里森和索因卡(Wole Soyinka)相提并论，认为其作品都展现了黑人的世界③。毋庸置疑，不论是将金凯德的作品置于与西方经典文学互文的层面或是置于非裔文学文化传统中进

---

① Covi G. Jamaica Kincaid's Prismatic Subjects: Making Sense of Being in the World[M]. London: Mango Publishing, 2003, p. 3.

② Edwards J D. Understanding Jamaica Kincaid[M]. Columbia: The University of South Carolina Press, 2007, p. 13.

③ Garis L. Through West Indian Eyes[N]. New York Times Magazine, 1990-10-7.

行审视，都能体现出其作品广阔的文化杂糅性，也能体现出加勒比非裔文化的杂糅性。但是脱离后殖民时期的加勒比社会语境，单纯地从文本层面或是非洲历史文化根源考查金凯德的作品，搭建起的文化对话模式仅仅是一种基于共性而忽略差异的粗放型对话模式，这种对话模式将民族、种族、性别、阶级在具体历史文化语境下的差异逐一模糊，容易落入民族、种族与性别本质化的自我陷阱。

基于此，本书聚焦金凯德的《安妮·约翰》与《露西》这两部作品，一方面关注金凯德作品中母女关系映射出的殖民历史及殖民文化思想对现当代加勒比非裔黑人家庭的影响，另一方面从金凯德后殖民时代的加勒比女性视野出发，结合其作品与《简·爱》以及《藻海无边》等互文文本搭建起的对话交流模式，多维度解析金凯德作品中独特的依赖而又断裂的外层与内层"母女"文学书写模式，最终对"母女"关系进行多重解码，并与里斯作品中母女关系的解析相互呼应，从而对加勒比女性身份叙事的历程进行宏观审视，展现女性叙述背后的民族、种族与历史文化差异。

除了上述对里斯与金凯德的作品分别做评述外，也有将二者同时并置进行研究的形式。斯蒂特（Jocelyn Fenton Stitt）将里斯、克里夫（Michelle Cliff）与金凯德的文本并置于浪漫主义、后殖民研究与女性主义传统中，意在指出"英国浪漫主义时代的意识形态在加勒比英语文学语境中至关重要但又被忽视的历史地位"[1]。虽然斯蒂特与本书的研究路径相似，但关注点却截然不同。本书强调的是英国殖民文化思想与加勒比文化思想的交互影响，并以此推向加勒比地区文化的杂糅性，并非只强调英国殖民思想单方

---

① Stitt J F. Gender in the Contact Zone: Writing the Colonial Family in Romantic-Era and Caribbean Literature[D]. The University of Michigan, 2002, p. 14.

面的影响。布罗斯(Victoria Burrows)在其著作中则是将里斯、金凯德与莫里森并置，探究"母女结"(mother-daughter knot)的隐喻在后殖民性与女性主义传统中连接种族与性别创伤的桥梁作用，修正白人女性主义修辞与黑人女性主义修辞之间的种族差异，寻求女性主义书写无种族、无民族之嫌的共性。这与本书将里斯与金凯德置入加勒比文化语境，探究二人文本映射出的加勒比社会种族、民族、性别等问题的出发点也完全不同。玛克里斯(Paula Makris)在其论文中结合巴巴(Homi Bhabha)的含混与模拟反殖民话语策略以及布迪厄(Pierre Bourdieu)的教育理论，探讨了殖民教育对加勒比文学和文化的作用以及加勒比作家作品中抵制殖民教育的反话语策略。该文主要是以詹姆斯(C L R James)、兰明、奈保尔、沃尔科特、布莱斯维特等加勒比男性作家为主要研究对象，只是在最后一部分简略论述了殖民文化教育对里斯与金凯德创作的影响。因此，这与本书关注加勒比女性作家作品的思路有所不同，在主要研究对象与研究方法上也都与本书不同。

相比于国外对加勒比文学与加勒比女性文学的积极关注，国内外国文学界对加勒比文学的研究起步较晚①，并且集中在奈保尔与沃尔科特这两位诺贝尔文学奖得主身上，对加勒比女性作家的研究相对较少。里斯是国内学界关注较多的一位加勒比女性作

① 国内对加勒比文学的关注始于 21 世纪初一些文学史中的引介：任一鸣、瞿世镜在 2003 年合著的《英语后殖民文学研究》的第三章对现当代加勒比英语文学作家做了引介；吴元迈在 2004 年主编的《20 世纪外国文学》中介绍了里斯与奈保尔的作品；2007 年张德明的著作《流散族群的身份建构——当代加勒比英语文学研究》是"国内第一部完整、系统地论述当代加勒比英语文学的学术专著"，该著解析了加勒比英语文学以及文化中不同时期突出的作家及其代表作品，对加勒比英语文学谱系做了宏观的叙述与剖析。

家①，但焦点也更多停留在《藻海无边》这部作品中，关注其逆写《简·爱》的后殖民反话语叙事特征，即停留在文本修正层面，对这部作品中具体的加勒比文化语境挖掘则相对有限。而对金凯德作品的关注则尚处于引介阶段，对类似于金凯德这样的非裔加勒比作家的研究也只是将其笼统地归入后殖民文学或非裔文学传统，这就势必会忽略加勒比非裔作家的作品与非裔文学传统以及其他后殖民文学之间的差异②。因此，在多元文化的语境中，研究加勒比文学以及加勒比女性文学对丰富、推动国内后殖民文学研究、非裔文化研究及比较文学等学科的发展都有着重要的现实意义。

第三节　本书研究思路与方法

基于上述论述，本书以里斯与金凯德的作品为文本分析对象，依托于不同文学、文化间的互动与对话以及回归具体历史语

---

① 国内学术界对里斯作品进行研究的论文主要有：曹莉的《简论〈茫茫藻海〉男女主人公的自我建构》《后殖民语境中的解构与回归——解读〈藻海无边〉》，孙妮的《琼·里斯生平及其作品》，何昌邑、区林的《边缘女性生存：谁是〈简·爱〉中的疯女人——〈茫茫藻海〉的底蕴》，张德明的《〈藻海无边〉的身份意识与叙事策略》，张峰的《"属下"的声音——〈藻海无边〉中的后殖民抵抗话语》；专著有张峰的《"他者"的声音——吉恩·瑞斯西印度小说中的抵抗话语》。国内对里斯的作品主要是以《藻海无边》为研究对象，但近年来也逐渐关注里斯的其他作品，如论文有陈颖卓的《论〈早安，午夜〉的文体特征》，赵静的《逆写"黑暗之心"——评简·里斯的〈黑暗中的航行〉》，尹星的《女性在城市非场所中的现代性经验——里斯〈早安，午夜〉研究》。

② 目前，国内对金凯德的关注主要限于《我母亲的自传》与《安妮·约翰》等作品。《我母亲的自传》已被译为中文，参见路文桦译：《我母亲的自传》[M]. 海口：南海出版公司，2012年。主要论文有路文桦的《愤怒之外，一无所有——美国作家金凯德及其新作〈我母亲的自传〉》，谷红丽的《一个逆写殖民主义话语的文本——牙买加·金凯德的小说〈我母亲的自传〉解读》，舒奇志的《殖民地文化的成长之旅——牙买加·金凯德自传体小说〈安妮·章〉主题评析》，芮小河的《加勒比民族寓言的性别寓意——评〈安妮·约翰〉及〈我母亲的自传〉》。

境分析文本的后殖民文学研究思路，以跨民族、种族与跨文化比较为研究路径，通过加勒比女性身份叙事这一侧面，管窥自《简·爱》开始的女性话语传统在加勒比社会文化语境中的流变与变形，并挖掘加勒比女性叙事背后错综交织的文化内涵，本书的名字"加勒比文学'简·爱'塑形研究"正是由此而来，这一名字主要是从加勒比女性文学与西方女性文学在叙事内容与叙事形式重合与差异并存的角度提出的。其叙事内容具体指涉的是以简·爱所承载的女性意识与反叛精神为女性话语的共性主旨，通过里斯与金凯德作品中的女性人物叙述，呈现女性话语传统在加勒比社会文化中的变形，揭示加勒比女性叙事背后的文化混杂性。而其叙事形式则是指代以《简·爱》为主的西方女性文学所产生的文学叙述形式在加勒比女性叙事中发生的流变，里斯与金凯德在其作品中将西方女性自传、成长小说与罗曼司叙事形式混杂，形成加勒比女性叙事策略。这不仅仅是一种挪用策略，更是对女性话语叙事形式的丰富与延续。因此，加勒比女性叙事以及加勒比女性叙事映射的文化内涵就成为本书的核心论点。围绕这一核心论点，本书集中探讨以下问题。

1. 里斯与金凯德在其作品中如何叙述当代加勒比女性的被殖民记忆与被殖民体验，她们的文学叙述有何种共性，又有何种差异，以及为何会产生这般差异？

2. 里斯殖民主义时期的作品与金凯德后殖民主义时期的作品采用了怎样的叙事策略，从而得以体现自己与同时代的欧洲作家、欧洲女性主义作家或加勒比男性作家的差异，凸显加勒比女性的独特文化身份；又采用了怎样的叙事策略表征当代加勒比女性流散文学的共性美学特征。

3. 改写、重写西方经典文本是将里斯与金凯德置入同一分析模式的内在基点，这样的改写、重写策略为何在加勒比文学中尤为普遍？加勒比文学中的改写策略在后殖民重写叙事的阵营中具有怎样的独特之处？而里斯与金凯德对西方经典文本的挪用又有怎样的异同？

4. 尽管里斯与金凯德的作品有种族与时代语境的差异，但其作品都折射出加勒比文化地貌的变迁，那么她们的文学叙事映射出怎样的加勒比文化地貌？加勒比地区的文化地貌变迁对当今全球一体化进程的要求与多元文化的社会现实又有何种启示？

对上述问题，本书分四章进行探讨：

第一章主要是在加勒比克里奥尔文化语境中审视加勒比女性文学在加勒比英语文学中的文化位置，将里斯与金凯德的作品置入加勒比文学与欧洲文学、加勒比女性文学与欧洲女性文学构建的坐标系上，探寻两位作家在其中共享的文学文化传统，辨析里斯和金凯德的作品与《简·爱》所代表的西方女性文学作品之间在叙事内容上共性与差异、重合与分歧、依赖与分裂并存的修正性文本关系。

第二章聚焦里斯和金凯德的作品与《简·爱》所代表的西方女性文学作品在文类形式层面产生的修正性文本关系。里斯与金凯德在其作品中将西方女性自传叙事、成长叙事和罗曼司叙事形式与加勒比女性的社会历史体验糅合，使其分别在殖民时代与后殖民时代的历史文化语境中发生变形，形成具有加勒比女性话语特征的虚构自传、反成长与反罗曼司叙述形式。这种文类变形既是对其共性的女性话语精神的继承，又是在加勒比文化语境中对西方女性叙事方式的修正。

第三章集中探讨里斯与金凯德作品中以母女关系为主线索而构建的加勒比女性身份叙事。20世纪中后期女性话语的转向，即"母亲"的回归，为加勒比女性身份的构建提供了有力的话语支撑，因此本章通过追溯里斯与金凯德作品中女儿与母亲之间依赖与疏离、爱恨交织的复杂关系叙述，揭示加勒比母亲话语产生的具体社会历史成因，解析"母亲"这一书写主题在加勒比社会历史语境中承载的文化寓意，映射加勒比女性书写集民族身份构建与女性身份构建为一体的书写特征。

第四章主要聚焦里斯与金凯德作品中英殖民文化与加勒比地区非裔文化之间的双向影响，着重探究英殖民文化与加勒比地区非裔文化传统对欧洲白人与加勒比非裔黑人的共时性影响，并以此搭建殖民文化与后殖民文化间的互动关系平台，修正后殖民文学研究中白人殖民者与黑人被殖民者之间对抗的定式评论思维，阐释加勒比地区英国殖民文化与加勒比非裔文化间具象化的文化杂糅性。

结语则是通过加勒比女性文学与西方女性文学在文学表现主题与形式层面的重合与差异，折射西方文学与后殖民文学之间的文学文化对话关系，为后殖民文学跨民族、跨文化的交叉化研究提供路径。

第一章
女性精神在加勒比文化语境中的延续

历史就像创伤一样，从不会是一个人的……历史是让我们都卷入彼此创伤的方式。

——[美]凯西·卡鲁斯

我读《简·爱》的时候会把自己想象成夏洛蒂·勃朗特，尽管她100年前生活的世界与我的世界完全不同，但这都阻止不了我阅读《简·爱》，我一直认为我会成为夏洛蒂·勃朗特。

——牙买加·金凯德①

①　金凯德出生于英属西印度群岛的安提瓜岛，后移居美国纽约佛芒特州，对于其确切的国籍信息难以考证。

英殖民文化与殖民教育的影响以及加勒比人需要言说的心理诉求使得加勒比文学与西方文学之间的互文关系得以产生。然而，这种跨文化的互文性在后殖民批评中却只是被逆写、重写以及挪用等普适的后殖民书写策略囊括，这不仅忽略了加勒比女性文学产生的具体历史文化语境，亦忽略了语境在互文关系中的重要性。因此，回归具体的历史文化语境就成为探究加勒比文学与西方文学互文关系以及管窥加勒比多元文化杂糅性的首要条件。据此，本章以回归加勒比具体的历史文化语境为重心，首先追溯加勒比文学与加勒比女性文学的发展历程，定位加勒比女性文学在加勒比文学中的文化位置，指出加勒比女性文学将性别与民族、种族、阶级等元素进行融合的女性文化修正历程。这种女性文化书写特征为将里斯与金凯德这两位具有民族、种族差异的女性作家及其作品并置提供了有效的文化语境关照。其次是回归里斯与金凯德创作的时代语境，以里斯和金凯德的作品与西方女性文学作品之间的文学互文性为契机，探寻加勒比女性文学与西方女性文学共享的女性文学文化传统，指向加勒比女性文学与西方女性文学在叙事内容与叙事形式上共性与差异、重合与分歧、依赖与分裂并存的关系。

第一节　加勒比历史文化语境

1492 年 10 月 12 日，航行了 2400 海里①的哥伦布抵达加勒比地区的圣·萨尔瓦多②，发现了这一物产丰富的新世界，也就此开启了西班牙、英国、荷兰、法国等欧洲国家对该地区长达几个世纪的殖民统治。漫长的欧洲殖民历史造就了加勒比地区独特的文化地貌：随着原住民阿拉瓦克(Arawaks)与加勒比(Caribs)本土民族的消失，加勒比人丧失其本土文化源头，陷于文化无根性。欧洲文化、非洲文化以及亚裔文化的重新输入最终形成了加勒比碎片状的、多民族混杂的多元文化模式。异质性与杂糅性就成为加勒比地区多元文化的显著属性，而不同文化之间的关系则成为连接加勒比异质与杂糅文化的核心节点。对于加勒比多元文化的杂糅性，加勒比著名诗人及文学评论家格里桑用"一连串的关系"构筑的"关系诗学"来加以描述："究竟什么是加勒比？它是一连串的关系。我们都能感受到它，我们都会以或隐藏或迂回的方式表达它，或者我们也会强烈地否认它。但是无论怎样，我们都明白加勒比海始终存在于各个岛屿之间。"③。与此相对应，另一位评论家达什(J Michael Dash)则以"一连串的文学关系"来界定加勒比文学叙述的多样性："什么是加勒比文学？加勒比文学就是一连串的文学关系。"④

---

① 1 海里≈1852 米。

② 菲格雷多，弗兰克·阿尔戈特-弗雷雷. 加勒比海地区史[M]. 王卫东译，北京：中国大百科全书出版社，2011，p.14.

③ Glissant E. Caribbean Discourse[M]. Trans. J. Michael Dash. Charlottesville：UP of Virginia, 1989，p.139.

④ Dash J M. The Other America：Caribbean Literature in a New World Context [M]. Charlottesville：University of Virginia Press, 1998，p.20.

实际上，达什强调的加勒比文学关系与格里桑强调的文化关系彼此之间相辅相成，都是凸显加勒比地区文化与文学形式的跨文化特性。如果说格里桑所言的文化关系诗学的实质是打破种族、民族等历史文化范畴的既定约束，强调加勒比地区不同文化之间的互动与交融，那么达什所指的加勒比文学关系的实质则是强调加勒比文学与西方文学、非洲文学以及亚裔文学之间在文学形式层面的互文性，亦如达什所言："新世界（即加勒比世界）这一语境或许比较粗糙，甚至有时不尽如人意，但它的确提供了一个能够将跨越语言与民族界限的作品与意识形态并置的文化语境……通往加勒比文学唯一有用的方法就是互文性。"①相比与其他文学的互文关系，加勒比文学与西方文学之间的互文关系则颇为显著。譬如，西塞尔（Aime Cesaire）的《暴风雨》(Une Tempete，1969)改编于莎士比亚的《暴风雨》(The Tempest，1611)，尽管西塞尔的《暴风雨》重点凸显的是卡列班（Caliban）所代表的黑人奴隶的愤怒与抗议；兰明在其文集《流亡的快乐》(The Pleasures of Exile，1960)中亦是借用莎翁《暴风雨》中的普洛斯彼罗（Prospero）与卡列班的关系，呼吁加勒比知识分子行使西印度黑人话语逆转的权力；哈里斯《孔雀宫殿》(Palace of Peacock，1960)中的迷幻航行重蹈康拉德《黑暗之心》(The Heart of Darkness，1902)的非洲之旅；里斯《藻海无边》中安托瓦内特的故事则成为《简·爱》中"阁楼上的疯女人"伯莎的前传。

加勒比文学与西方文学间之所以出现如此多的互文关系主要归因于根深蒂固的殖民文化与殖民教育的影响。布莱斯维特对于英国殖民文化与教育的影响给出了如下客观而中肯的评价："英

---

① Dash J M. The Other America: Caribbean Literature in a New World Context [M]. Charlottesville: University of Virginia Press, 1998, p. 20.

属加勒比地区的教育体系不仅仅是要求说英语，而且也承载了英语文化遗产的轮廓。"①而接受殖民文化教育的加勒比作家则借助作品中人物的叙述声音表达了这种殖民文化的影响。里斯在《黑暗中的航行》借安娜的叙述声音说道："自我能够阅读开始，我就知道英国……"②金凯德笔下的露西也有着同样的经历，"当我还是维多利亚女王女子学校一个 10 岁小学生的时候，我就被要求必须会背诵一首（英语）诗歌……"③而奈保尔在《模拟者》(*The Mimic Men*，1969)中则借助辛格(Ralph Singh)的叙述声音指出殖民教育使得加勒比人成为"模拟者"的负面影响，"我们只是假装真实、假装学习、假装为了我们自己的生活而做准备，我们都是新世界里的模拟者"④。除去殖民文化与殖民教育对加勒比作家文学记忆的冲击之外，英国文学作品中对于加勒比人形象的扭曲叙述也是促使加勒比文学与西方文学之间产生互文性的原因。作为英国殖民社会现代性与优越性的文化标记，英国文学作品塑造出了诸如普洛斯彼罗、鲁滨孙(Robinson)等大批优秀的"哥伦布后代"的形象，他们无一不是大英民族文化与文明的优秀继承者，而卡列班与星期五(Friday)等加勒比人在主流文学叙述中只能被动地被贴上原始、野蛮的文学标签，等待欧洲现代文明的垂怜与救赎。因此，当西塞尔、兰明、哈里斯等加勒比作家开始写作时，他们的作品首先就会通过与西方文学之间的互文关系，重新书写加勒比人的视角，发出加勒比人曾经被压制的声音，从而碰撞出对抗殖民话语的反击力量。

---

①　Fiedler L A. English Literature: Opening Up the Canon[C]. Baltimore: John Hopkins UP，1981，p. 18.

②　Rhys J. Voyage in the Dark[M]. Harmondsworth: Penguin Books，1969，p. 9.

③　Kincaid J. Lucy[M]. New York: Farrar, Straus and Giroux，1990，p. 30.

④　Naipaul V S. The Mimic Men[M]. New York: Penguin Books，1969，p. 146.

然而，殖民与反殖民的意识形态冲突却使得加勒比文学与西方文学之间存在的互文关系要么被后殖民理论以对帝国话语的"逆写"盖棺论定，要么被笼统地纳入后殖民挪用策略。以阿什克罗夫特(Bill Ashcroft)为主的后殖民时代批评家认为兰明、里斯等人的作品以"逆写帝国"的方式构建起了后殖民时代反殖民的话语批评范式①；博爱莫(Elleke Boehmer)等后殖民评论家则认为重写这一叙述策略使得后殖民作家得以重新书写自己的民族历史②；而以饶(Raja Rao)为代表的后殖民作家则将"不以自己母语写作但却表达自己民族精神"的方式③，即挪用殖民语言及文学形式的方式，视为瓦解殖民文化霸权地位的有效策略。兰明、哈里斯、里斯等加勒比作家以逆写殖民文学经典、挪用殖民语言与殖民文学形式的方式抗击殖民话语暴力这一后殖民评述观点毋庸置疑，亦无可厚非，但忽略加勒比地区具体的历史文化语境，将加勒比文学与西方文学之间的互文关系以逆写、重写以及挪用等普适的后殖民书写策略一概论之，无疑抹杀了加勒比地区克里奥尔文化的杂糅特性。而将里斯、金凯德等加勒比女性作家的作品与西方女性文学之间的文学互文性一并纳入无民族、种族与性别差异的后殖民逆写、重写与挪用策略，不仅忽略了加勒比女性文学书写的历史语境，亦忽略了女性性别在西方与后殖民父权社会体系下所受到的共性的经济、家庭伦理等社会文化束缚以及共性的女性文化心理诉求。因此，回归加勒比具体的历史文化语境就成为探究加勒比文化杂糅性以及探究加勒比文学与西方文学互文关

① Ashcroft B, Griffiths G. , Tiffin H. The Empire Writes Back: Theory & Practice[M]. New York: Routledge, 1989, pp. 189—194.

② Boehmer E. Colonial and Postcolonial Literature[M]. Oxford: Oxford UP, 1995, pp. 188—189.

③ Britton C. Edouard Glissant and Postcolonial Theory: Strategies of Language and Resistance[M]. Charlottesville : University of Virginia Press, 1999, p. 34.

系的首要条件。

事实上，回归具体历史文化语境一直是探究不同文学互文关系的必要要素之一，克里斯蒂娃(Julia Kristeva)的互文概念本身就包括了文本互文与语境互文两层含义。她在提及互文性概念时亦同时指出互文文本内对话的各个写作要素包括"写作主体、接受者(或是人物)和当前或之前的文化语境。"①写作主体、接受者和文化语境这三种要素构建了一个混杂的"复调集团"，彼此形成狂欢式的对话体系。互文体系则是以写作主体—接受者构成的"横轴"与文本—语境构成的"纵轴"的交会共同定位话语位置的符号系统。因此，只有回归加勒比具体的历史文化语境才能逐层剖析加勒比文学与西方文学的多层文化与文学关系。

第二节　加勒比女性文学的自我修正历程

与其他后殖民文学一样，加勒比文学大致经历了模仿西方文学、构建民族文学、走向现当代文学多样性的历史进程。模仿阶段主要是指 20 世纪初期及之前的加勒比文学书写，这一阶段的加勒比文学常因其"幼稚、模仿、浓烈的政治性与毫无价值的审美"等特征被斥于"加勒比文学阅读的框架与路径"之外②，尽管加

---

① Kristeva J. Desire in Language：A Semiotic Approach to Literature and Art [M]. Oxford：Basil Blackwell，1980，p. 66.

② Donnell A. Twentieth-Century Caribbean Literature[M]. London and New York：Routeledge Publishing House，2006，p. 11.

勒比评论界对此仍然颇有争议①。而评论界较为统一的看法则是：20世纪50—60年代才算得上是加勒比民族文学发展的开始时期。评论家帕凯（Sandra Pouchet Paquet）指出："一个公认的事实是自20世纪50年代开始的10年，使得西印度文学发展成为一个可辨识的存在。"②；多奈尔则将20世纪50年代视为加勒比文学的第一次"爆发期"③，兰明、塞尔文与奈保尔等移民或流亡于英国的男性作家成为加勒比民族文学发展时期的主要支柱。

20世纪40年代末到60年代是加勒比人移居英国的高峰期。两次世界大战之后，英国政治与经济实力大大削弱，而英殖民地的反殖民运动此起彼伏。为了复苏英国经济以及缓解殖民矛盾与殖民地独立的进程，1948年1月1日英国政府颁布的《1948年英国国籍法案》（British Nationality Act 1948）正式生效，这一法案允许所有英殖民地人以英国公民的身份自由移居英国。1948年6月22日，载有492名首批西印度群岛移民的"帝国疾风号"（Empire Windrush）轮船抵达伦敦蒂尔波里（Tilbury）码头，这既是加勒比移民热潮开始的标志，亦就此开启了兰明一代大批加勒比流

---

① 评论家O R Dathorne在其编著的《加勒比叙事》（Caribbean Narrative）中，指出加勒比文学在出现米特尔奥尔兹以及随后的兰明、塞尔文与奈保尔之前，西印度土著文学至少存在了150年。参见Dathorne O R. Caribbean Narrative: An Anthology of West Indian Writing[C]. London: Heinemann Educational Books Ltd. , 1966, p. 3. 自21世纪初开始，奥克拉汉与罗森博格等评论家亦开始挖掘自19世纪至20世纪初的加勒比文学作家，将科巴姆（Stephen Cobham）、哈特姐妹（Anne Hart Gilbert and Elizabeth Hart Thwaites）、麦克德尔莫特（Thomas Macdermot）等作家一并纳入加勒比文学范畴。参见Rosenberg L R. Nationalism and the Formation of Caribbean Literature [M]. New York: Palgrave Macmillan, 2007; O'Callaghan E. Women Writing the West Indies, 1804—1939[M]. Routledge: London and NewYork, 2004.

② King B. West Indian Literature[C]. London: Macmillan Press Ltd. , 1979, p. 63.

③ Donnell A. Twentieth-Century Caribbean Literature[M]. London and New York: Routeledge Publishing House, 2006, p. 11.

散作家的反殖民性质的民族主义书写时代。兰明、塞尔文等移居英国的加勒比男性作家不仅占据了加勒比文学舞台的中心，也吸引了英国文学界的关注，以至于有评论家感慨道："20世纪50年代至60年代中期的伦敦完全成了展示西印度文学耀眼成果的中心。"[1]

自20世纪60年代开始，随着加勒比地区的各个殖民地纷纷获得独立，加勒比文学亦随之进入多元化发展阶段。如果说加勒比民族文学的发展主要是以兰明一代的男性作家为核心，那么加勒比文学多元化发展阶段的核心特点就是加勒比女性话语的凸显。与欧洲现代性和民族文化身份构建视男性话语力量为主导叙述的历程一样，加勒比现代性与民族文化身份想象性的构建同样是以男性话语为核心，而女性话语常被排斥于加勒比男性话语世界之外。当维恩特（Sylvia Wynter）指出兰明作品中女性话语缺场这一事实时，"女性在兰明的作品中总是莫名地空缺……她们只是在男性失败或成功之时，才与他们产生联系"[2]，兰明做出了这样的解释："将女性下意识地视作看不见的在场，即将她的在场视为缺场，这在我们这种待发展的社会中是一个连续存在的事实"[3]。殖民历史与男权话语的主宰使得加勒比女性话语诉求与女性体验长期处于无声状态。评论家戴维斯（Boyce C Davies）等人指出女性书写无声的状态具体是指"女性作家文本的历史缺场，即在奴隶制时期、殖民主义时期、去殖民化时期、女权运动时期以及其他的社会文化问题中女性的缺场。无声同样也指沉默，是

① Brenier L A. An Introduction to West Indian Poetry[M]. Cambridge: Cambridge University Press, 1998, p. 96.

② Dance D. New World Adams: Conversation with Contemporary West Indian Writers[M]. London: Peepal Tree, 1992, p. 304.

③ Gregg V M. Caribbean Women: An Anthology of Non-fiction Writing 1890—1980[M]. Notre Dame: University of Notre Dame Press, 2005, p. 1.

在主导话语中无法表述自己的立场以及女性在文本中被构建为沉默者"①。因此，当写作成为加勒比女性击破无声状态的有力工具时，加勒比女性身份话语的探寻历程亦就此开启。自20世纪70—80年代开始，克里夫、布德柏（Urna Brodber）、丹蒂凯特（Edwidge Danticat）、西尼尔（Olive Senior）、古迪森（Lorna Goodison）等大批加勒比女性作家成为加勒比文学的新生代主力军，她们以女性视角重新审视、反思加勒比殖民历史与文化身份建构。为此，评论家詹姆斯（Louis James）将20世纪70—80年代加勒比女性作家的书写与20世纪60年代西印度男性作家的民族主义书写视为同等重要的"平行发展时期"②，而多奈尔则索性将其视为加勒比文学的第二次"爆发期"③。

本书选取的第一位加勒比女性作家里斯恰处于加勒比文学发展的第一阶段与第二阶段之间，其创作时期跨越殖民时期与加勒比民族解放运动时期，从20世纪20—30年代延伸至20世纪60年代末期，其作品介于欧洲现代主义与加勒比民族主义书写文化传统的交界处。虽然里斯并未直接参与兰明一代的加勒比民族主义文学的建构，但她对于西印度人流亡或移民中感到的强烈的无根感和文化错位叙述与兰明一代的作家并无二致。奈保尔认为，"里斯早在三四十年前就已经涉足我们今天所关注的主题：孤独、在社会与集体中的缺失感、心理破碎感、依赖、失落……"④；而

① Davies C B, Fido E S. Out of the Kumbla: Caribbean Women and Literature [C]. Trenton: Africa World Press, 1990, p. 1.

② James L. Caribbean Literature in English[M]. Harlow: Longman, 1999, p. 199.

③ Donnell A. Twentieth-Century Caribbean Literature[M]. London and New York: Routeledge Publishing House. 2006, p. 11.

④ Frickey P M. Critical Perspective on Jean Rhys[C]. Washington: Three Continents Press, 1990, p. 58.

约瑟夫(Margaret Paul Joseph)则将里斯、兰明与塞尔文的作品并置,指出三位作家对于西印度人流亡心理的共性书写特征①。因此,早于兰明一代而书写加勒比流亡女性生活窘境的里斯,无论是从写作时代或是写作主题上都堪称加勒比流散文学与女性文学叙述的先驱,评论家德·阿布鲁纳就曾指出"里斯堪称是加勒比女性文学的母亲,她对于女性体验的全面展现几乎很难在其他男性或是女性作家的作品中发现"②。

而本书探究的另一女性作家金凯德则是加勒比第二代流散女性作家的代表。20 世纪 50—60 年代初西印度移民的大量涌入激化了英国白人与西印度黑人移民的种族矛盾,1958 年的诺丁山民族暴力冲突事件(Notting Hill riot)更是成为这种积蓄已久的民族敌视情绪与种族冲突的集中爆发点。为此,英国政府于 1962 年通过了《英联邦移民法案》(The Commonwealth Immigration Act),改变其移民政策,限制西印度人在内的所有有色人种移民英国。而与此同时的美国政府,却于 1965 年实施了移民政策较为宽松的《移民与民族法案》(Immigration and Nationality Act),支持西印度人自由移民,这使得金凯德、克里夫等加勒比非裔女性作家就此移居美国,成为后殖民时代加勒比流散文学以及加勒比女性文学发展的重要组成部分。作为加勒比第二代流散女性作家的代表,金凯德的创作时间则是从 20 世纪 80 年代开始延续至今③,正值女性文学繁荣发展与加勒比女性主义文学传统的构建时期,其作品既展现出加勒比女性在后殖民时代对于殖民历史以

---

① Joseph M P. Caliban in Exile: The Outsider in Caribbean Fiction[M]. Westport: Greenwood Press, 1992.

② Bloom H. Jamaica Kincaid [M]. Philadelphia: Chelsea House Publishers, 1998, p. 13.

③ 金凯德的新作 See Now Then 已于 2013 年出版。

及加勒比民族文化现实的反思，亦彰显出加勒比女性身份跨文化建构的话语特征。因此，借助里斯与金凯德跨越时空的女性作品以及作品中交叉化的历史文化语境，我们既可以管窥加勒比社会民族、种族、性别与社会文化在不同历史语境下的变迁，又可以纵观加勒比女性文学书写传统在后现代社会语境中的嬗变。

如果说处在加勒比文学第一次爆发期的兰明一代的加勒比男性作家的首要书写任务是"在殖民历史遗留的真空中对过去进行想象性的重构"①，通过文学想象的方式重新释放被殖民历史叙述压制、扭曲变形的加勒比历史文化，从而展开一场"历史与文学的争论"②，亦即一场大写的殖民历史与小写的加勒比反殖民历史书写的话语对抗，那么处于加勒比文学第二次爆发期的加勒比女性作家就是要添加并且重点凸显女性身份在加勒比历史文化重构中的重要性，以女性视野审视加勒比殖民历史、民族、种族等社会文化问题，为曾经被殖民历史与加勒比男权世界压制、漠视的女性话语重整旗鼓。

虽然加勒比评论界较为统一的看法是自 20 世纪 70 年代加勒比女性文学才开始繁荣③，但这一时间点的确立是以加勒比黑人女性写作的强势发展为准则的，而加勒比早期的白人女性叙述以及诸如里斯等欧洲裔女性作家的作品往往被加勒比女性文学主流排斥在这一时间之外。评论家尚西（Myriam J A Chancy）就曾指出："实际上，加勒比女性文学有着悠久的历史，譬如 20 世纪早期的简·里斯（多米尼加）与乌娜·玛森（牙买加）等女性作品……

---

① Glissant E. Caribbean Discourse[M]. Trans. J Michael Dash. Charlottesville: UP of Virginia, 1989，p. XXXII.

② Ibid. , p. 61.

③ Scott H C. Caribbean Women Writers and Globalization: Fictions of Independence[M]. Burlington: Ashgate Publishing Company, 2006, p. 4.

但这些历史却大都被淡化或忽略了。"①因此，加勒比女性文学传统的构建自一开始就有着旗帜鲜明的种族界限，种族成为加勒比女性文学决定性的因素。19世纪至20世纪早期的加勒比非黑人女性作品常常被排斥于加勒比文学行列之外，"一部分原因是早期女作家中有许多是英国人，另一部分原因是她们对于殖民（叙述）形式毫不含糊的模仿以及作品中存在的殖民意识形态的印迹"②。而早期的加勒比黑人女性大多沦为奴隶，其"受教育的机会几乎是微乎其微"③，尚不具备写作的能力。为此，评论家斯米洛维茨（Erika Smilowitz）在20世纪80年代曾坦言除去少数白人女性（如纽金特夫人，Lady Nugent）写的一些日志与废奴小说之外，19世纪的西印度文学"单就（加勒比黑人）女性作家而言，完完全全是一片贫瘠之地"④。于是，在很长一段时期内，加勒比女性文学形成了要么是书写加勒比黑人女性，要么是由加勒比黑人女性书写的文学叙述模式。

除了种族问题，加勒比女性文学的阶级观念也比较鲜明。评论家霍温（Ishabel Hoving）认为加勒比女性文学传统是隶属于女性工人与劳苦大众阶层的传统，"与男性作家一样，女性作家需要书写的是无尊严的奴隶劳工为反压迫而战，为独立而斗争"⑤；另一评论家奥克拉汉（Evelyn O'Callaghan）亦指出加勒比女性写

---

① Chancy MJ A. Searching for Safe Spaces: Afro-Caribbean Women Writers in Exile[M]. Philadelphia: Temple University Press, 1997, p. XIX.

② O'Callaghan E. Women Writing the West Indies, 1804—1939[M]. London and NewYork: Routledge, 2004, p. 5.

③ Ibid. , p. 2.

④ Smilowitz E, Knowles R. Critical Issues in West Indian Literature: Selected Papers from West Indian Conferences 1981—1983[C]. Parkersburg: Caribbean Books, 1984, p. 19.

⑤ Hoving I. In Praise of New Travelers: Reading Caribbean Migrant Women's Writing[M]. Stanford: Stanford University Press, 2001, p. 3.

作只是为了关注黑人女性，更具体地说是为了关注黑人工人阶层的女性问题①，这就无形中将加勒比地区白人女性与其他族裔、阶层的女性生活边缘化。因此，诸如里斯这样的克里奥尔白人女性被排除在加勒比女性文学领域之外也就不足为奇。加勒比女性文学中存在的种族、阶级问题归根结底是源于欧洲殖民主义的历史与意识形态形成的思想定式，这种定式使得早期加勒比白人作家更多着墨于"与黑人体验无任何关联"的加勒比白人的生存体验，而加勒比黑人作家更多倾心于叙述加勒比黑人群体的苦难历程，却都忽视了加勒比地区民族、种族的多样性，忽视了"加勒比社会从一开始就是由好几个种族构建，任何对这个社会的文学文化定位都应该考虑这一事实"②。

20世纪末至21世纪初，随着后殖民文学以及女性文学的多元发展，奥克拉汉等评论家呼吁重新修正加勒比女性文学的历史，以揭示加勒比文学中存在的种族、阶级等问题，避免将加勒比女性文学限定在加勒比黑人女性以及黑人工人阶层这一范畴③。在《女性书写西印度：1804—1939》(*Women Writing the West Indies*，1804—1939)一书中，奥克拉汉将早期加勒比女性文学的源

---

① O'Callaghan E. Women Writing the West Indies，1804—1939[M]. London and NewYork：Routledge，2004，p. 2.

② Ibid. ，p. 7.

③ 虽然布莱斯维特、拉姆钱德(Ramchand)等评论家在20世纪50—60年代都曾倡议加勒比文学并非一种声音，只要能映射加勒比风土人情、历史文化的文学文本都可以归属于加勒比文学，然而他们的主要视点仍旧是针对殖民主义，并未重点凸显加勒比文学以及加勒比女性文学中的种族问题。参见 Brathwaite E K. Roots[M]. Ann Arbor：The University of Michigan Press，1993，pp. 111—126；Ramchand K. West Indian Literary History：Literariness，Orality and Periodization[J]. Callaloo，1988，11 (1)，pp. 95—110.

头追溯至 1804 年①，将出生或定居在加勒比的精英或白人中产阶级女性的作品一并容纳，指出诸如哈特姐妹（Anne Hart Gilbert and Elizabeth Hart Thwaites）等早期移居加勒比地区的白人女性叙述对加勒比女性文学的贡献，尽管奥克拉汉并不否认"从意识形态上来看，许多女性作家是种族主义者或殖民主义者，另外一些是文化与种族差异敏感者；一些是最初的女性主义者，还有一些则是父权体系的维护者"②。此外，奥克拉汉跳出白人殖民者与黑人被殖民者非黑即白、黑白二元对立的种族、阶级殖民话语思维模式，重点探讨了一度被加勒比女性文学评论界所忽视、排斥的早期加勒比白人女性的生存境遇，对加勒比庄园经济时代的白人女性与黑人女性之间的关系进行重新审视，前置、凸显"西印度早期女性文学建构中存在的异质、含混与不稳定性"③。21 世纪初的另一位评论家卢森伯格（Leah Reade Rosenberg）则是在《民族主义与加勒比文学的构成》（*Nationalism and the Formation of Caribbean Literature*）一书中将里斯这样的克里奥尔白人女性作家与另一位 20 世纪早期的加勒比女性作家玛森一同归入加勒比民族主义文学文化传统，指出里斯的作品是从加勒比女性主义的视角"对殖民主义与新兴的民族主义做出批判"④。而对于评论界时常纠结于里斯作品中映射出的诸如克里奥尔白人女性与加勒比

---

① 1804 年，移居于加勒比地区的白人女性哈特姐妹出版了《循道宗的故事》（*History of Methodism*）。参见 Ferguson M. The Hart Sisters: Early African Caribbean Writers, Evangelicals and Radicals[C]. Lincoln and London: University of Nebraska Press, 1993.

② O'Callaghan E. Women Writing the West Indies, 1804—1939[M]. London and NewYork: Routledge, 2004, p. 9.

③ Ibid., p. 177.

④ Rosenberg L R. Nationalism and the Formation of Caribbean Literature[M]. New York: Palgrave Macmillan, 2007, p. 183.

非裔女性之间的种族冲突这一问题，卢森伯格亦指出："我们经常太过狭隘地聚焦于里斯作品中描述的种族关系细节……要理解这一种族问题的深刻意义，就必须将里斯采用的文类与修辞置于一定的历史语境中进行考查"①。

可以看出，加勒比女性文学的自我修正历程正是加勒比女性主义批评家对加勒比克里奥尔多元文化关系深刻认识的结果，这种自我修正不仅凸显了加勒比女性在加勒比历史文化建构中的多元化声音，而且以细腻的女性跨文化视域进一步突破了种族与阶级的局限，丰富了加勒比杂糅文化的具体内涵。加勒比女性文学将早期移居加勒比的白人女性作家与欧洲裔白人女性作家及其作品纳入加勒比女性文学传统中，这一认识跨越了白人殖民者与黑人被殖民者黑白分明的定式思维，证实了"所有种族差异的建构都是人为的创造，并非生物事实"②，这既是对加勒比女性文学传统中存在的种族、阶级问题的修正，又是对后殖民女性属下概念以及女性属下能否真正发声的语境化补充与修正。正如奥克拉汉所指出的那样，"固守'属下的声音'这一问题化概念与女性'殖民主体/属下'这一过度受限制的二元建构限制了更多异质化的、阐释性的阅读策略"③，在加勒比女性文学中讨论"谁听到了女性属下的声音以及为什么听到要比探讨谁在说要更有价值"④。加勒比女性文学的自我修正历程是在加勒比社会历史语境内将种族、阶级等因素与性别元素融合，将民族、种族、阶级差异统筹于共同

① Rosenberg L R. Nationalism and the Formation of Caribbean Literature[M]. New York：Palgrave Macmillan，2007，p. 184.

② Mcleod J. Beginning Postcolonialism [M]. Manchester：Manchester UP，2000，p. 110.

③ O'Callaghan E. Women Writing the West Indies，1804—1939[M]. London and NewYork：Routledge，2004，p. 173.

④ Ibid. ，p. 173.

的性别认知，这不仅使消除白人女性主义与黑人女性主义之间因民族或种族差异而产生的对立与隔阂成为可能，更为本书在跨文化视野内通过对克里奥尔白人女性作家里斯与加勒比非裔作家金凯德作品的交叉审视，关注白人女性主义与黑人女性主义在特定历史话语空间内的社会关系性与性别话语的共通性提供了良好的文化语境支撑。

第三节　加勒比女性精神的延续

共同的英殖民文化与殖民教育使得我们能够追溯加勒比女性文学与西方女性文学之间的文本外层互文关系，而加勒比女性文学将民族、种族、阶级与性别元素融合的自我修正历程又使得我们能够将里斯这一欧洲裔克里奥尔白人女性作家与金凯德这一非裔加勒比黑人女性作家并置，探究其种族差异背后共性的加勒比女性内部话语认知，追溯第一代加勒比女性文本与第二代加勒比女性文本之间的内部互文关系。如果说兰明一代的男性作家主要是以普洛斯彼罗与卡列班搭建起加勒比文学与西方文学以及加勒比男性文学内部互文关系的桥梁①，那么将简·爱与伯莎视为搭建加勒比女性文学与西方女性文学以及加勒比女性文学内部互文

---

① 布鲁纳(Charlotte H Bruner)在其《卡列班在黑人文学中的意义》(*The Meaning of Caliban in Black Literature Today*)一文中详细论述了"卡列班"这一西方经典文学形象对西塞尔、兰明等加勒比作家的重要性，指出加勒比作家在作品中将"普洛斯彼罗视为欧洲殖民者，将阿里尔视为特权精英，而将卡列班视为自己，曾经被剥夺一切但现在已然从西方世界夺回了曾经失去的王国"。参见 Bruner C H. The Meaning of Caliban in Black Literature Today[J]. Comparative Literature Studies, 1976, 13(3), p. 240. 而约瑟夫(Margaret Paul Joseph)则在《流亡的卡列班：加勒比小说中的局外人》(*Caliban in Exile：The Outsider in Caribbean Fiction*)一书中将兰明、塞尔文等作家中的人物都视为卡列班，参见 Joseph M P. *Caliban in Exile：The Outsider in Caribbean Fiction*[M]. Westport：Greenwood Press, 1992.

关系的桥梁则毫不为过。

1847年,《简·爱》的诞生不仅使其女性主人公简·爱成为女性追求独立与自由精神的典范,亦使得勃朗特成为西方女性书写传统的奠基人;而1966年《藻海无边》的出版又使得《简·爱》中那个被关在"阁楼上的疯女人"伯莎(安托瓦内特)的声音被世人听见,使得里斯成为加勒比女性文学书写的先驱。跟随里斯的步伐,另一位加勒比女性作家克里夫在其作品《阿本》中塑造了一个与伯莎一样具有抗争意识的女性形象克莱尔(Clare Savage)。克里夫本人亦直言里斯笔下的伯莎对于其创作的影响,"我的两部小说的主人公都是以克莱尔·萨维奇命名……而伯莎·罗切斯特是她的先辈"[①]。与克里夫同时代的金凯德同样在采访中言及里斯作品所引发的女性体验的共鸣,"她的一些作品确实很特别,我认为她和柯莱特(Colette)都是极其重要的女性作家……在我的生活里,我不是仅仅局限于叙述我自己笔下人物的体验,我还记得她们的经历"[②]。而金凯德亦毫不掩饰自己对《简·爱》的喜爱,"很小的时候我就喜欢阅读,特别喜欢《简·爱》,我会反反复复地读它"[③]。因此,勃朗特的《简·爱》与里斯的《藻海无边》对金凯德的创作都有着正面影响,金凯德笔下的女性人物安妮、露西既有伯莎的被殖民记忆,又有简·爱精神的寄托,可谓伯莎与简·爱的合体。

这种源于简·爱的女性抗争精神,在伯莎、克莱尔、安妮与露西等具有民族与种族差异的加勒比女性叙述中又得以继承,这

---

① Cliff M. Caliban's Daughter[J]. Journal of Caribbean Literatures, 2003, 3(3), p. 159.

② Johnson K. Writing Culture, Writing Life: An Interview with Jamaica Kincaid [J]. Iowa Journal of Cultural Studies, 1997(16), p. 4.

③ Garis L. Through West Indian Eyes[N]. New York Times Magazine, 1990-10-7.

本该是共性的女性话语诉求在西方世界与加勒比后殖民社会中呈现出的不同表现形态，却因为意识形态与话语体系的不同建构而逐步走向分崩离析、相互对立的境地。20世纪70年代末，以吉尔伯特为首的女性评论家为了将简·爱塑造为西方女性话语的典范，忽略了伯莎的种族身份差异，只是将伯莎视为简·爱的另外一个"黑暗自我"①。而此时里斯的《藻海无边》业已出版，但在吉尔伯特和古芭(Susan Gubar)所著《阁楼上的疯女人》这一西方女性文学批评的奠基之作中却难寻其印记，这无形中已经流露出西方女性话语建构的种族排外性。自20世纪80年代开始，反帝国与殖民意识形态的建构需要又使斯皮瓦克等评论者纷纷申讨"简·爱"这一殖民女性形象对于"伯莎"这一被殖民他者话语权力的压制②，强调伯莎反帝国意识话语的逆袭，这一观点就此成为后殖民女性话语反对西方殖民女性话语的基石。

随后，这场由简·爱与伯莎这两位女性人物引发的西方女性与后殖民女性话语之争又很快波及如何审视勃朗特与里斯的文本关系之争，评论者们纷纷以母女文本来指称《简·爱》与《藻海无边》之间的文本互文关系：弗德里曼(Ellen Friedman)将《简·爱》视作《藻海无边》的母文本，认为《藻海无边》"肢解了母文本（《简·爱》），使其变得残缺"③。与之相反，法亚德(Mona Fayad)则认为里斯的《藻海无边》是《简·爱》的母文本，"伯莎·梅森

---

① Gilbert S M & Gubar S. The Madwoman in the Attic: The Woman Writer and the Nineteeth-Century Literary Imagination[M]. New Haven/London: Yale University Press, 1979, p. 360.

② Spivak G C. Three Women's Texts and a Critique of Imperialism[J]. Critical Inquiry, 1985, 112(1), pp. 243—261.

③ Friedman E G. & Fuchs M. Breaking the Sequence: Women's Experimental Fiction[C]. Princeton: Princeton UP, 1989, p. 119.

声音的消失促使简·里斯写出了《简·爱》的母文本"①。而另一位评论家阿德亚力安(M M Adjarian)则指出《藻海无边》中伯莎作为叙述主体的出现,"隐秘地将里斯与她的作品置于其 19 世纪文学先辈(勃朗特)的对立面"②。究竟谁为母文本的争论使得这些评论者们跳出文本内简·爱与伯莎的人物关系,开始审视里斯与勃朗特女性文本之间的互文关系,但殖民与反殖民意识形态的对立依旧使得他们将里斯与勃朗特的女性作品视为对立面,从而忽略里斯与勃朗特女性作品之间追寻女性身份诉求的共性。另一位评论者贝尔(Elizabeth Baer)则在《简·爱与安托瓦内特·科斯韦之间的姐妹情谊》(The Sisterhood of Jane Eyre and Antoinette Cosway)一文中从女性视角分析了简·爱与安托瓦内特(伯莎)的共同之处,譬如她们都有沦为孤儿、遭遇种族与阶级排斥的疏离感等③。虽然贝尔跨越对立的殖民与反殖民意识形态建构体系,将简·爱与安托瓦内特视为同样受难的"姐妹",但其所关注的简·爱与安托瓦内特(伯莎)的共通之处也仅仅是停留在文本表层,并未关注《简·爱》与《藻海无边》叙述的具体历史语境,因此也就无法进一步触及简·爱与安托瓦内特(伯莎)共通的女性话语实质。

与诸多将《简·爱》与《藻海无边》对立评论相反,评论界常将金凯德的女性作品与勃朗特的女性作品并置,探讨这两位女性作家作品中的共性。西蒙斯在《金凯德与经典:与〈失乐园〉和〈简·爱〉的对话》一文中剖析了《失乐园》与《简·爱》对于金凯德作品

---

① Fayad M. Unquiet Ghost: The Struggle for Representation in Jean Rhys's Wide Sargasso Sea[J]. Modern Fiction Studies, 1988, 34(3), p. 442.

② Adjarian M M. Between and beyond Boundaries in "Wide Sargasso Sea"[J]. College Literature, 1995, 22(1), p. 202.

③ Abel E, et al. The Voyage In: Fictions of Female Development[C]. Hanover: UP of New England, 1983, pp. 131—148.

《露西》与《安妮·约翰》的影响。西蒙斯认为《简·爱》对于金凯德产生"悖论"式的影响[①]。这一悖论主要体现在尽管简·爱、安妮与露西这三个人物在反叛、追求正义等方面存在相似性，而殖民与阶级意识形态上的对立却又使得金凯德笔下的安妮与露西永远无法像勃朗特笔下的简·爱一样生活在西方女性童话世界。另一位评论家肖克利则将金凯德的《露西》与勃朗特的《维莱特》并置，从同名人物露西·斯诺(Lucy Snowe)与露西·波特(Lucy Potter)的双重幻影以及恐怖故事背景等方面分析了这两部女性作品的相似性，指出两位作家都是"使用了哥特传统来表征、质询女性主人公的社会边缘性"[②]。而加斯(Joanne Gass)则是在《〈我母亲的自传〉：金凯德对于〈简·爱〉与〈藻海无边〉的修正》(*The Autobiography of My Mother：Jamaica Kincaid's Revision of Jane Eyre and Wide Sargasso Sea*)一文中聚焦雪拉与简·爱和安托瓦内特女性叙述的相似性，指出这三部女性作品"都总体上揭示了'标准化'与'自然化'的殖民主义话语，都聚焦成为殖民与英国父权社会牺牲品的年轻女性，都探究了在父权与帝国殖民主义社会中形成女性身份的方式"[③]。应该说，西蒙斯、肖克利与加斯等人对勃朗特与金凯德女性作品的共性评述已经跨越民族与种族构建的对立意识形态，从女性话语共性入手探究加勒比女性文学与西方女性文学的交叉与对话，但与前述评论家贝尔一样，这几位评论者的评述同样停留在文本表层，仅从人物塑造的相似性剖析勃朗特或里斯与金凯德女性作品的共性，未能关注金凯德与勃朗特以及

①　Simmons D. Jamaica Kincaid and the Canon：In Dialogue with Paradise Lost and Jane Eyre[J]. MELUS，1998，23(2)，p. 77.

②　Peralta L L. Jamaica Kincaid and Caribbean Double Crossings[C]. Newark：University of Delaware Press，2006，p. 45.

③　Ibid.，p. 64.

里斯女性文本之间的深层次互文关系及其映射出的文化对话意义。

以上述研究为参照，本书首先认为不能仅从殖民与反殖民意识形态的对立来审视里斯、金凯德的加勒比女性文本与《简·爱》所代表的西方女性文本之间的互文关系。辩证地看，倘若一味强调因民族与种族差异性，将西方与东方、殖民者与被殖民者以及白人与黑人置于一种二元对立体系，可能会忽略西方与后殖民社会中共同存在的女性性别元素，甚至割裂跨越民族与种族界限的性别话语在传统与现代之间的弥合与连接作用。其次，本书认为勃朗特的《简·爱》代表的西方女性文学与里斯和金凯德的《藻海无边》与《露西》代表的加勒比女性文学的互文关系具体表现在两个方面：一是跨越种族、民族差异的共性的女性权力话语诉求这一叙述主题。这种共性的女性诉求与女性主体意识具体是以简·爱的女性反叛意识为起点，在里斯与金凯德的女性作品中又不断历经修正与补充，使得勃朗特、里斯以及金凯德作品中的女性人物视角形成交叉互补的女性话语修正链条，将民族、种族与性别元素同时整合，展现出女性话语传统在不同历史语境中的延续。二是彰显女性话语共性的叙述形式。这具体体现在以《简·爱》为主的西方女性文学叙述文类，如女性（自传式）生活书写、成长叙述以及女性罗曼司叙述，在里斯与金凯德女性文本中因历史语境差异而产生的文类转型折射出后殖民女性文学对自西方开始的女性话语叙述形式的继承与修正。

尽管后殖民评论者频频引用里斯对勃朗特压制伯莎话语时表达的愤怒情绪："小时候读《简·爱》的时候，我就想为什么她（勃朗特）要将克里奥尔女人描写为疯女人？将罗切斯特的妻子伯莎描写为一个糟糕的疯女人是多么羞辱的事情……"①，并以此来佐证里斯与勃朗特作品中女性话语的对立。然而，事实却是里斯从未否定过勃朗特作品的女性话语力量，反倒是对勃朗特这一西方女性作家极其尊敬。在其与编辑的书信中，里斯讲道："我并不是对夏洛蒂·勃朗特不敬，相反，我非常崇拜她和艾米丽，我对她们的爱慕之情溢于言表"②，这样的敬畏使得她一度质疑自己"是否有权力"来续写伯莎的故事③，甚至打算以"首任罗切斯特夫人"(The First Mrs. Rochester)来命名自己的作品，以向勃朗特致敬。里斯阅读《简·爱》时之所以愤怒，主要是因为勃朗特女性世界叙述视角的片面性，"这（简·爱的叙述）仅仅是一面之词，只是英国这一方面"④，克里奥尔身份的敏感性促使她需要将"对于推动《简·爱》情节发展很有必要但永远只是在舞台之后"的伯莎推向舞台前沿⑤，诉说克里奥尔女性的痛苦与挣扎，揭示与简·爱并存的、如伯莎一样的受到强权话语压制但依然为女性命运抗争的所有弱势群体的存在。因此，里斯的女性作品并非要否定简·爱的女性抗争精神，而是对勃朗特笔下简·爱女性抗争精神的继承，里斯与勃朗特的女性互文作品的重要性在于她们分别是从以简·爱为代表的西方女性与伯莎所代表的克里奥尔女性的不同叙述视角形成女性话语的交互展示，这既是对女性话语传统的回归，又是对女性话语传统的不断修正与补充。

　　然而，当里斯以克里奥尔女性视角为那个被勃朗特书写为疯

---

　　① Vreeland E. Jean Rhys: The Art of Fiction LXIV[J]. Paris Review，1979 (76)，p. 235.

　　② Wyndham F, Melly D. The Letters of Jean Rhys[M]. New York: Viking Penguin Inc. ，1984, p. 157.

　　③ Ibid. ，p. 149.

　　④ Ibid. ，p. 297.

　　⑤ Ibid. ，p. 156.

女人的克里奥尔白人女性伯莎鸣冤叫屈之时，当《藻海无边》中的女性主人公安托瓦内特在黑人小女孩蒂亚的眼泪中"看到了自己"，而非"她（蒂亚）也从我的眼泪中看到了自己"之时[1]，与勃朗特的叙述片面性一样，里斯重点凸显的仅仅是克里奥尔白人女性在殖民时期的视角与心理，而蒂亚与克里斯蒂芬等加勒比黑人女性的视角却被相应地做了模糊化的处理，克里斯蒂芬在《藻海无边》的后半部分几乎销声匿迹，而蒂亚最后也只是在安托瓦内特的梦境中一闪而过。半个世纪之后，金凯德则在其作品中填补了这一空缺。与里斯一样，尽管金凯德同样愤怒地斥责殖民语言与殖民文化的暴力，但共同的女性话语诉求却使得她从未排斥勃朗特的作品。金凯德毫不隐藏自己对勃朗特的崇敬之情，"我读《简·爱》的时候会把自己想象成夏洛蒂·勃朗特，尽管她100年前生活的世界与我的世界完全不同，但这都阻止不了我阅读《简·爱》，我一直认为我会成为夏洛蒂·勃朗特"[2]。而《简·爱》传达出的女性的坚定信念、对于女性身份的不懈追求以及独立精神也对金凯德的创作有着深远影响。在其《安妮·约翰》《露西》等作品中，金凯德都是将简·爱的女性抗争意识与加勒比非裔女性的视角相融合，控诉殖民历史的灾难性影响，展现后殖民时代加勒比女性的身份寻求意志。其作品《露西》讲述的是在白人家庭做女佣的加勒比黑人女孩露西的成长历程，她既要做家务，又要照顾这一家庭的两个孩子。因此，金凯德笔下的露西既承载着长大后的蒂亚的女性命运，又浓缩了另一个加勒比黑人"简·爱"的生活缩影。与《藻海无边》中的蒂亚一样，露西在与白人世界对视的时候看到的

① Rhys J. Wide Sargasso Sea[M]. Harmondsworth: Penguin Books, 1968, p. 38.

② Bouson J B. Jamaica Kincaid: Writing Memory, Writing back to the Mother [M]. Albany: State University of New York Press, 2005, p. 202.

是自己的痛苦，激发的是自己的仇恨，这是殖民历史残留的痛苦与仇恨。而与简·爱一样，共享的女性反抗精神又使得露西抑或是若干年后长大的蒂亚呐喊出所有加勒比欧洲裔白人与非裔黑人女性共同的殖民愤恨，同时又并未失去其理性的评判："这不是我的错，也不是她的错"①，这只是殖民历史与殖民意识造成的共同后果，被露西省略掉的那句"我和她都是受害者"或许可以与《藻海无边》中安托瓦内特的那句"我似乎看到了我自己"相辅相成②。露西以后殖民时代加勒比黑人女性的视角反思曾经苦难的殖民历史的同时，又将勃朗特笔下的简·爱与里斯笔下的安托瓦内特的叛逆与果敢合二为一，愤怒地撕裂了勃朗特或里斯笔下遮盖种族、民族与女性建构的白面具或黑面具，展现出新（后）殖民时代加勒比女性的心理世界，正如露西本人的慷慨陈词："同样的事情都可以让我们流泪，但那些泪水却有不一样的味道。"③

犹如卡鲁斯（Cathy Caruth）所言："历史就像创伤一样，从不会是一个人的……历史是让我们都卷入彼此创伤的方式。"④共同的女性诉求使得勃朗特与里斯能够跨越历史的时间维度，分别从西方女性与克里奥尔女性交叉互补的叙述视角完整呈现所有遭受男权与帝国强权意识压制的边缘女性的生活故事，而共同的殖民历史同样又使得里斯与金凯德能够跨越历史的时间维度，分别从克里奥尔白人女性与加勒比非裔女性交叉互补的叙述视角，剖析所有遭受殖民与父权社会压制的加勒比女性的挣扎与反抗心理。无论是白人女性身份的勃朗特，还是克里奥尔女性身份的里斯，

---

①　Kincaid J. Lucy[M]. New York: Farrar, Straus and Giroux, 1990, p. 30.

②　Rhys J. Wide Sargasso Sea[M]. Harmondsworth: Penguin Books, 1968, p. 38.

③　Kincaid J. Lucy[M]. New York: Farrar, Straus and Giroux, 1990, p. 30.

④　Caruth C. Unclaimed Experience: Trauma, Narrative and History[M]. Baltimore: Johns Hopkins UP, 1996, p. 24.

抑或是加勒比非裔女性身份的金凯德，剥离其民族与种族身份的建构外壳，其女性作品都呈现的是女性话语传统的不同形态，反叛一切强权、寻求独立的女性身份仍然是其女性作品叙述的共同之处。因此，我们可以说从简·爱到伯莎再至安妮或露西的女性叙述不仅是一场女性话语与"大写"的殖民以及男权历史的抗争，更是一种自简·爱开始的母女结构的女性话语传统在继承与流变过程中的交融与对话。

概言之，《简·爱》在加勒比女性文学史上不仅是一部文学作品，更是一个蕴含历史、现实与文学多重意义的女性形象象征。它既是女性反抗男权话语以及表达女性身份话语诉求的基点，亦是激发西方女性与加勒比后殖民女性文本互文关系的催化剂，使得女性话语精神得以在里斯与金凯德这两位具有民族、种族与历史时间维度差异的加勒比女性作家的作品中产生延续与流变，从而搭建起西方女性文学与加勒比女性文学跨越民族、种族以及殖民与反殖民意识形态建构界限的女性文学对话模式。除去跨越民族、种族与历史文化语境差异的共性女性话语精神的延续与修正，里斯与金凯德作品中所代表的加勒比女性文学与《简·爱》所代表的西方女性文学的互文关系也具体体现在女性叙述文类这一叙述形式上的传承与变形。对此，本书将在第二章结合里斯与金凯德的具体文本进行探讨。

第二章
女性叙述形式在加勒比文化语境中的流变

打破一个花瓶，将碎片重新粘起来的爱比当它是完整时，对于它固有的对称之美所给予的爱更为强烈。

——[圣卢西亚]德里克·沃尔科特

我不认识其他人，我也从不了解其他人，我只是书写我自己。

——[英]简·里斯

欧洲殖民历史文化使得加勒比作家无法摆脱欧洲文学叙述形式的影响，而加勒比多元混杂的社会文化形态又使得加勒比作家在书写中对欧洲文学叙述形式做出调试与变形，使其能够以欧洲文学叙述形式展现加勒比人的生活世界与话语权力，形成利马（Maria Helena Lima）所言的"文类的文化嫁接"（generic transculturation），"经历过欧洲殖民的地区发生了文类的文化嫁接这一有趣的现象，因为不同的文化会使得'最初'的文类变形，为自己的需要服务"[①]。作为深受殖民文化影响的加勒比作家，里斯与金凯德的作品同样采用西方女性文学的叙述形式来表述加勒比女性在不同时代语境中的生存境遇与心理状态，但殖民历史、加勒比民族、种族与性别等多元因素混杂的社会文化语境使得里斯与金凯德在延续西方女性叙述形式的同时，又对其进行语境化的变形，呈现出不同的叙述文类形态[②]。本章将里斯与金凯德的作品中这种女性叙述形式的重合与变形视为审视加勒比女性文学与西方女性文学之间文本关系的另一层面，指出里斯与金凯德的作品所代表的加勒比女性文学与《简·爱》所代表的西方女性文学之间的互文关系同样体现在女性文本叙述形式层面，主要表现在女性

---

① Lima M H. Decolonizing Genre: Jamaica Kincaid and the Bildungsroman[J]. Genre, 1993, 26(4), p. 433.

② 巴赫金（Mikhail Bakhtin）曾经指出文类"不是一种形式主义，而是一种具有价值认知的地带与场域，是表征世界的模式"。这一界定既指出文学文类的哲学性特征，又指出了文学文类的历史性特征。其哲学性在于将文类视为一种审视世界的认识价值论，将文类视作看待事物的一种方式；而其历史性在于将社会历史与文化因素纳入考查文学文类的范畴之内，处于某一世界中的既定的文学文类往往能够折射出这一世界的社会文化语境，而某一世界中具体的社会文化因素往往又能对文学文类的发展产生影响。因此，不同的世界形态可以造就不同的叙述文类，而文类范畴也需要依据不同的历史文化语境进行重新界定，这样才能够阐释表征形式与体验内容的差异性。这也是本章探究里斯与金凯德的作品中女性叙述形式流变的理论依据。参照 Bakhtin M M. The Dialogic Imagination: Four Essays[M]. Austin: University of Texas Press, 1981, p. 28.

个人生活、女性成长与女性罗曼司叙述这三个方面。她们在其作品中将民族、种族元素与女性个人叙述、成长叙述与罗曼司叙述形式相融合，使其在殖民时代与后殖民时代的历史文化语境中发生变形与修正，形成具有加勒比女性话语特征的虚构自传、反成长与反罗曼司叙述形式，以对西方女性话语叙述形式的修正来实现对共性的女性话语精神的继承与拓展。

第一节　女性个人生活及其自我书写

《简·爱》的完整标题是《简·爱：一本自传》(*Jane Eyre：An Autobiography*)，以自传作为副标题体现出勃朗特的别具匠心。倘若按照勒热纳(Philippe Lejeune)对自传的经典定义，即"一个真实存在的人对自己的存在产生的回溯性的叙述，这种叙述样式聚焦个人生活，尤其是他/她的个性成长"①，那么，勃朗特首先意图强调的就是发生在简·爱这一人物身上所有事件的真实性，但这一人物自传的真实性又恰恰通过小说虚构的叙述最终实现。这种将自传的真实性以小说虚构形式呈现的叙事方式，使得身处男权话语压制世界的勃朗特能够借助简·爱第一人称的自传式叙述藏而不露地揭示出 19 世纪维多利亚时代女性的生活与心理状态，发出"女性与男性有着一样的灵魂"的女性诉求②。评论者佩特森(Linda H Peterson)认为将自传与小说虚构形式相结合的方式，即"模仿自传的小说虚构形式"，为勃朗特提供了"一种能够阐释作家的过去生活经历但又不会暴露其个人身份或者触犯社会与神学禁忌"③的有利环境。尽管《简·爱》不能算作关于勃朗特个人生活的自传，但简·爱的生活经历或多或少都有勃朗特生活经历的印记，譬如勃朗特将自己在柯文桥(Cowan Bridge)女子教会学校的经历变形为简·爱在洛伍德(Lotwood)寄宿学校的经历，将姐姐玛利亚(Maria)与伊丽莎白(Elizabeth)死于肺结核的记忆

① Todorov T. French Literary Theory Today：A Reader[C]. Cambridge：Cambridge UP, 1982, p. 192.

② Bronte C. Jane Eyre：with Related Readings[M]. New York：Glencoe/McGraw-Hill, 2000, p. 96.

③ Peterson L H. Victorian Autobiography：The Tradition of Self-Interpretation[M]. New Haven：Yale UP, 1986, p. 132.

投射到简·爱目睹好友海伦（Helen Burns）死于肺结核的经历中，将弟弟布伦威尔（Branwell）粗暴与嗜酒的个性折射到简·爱的表兄约翰（John Reed）身上，更是将自己曾经作为家庭教师的经历转嫁到简·爱的人生经历中。因此，我们也可以说简·爱的虚构自传同样是勃朗特自我真实生活的文学展现。

实际上，诸如勃朗特这样的女性作家将自己的个人生活经历融进作品，借助自传与小说虚构结合的写作方式折射出的正是女性对现实以及对自我身份的认知历程。伍尔夫（Virginia Woolf）就曾经感慨："有时候我认为只有自传才能算作文学，当我们把小说层层剥离，最后剩下的核心只有你或者我。"[①]而这一"你"或"我"折射的就是自传叙述暴露出的共性的人类情感。如果说勃朗特借助简·爱的个人叙述，意图曝光维多利亚时代女性真实的社会生活状况，那么这种个人叙述在二战的女性主义文学中已经从曝光女性生活的真实逐步演变为宣扬女性政治权力话语的利器。评论家卡普兰（Cora Kaplan）指出二战后第二波西方女性主义"创造出将个人叙述视为政治叙述的范式，鼓励将所有的生活书写视为展现女性在过去与现在一直处于从属地位的集体性证词"[②]。对于女性作家为何倾向于以个人生活叙述书写女性话语世界，评论界主要从两个方面进行了探讨：福尔肯弗里克（Robert Folkenflik）从女性心理生产机制指出"自传提供了一种写作治疗功能"[③]，女性作家通过个人生活叙述表达对自我以及世界的认知，排解、弥合因自我与世界认知不一致而产生的创伤。而富克斯（Miriam

① Nicholson N, Trautmann J. The Letters of Virginia Woolf: Volume 5(1932—1935)[C]. New York: Harcourt Brace Jovanovich, 1979, p. 142.

② Kaplan C. Victoriana : Histories, Fictions, Criticism[M]. Edinburgh: Edinburgh UP, 2007, p. 41.

③ Folkenflik R. The Culture of Autobiography: Construction of Self-representations[M]. Standford: Standford University Press, 1993, p. 11.

Fuchs)与亨克(Suzette A. Henke)则强调女性个人生活叙事的意识形态功能。富克斯指出女性个人生活书写的写作方式"使得她们能够寻求到更安全的地带并且能够最终生存，这种写作既是一种和解，亦是一种抵制与反抗"[①]；而亨克则认为女性个人生活书写"作为一种证词，承载着重新创造碎片化自我的使命，从而有效地抵制已然存在的意识形态并对世界产生能动性"[②]，这无疑已经暗示出女性个人生活叙述的意识形态性所在，即女性作家采用曾经为男性独占的自传文类，寻求女性话语在男权世界的生存空间，以女性个人生活的叙述争取女性公共话语权力。

女性个人生活叙述承载的心理治愈功能与意识形态功能在后殖民女性文学中得到进一步延伸与拓展，后殖民女性作家采用曾经为西方男性独占的自传文类不仅仅是要寻求女性话语在男权世界的生存空间，也要寻求女性在殖民话语世界中的生存空间。作为后殖民女性文学的重要组成部分，自传性的个人生活叙事是加勒比女性文学的主导叙事方式[③]。从 19 世纪哈特姐妹的《玛丽·普林斯的历史》(*The History of Mary Prince*，1831)与《西亚尔夫人的奇妙之旅》(*The Wonderful Adventures of Mrs. Seacole*，1857)，到 20 世纪里斯的《离开麦肯齐先生之后》《黑暗中的航行》

---

① Fuchs M. The Text Is Myself: Women's Life Writing and Catastrophe[M]. Madison: University of Wisconsin Press, 2004, p. 4.

② Henke S A. Shattered Subjects: Trauma and Testimony in Women's Life Writing[M]. New York: St. Martins's Press, 1998, p. XIX.

③ 这种自传性的个人生活叙述不仅仅是加勒比女性作家主要的叙述方式，也同样是加勒比男性文学的主导叙事方式，从麦凯(Claude McKay)的《离家千里》(*A Long Way from Home*，1937)与《牙买加的青山》(*My Green Hills of Jamaica*，1979)，到兰明的《我皮肤的城堡》(*In the Castle of My Skin*，1953)与《流亡的快乐》(*The Pleasure of Exile*，1960)，再至沃尔科特的《另一种生活》(*Another Life*，1973)以及奈保尔的《抵达之谜》(*The Enigma of Arrival*，1987)与《众生之路》(*A Way in the World: A Novel*，1994)等加勒比男性作家的作品，也同样是以叙述加勒比人个人记忆的方式记录加勒比人对历史的记忆。

《请微笑》，再至克里夫的《阿本》、莱利（Joan Riley）的《无所归依》（*The Unbelonging*，1985），进而到金凯德的《安妮·约翰》《露西》《我母亲的自传》以及麦海斯（Anna Mahase）的《我母亲的女儿》（*My Mother's Daughter*，1992）等，这些加勒比女性作品均是以自传模式讲述个人生活，以此表达她们眼中的历史与现实，一方面揭示加勒比女性在殖民与父权体系双重压制下的主体意识，另一方面展现加勒比女性在不同时代与社会语境中的生活境遇与心理状态。对此，评论者帕凯（Sandra Pouchet Paquet）在《加勒比自传：文化身份与自我表征》（*Caribbean Autobiography*：*Cultural Identity and Self-representation*）一书的开篇就指出从19世纪的奴隶叙事到20世纪的旅行叙事、童年叙事、自传式小说以及自传式诗歌等不同自传叙述形式在加勒比文学史中的重要性①，这些以自传叙述的文学作品"不仅呈现了自传作为一种文类能创造出的多种可能，也展现出在加勒比异质文化性中主体与集体身份建构的重合与断裂"②。

作为早期加勒比移民女性作家的代表，里斯的四部早期作品《黑暗中的航行》《四重奏》《离开麦肯齐先生之后》《早安，午夜》都具有浓烈的自传色彩，她将自己的个人生活与情感经历折射到这些作品中的女性主人公的生活经历中。《黑暗中的航行》中的19岁女孩安娜（Anna Morgan）移居伦敦后艰难生存的叙述是16岁的里斯初到伦敦艰难生活的再次投射；《四重奏》中的28岁的玛利亚（Marya Zelli）在遭遇丈夫入狱之后又卷入海德勒夫妇（the Heidlers）情感世界的叙述，与里斯遭遇丈夫入狱又卷入现代主义作

---

① Paquet S P. Caribbean Autobiography：Cultural Identity and Self-representation[M]. Madison：The University of Wisconsin Press，2002，p. 3.

② Ibid.

家福特(Ford Madox Ford)婚姻的人生经历如出一辙①;《离开麦肯齐先生之后》中的 30 多岁的茱莉亚(Julia Martin)在遭到麦肯齐先生的抛弃后,只能游荡于伦敦与巴黎的街头,为生存不得不依赖各种男性而内心却无比孤独与绝望,茱莉亚的凄惨叙述正是步入中年之后的里斯在遭遇婚姻变故、经济拮据与精神抑郁之后的心理写照;《早安,午夜》中的 40 岁的萨莎(Sasha Jansen)将自己关在旅馆黑暗的房间,忆及自己的情感与丧子之痛以及在都市中挣扎却无任何归属感的悲惨生活,感慨"没有自尊、没有名字、没有脸面、没有国家,不属于任何地方,实在太悲哀、太悲哀"②,这种感悟与感慨又何尝不是步入不惑之年的里斯对自己半生经历的感悟与感慨。安娜、玛利亚、茱莉亚和萨莎这些女性人物的叙述就是里斯在不同年龄阶段人生经历与生活感悟的折射与再现。为此,有评论家将这些具有里斯自传性质的女性视为里斯的原型,称其为"里斯式女性"(Rhys Woman),即将里斯笔下的女性人物视为里斯的镜像,暗示"里斯通过这些作品直接解释或者描述她自己"③。这样的评述观点在关注里斯作品的自传性质的同时,将文学作品的虚构性与作家生活经历的真实性完全等同,忽视了里斯作品中自传叙述的艺术特质。

对于自己作品的自传性质,里斯从不否认,"我不认识其他人,我也从不了解其他人,我只是书写我自己"④。而写作也成为

---

① 里斯早期的作品曾经受到 20 世纪初《跨大西洋评论》(*The Translatlantic Review*)的主编福特(Ford Madox Ford)的力荐与指导。后来,里斯介入了福特与其妻(澳大利亚艺术家)博文(Stella Bowen)的婚姻,饱受社会争议。

② Rhys J. Good Morning, Midnight[M]. Harmondsworth: Penguin Books, 1969, p. 44.

③ Carr H. Jean Rhys[M] 2nd ed. Plymouth: Northcote House, 2012, p. 14.

④ Plante D. Difficult Woman: A Memoire of Three[M]. New York: Atheneum, 1983, p. 37.

里斯治愈精神与心理抑郁的手段，她曾经在采访中说道："我写作是为了释放我自己，我并不是为钱而开始写作"①，"当我在生活中感到很快乐的时候，我一点都不想写作，也从未写过……我写作品的初衷都是为了去除那些要压垮我的悲伤"②。童年的创伤记忆、克里奥尔白人女性在英国白人主流社会与加勒比黑人世界的双重尴尬身份以及女性在欧洲现代进程中所处的边缘化生存困境促使里斯只能通过具有自传特征的叙述方式③，借助作品中不同女性人物的叙述传达压抑在自己内心深处的悲苦体验与伤感认知。但是，承认里斯作品的自传特征并不意味着将里斯作品中女性人物的叙事完全等同于里斯自己的叙事。在与女儿的通信中，里斯对评论界将其作品中的"我"完全等同于她自己表现得极其愤怒，"那不是自传，不用非得那么较真，但是这里的人们真是思维狭隘，就像疯了一样地传流言……对他们而言，作品中的'我'不是一种文学工具，而是等同于真正的'我'，所以作品中的每一个字就变成了自传"④。里斯在采访中也提及将自我的真实记忆与艺术形式结合的重要性，"你所记忆的事情没有形式，当写作的时候，你所做的就是赋予它们一个开始、发展与结尾，赋予它们一种形式（shape)，这才是一个作家应该做的事情，而这也是最难

---

① Vreeland E. Jean Rhys: The Art of Fiction LXIV[J]. Paris Review, 1979 (76), p. 223.

② Ibid. , p. 224.

③ 里斯将自己童年的创伤记忆记录于《黑色笔记本》(*Black Exercise Book*)这一札记中，该日记现收藏于塔尔萨大学(University of Tulsa)的图书馆中，记录了里斯在14岁的时候遭遇其母亲的朋友霍华德(Mr. Howard)先生的猥亵。里斯这样叙述这一事件对自己生活的影响："是的，这是真的，留给我的只是痛苦、羞辱与屈从"，"这件事塑造了现在的我"，转引自 Thomas S. The Worlding of Jean Rhys[M]. Westport: Greenwood Press, 1999, p. 27.

④ Wyndham F & Melly D. The Letters of Jean Rhys[M]. New York: Viking Penguin Inc. , 1984, p. 187.

的一件事"①。因此，以真实生活的经历与感知为素材，将生活经历的真实性与文学艺术的虚构形式相结合，以文学虚构叙事最终映射女性在现代主义时期生活的真实性就成为里斯女性作品的基本特征，犹如格雷格(Veronica Marie Gregg)所言，里斯通过自传式写作"意图建构一个虚构的自我，并通过这一虚构自我将她的认知、感受与才智转化为真实"②。

克里奥尔白人女性身处欧洲现代大都市的时代语境使得里斯作品中的女性个人叙述呈现出碎片化的、心理分裂的女性心理叙述特征，"里斯所有文本都是有关女性碎片化主体身份的描述，因其笔下的女主人公总是试图在一个极其不稳定且受制于空洞的传统与社会规约的环境中构建自我身份"③。无论是从加勒比海地区到伦敦抑或巴黎，还是从街头到咖啡馆抑或旅馆，里斯的女性主人公安娜、萨莎、玛利亚与茱莉亚内心总是充斥着强烈的空间错位感与心理异化感：身处具体空间，她们却时常责问"我在哪里"；有名有姓却反复地追问"我是谁"；意图寻求对男性情感的依赖却屡遭遗弃；她们看似拥有属于自己"一个人的屋子"，但这间屋子却不是承载完全自我的空间，而是使人感到压抑、窒息的监狱甚至坟墓，贫穷、孤独与民族、种族及性别文化的偏见时刻吞噬着她们的心灵。因此，不论是第一人称叙述的安娜与萨莎或是第三人称叙述的玛利亚与茱莉亚，里斯笔下的这些女性人物都成为里斯诉说女性在欧洲现代主义社会真实生活的另一个虚构的自我。

---

① Vreeland E. Jean Rhys：The Art of Fiction LXIV[J]. Paris Review, 1979 (76)，p. 225.

② Gregg V M. Jean Rhys and Modernism：A Different Voice[J]. Jean Rhys Review，1987(2)，p. 42.

③ Carr H. Jean Rhys[M]. Plymouth：Northcote House, 1996, p. 5.

　　然而，安娜、萨莎、玛利亚与茱莉亚的叙事又不仅仅是在折射里斯自己生活的真实性，里斯通过她们的女性视角与叙述声音同样映射出 20 世纪初所有欧洲社会"底层人群"（underdog）的生活的真实性。里斯作品中的"底层人群"一词不单单指涉如安娜一样流亡于英国的克里奥尔白人女性，也将与英国白人主流社会相区别，处于社会边缘的工人阶级、妓女与其他非英裔民族一并指涉。《黑暗中的航行》中的白人女性莫蒂（Maudie）、埃塞尔（Ethel）与劳莉（Laurie）都是英国社会的底层女性，现代性与男权世界将她们逼向生活的绝境，为求得生存的她们只能以身体为商品参与现代的资本市场，最终都沦落为流浪街头的妓女，成为男权世界与欧洲现代性的牺牲品，而莫蒂犀利的言辞揭露的正是男权社会与英国现代性将女性物化的事实："看看我们这里，就能知道这是一个人比东西更廉价的时代，有些狗都比人更昂贵，有些马也是，难道不是吗？"[1]而《早安，午夜》中的瑟奇（Serge），一个来自俄国的犹太裔画家，与女性主人公萨莎一样贫困潦倒地流亡于伦敦与巴黎，在忆及伦敦的生活时，瑟奇说道："我在那里（伦敦）待了一段时间，只是待的时间不长，不过我在伦敦时有一套很好的西装，穿上它我从脖子以下看起来就像一个英国人，我就会感到很自豪……"[2]犹太身份同样使得瑟奇成为英国社会的他者，被排斥于英国民族性之外，遭受精神与心理的异化，只能借助华丽的衣服来维护内心的自尊。倘若华丽的西装能够掩饰瑟奇的犹太身份，满足他对英国民族身份的幻想的话，里斯则是通过这样的反讽叙述撕裂英国民族身份的华丽外衣，戳穿英国民族身

　　①　Rhys J. Voyage in the Dark[M]. Harmondsworth：Penguin Books，1969，p. 40.

　　②　Rhys J. Good Morning，Midnight[M]. Harmondsworth：Penguin Books，1969，p. 95.

份构建中民族与种族排外性的实质，呈现出英国文化蕴含的帝国主义与殖民主义本质。

而作为加勒比非裔的金凯德，同样也是将自己的真实生活经历与女性感知融进自己的作品中，《安妮·约翰》《露西》《我的弟弟》《我母亲的自传》《鲍特先生》几乎每部作品都能觅见金凯德生活历程的痕迹。《安妮·约翰》中的小女孩安妮在安提瓜的成长经历正是金凯德在安提瓜童年生活的再现，金凯德本人亦坦言这部作品的自传性特质，"《安妮·约翰》这部作品就是自传性的，尽管我不太想承认它的自传性，因为我知道（一旦承认），就意味着得承认在我身上发生的事情，但它的的确确就是自传性的"①。被认为是《安妮·约翰》"续篇"的《露西》，以第一人称叙述的方式描述了女性人物露西远离故土，在美国一户白人家庭做寄宿"女佣"（au pair）的生活经历与成长体验，这一叙述同样也是金凯德离开安提瓜之后，在美国生活经历与体验的再现。1965 年，金凯德离开安提瓜，先是在美国的一个白人家庭做寄宿女佣，对于这一身份，金凯德这样描述："我不能完全算是一个仆人，但几乎要做仆人所做的事情，我住在一个美国家庭里，帮助他们照顾孩子，晚上可以去上夜校"②。

除去将自己的真实生活直接投射于作品中的虚构人物叙述中，金凯德亦通过模糊传记叙事与小说虚构之界限来展现自己对历史的回忆以及对现实的看法。在 1997 年出版的《我的弟弟》中，金凯德以第一人称"我"的视角与声音记录了远离故土的叙述者"我"从得知弟弟罹患艾滋病到目睹弟弟亡故的心理历程。该作品以金凯德的弟弟德文·德鲁（Devon Derew）为文中"弟弟"的叙述

---

① Cudjoe S R. Jamaica Kincaid and the Modernist Project：An Interview[J]. Callaloo，1989，39(12)，p. 401.

② Ibid. ，p. 396.

原型，而德文亦因身患艾滋病于 1996 年去世。但是，有趣的是，这本从标题到内容来看都该是一部关于亡弟的传记或是悼文，却变成了第一人称"我"的自传体回忆。《我的弟弟》中关于弟弟的叙述几乎被"我"的主体回忆所覆盖，第一人称"我"在记叙中大篇幅地回忆了在弟弟出生后，自己与母亲之间的矛盾与冲突。因此，有评论者批评道："很难理解为什么金凯德要写这样一本书，这本书根本就不是对德文的吊唁或是祭奠，也没有任何道德或是其他清晰可辨的观点"①。而另一位评论者则指责金凯德的这部作品不是在写弟弟的故事，而是在一味地叙述她自己的故事，"只是在不断地重复熟悉的(母女)模式"②。同样的叙述方式也出现在她1996 年出版的《我母亲的自传》与 2002 年出版的《鲍特先生》中，在这两部作品中，金凯德以虚构生身母亲与父亲传记的方式，讲述了作品中女儿的成长故事。在《我母亲的自传》的一开始，作为女儿的雪拉就以第一人称叙述者的口吻叙述道："我出生的那一刻我的母亲就死了。因此，在我的一生里，唯有虚无矗立在我和永恒之间。"③而之后这部作品的主体叙述就完全是雪拉在讲述自己的成长历史。而在《鲍特先生》中，虽然故事一开始就在叙述抛弃女儿的鲍特先生(Roderick Nathaniel Potter)的日常生活与工作，但作为女儿的"我"却在最后将鲍特先生叙述的真实性彻底推翻，指出只有通过"我"的写作，才能叙述他的故事，"通过这种方式(即写作方式)，我创造了鲍特先生"④，女儿才是父亲的创造

---

①　Hartman D. Review of My Brother[N]. Denver Post，1997-12-7.

②　Skow J. Review of My Brother[N]. Times，1997-10-10.

③　Kincaid J. The Autobiography of My Mother[M]. New York：Farrar，Straus and Giroux，1996，p. 3.

④　Kincaid J. Mr. Potter[M]. New York：Farrar，Straus and Giroux，2003，p. 158.

者,"他去世了,永远都不会发声,除非通过我"①。在这些作品中,弟弟、母亲与父亲的传记书写最后都变为"我"或者干脆说是金凯德自己的自传书写,书写他者最后都变为书写自我,就像评论者布拉兹艾尔(Jana Evans Braziel)评述的那样,"金凯德总是通过转喻方式书写并且重新书写自己的生活,通过传记,金凯德进入了自己的自传世界"②。

对于"自传是唯一让金凯德真正感兴趣的写作类型"的评论,金凯德从不否认,"我的作品必须是自传性的……我只对自己给出的解释感兴趣"③,而自传式的写作也是金凯德清理殖民伤口、连接自我与历史的唯一途径,"我是那种想要厘清过去的人,可是当我说'过去'这一个词的时候,事情就会变得很复杂,因为我先得厘清我的先祖,即我从哪里来,我所在族群的历史以及我所在族群的祖先……所以我必须写作,否则我会死亡,我再想不到比写作更合适的事情可做"④。与里斯的虚构自传作品一样,金凯德的自传体写作也同样将生活的真实性与小说的虚构性一并融合,在被问及"为何选择书写虚构小说而非自传"这一问题时,金凯德做出这样的回答:"当我开始写作的时候,我发现要精准地写出生活中发生的事情对我而言确实是能力有限……我喜欢一件事情的发生能够激发更有意义的想法,而不是仅仅关注那一刻发

---

① Kincaid J. Mr. Potter[M]. New York: Farrar, Straus and Giroux, 2003, p. 191.

② Braziel J E. Caribbean Genesis: Jamaica Kincaid and the Writing of New Worlds[M]. Albany: State University of New York Press, 2009, p. 195.

③ Simmons D. Jamaica Kincaid[M]. New York: Twayne Publishers, 1994, p. 5.

④ Ferguson M. A Lot of Memory: An Interview with Jamaica Kincaid[J]. Kenyon Review, 1994, 16(1), p. 176.

生的真实"①。而在随后的采访中，金凯德进一步解释了将真实与虚构合二为一对其作品构思的重要性，"我是按照我能理解的方式来规划我的写作，我的作品不能视为完全的虚构，但它也不是我凭空想象的"②。因此，金凯德的作品同样是基于个人生活的真实，又将这种真实与小说的虚构叙述相结合，通过叙述他者的生活，呈现自我生活的真实性，自我与他者、自传与传记、真实与虚构的混杂与交织同样成为金凯德女性个人叙述的特征。

如果说里斯的虚构式自传女性作品主要是叙述 20 世纪初加勒比女性在英国民族性与现代性中自我的分裂与异化心理，揭露殖民历史对加勒比女性的排斥与压制，那么金凯德的虚构式自传女性作品就是要在后殖民时代重新黏合加勒比女性自我在殖民时代的心理碎片，以加勒比地区黑人女性的个人生活与情感叙事映射当代加勒比人对曾经的殖民历史与当代加勒比人生活现实的反思。对一切关于殖民历史的记忆，金凯德笔下的女性人物以最直白的语言表述最强烈的仇恨与对抗：《安妮·约翰》中的安妮在书本中看到曾经的殖民之父哥伦布戴着脚镣的画像时，安妮的心理叙述是"我太爱看这幅图了，太喜欢看到这个一贯以胜利姿态示人的哥伦布的头被压得如此之低，坐在船尾只能看着来来往往的人们"③，而这样的仇恨心理也使得安妮在这幅图像下面写出这样一行字："这个伟人再也站不起来了，再也走不动了"④。"站不起来，走不动了"可谓一语双关，既描述出安妮这一新生代加勒比

---

① Perry D. Blacktalk：Women Writers Speak Out：Interviews[M]. New Brunswick：Rutgers UP，1993，p. 129.

② Ibid.，p. 140.

③ Kincaid J. Annie John[M]. New York：Farrar，Straus and Giroux，1985，pp. 77—78.

④ Ibid.，p. 78.

人对殖民者的仇恨，亦展现出加勒比人"站起来"的新姿态。而《露西》中的小女孩露西在白人女主人玛利亚(Mariah)向她夸赞水仙花的美丽之时，却极其愤怒，"我想毁掉这些花，我希望我有一把大镰刀，我会沿路拖着它，把这些花就地砍倒"①。露西的这种愤怒源于与水仙花相关的英文诗句所隐射的殖民教育，金凯德借助露西的叙述声音进一步表达了当代加勒比人对曾经的殖民文化的仇恨。

与里斯作品中的女性人物不停地在询问"我是谁"以及"我在哪里"形成鲜明对比的是，金凯德笔下后殖民时代的加勒比女性人物安妮与露西对"我是谁"与"我在哪里"已经有了清晰、明确的答案。在《安妮·约翰》这部作品中，前七章安妮都以第一人称"我"来叙述，自始至终未出现"我"的具体名字，但是在最后一章，最终挣脱母亲束缚、即将远离安提瓜的安妮在这一章的开篇就向读者说道："'我的名字叫安妮·约翰。'这些话是我在安提瓜生活的最后一天，一大清早醒来就浮现在我脑海中的字眼，它们就来来回回地漂浮在我的脑海里，我不知道还会漂多久。"②紧随其后，安妮又再次重复了自己的名字，"我的名字叫安妮·约翰，于17年前的9月15日凌晨5点出生在霍尔博尔顿医院，我的母亲的名字也叫安妮，我的父亲名叫亚历山大……"③同样的情形亦发生在《露西》的叙述中，《露西》共分为五章，前四章都是以第一人称叙述者"我"的视角与声音叙述，并未向读者指明"我"的具体名字与确切身份，但是，在最后一章作者以"露西"为这整章的标题，叙述了历经精神成长的露西对"我是谁"与"我来自哪里"这两

---

① Kincaid J. Lucy[M]. New York：Farrar, Straus and Giroux, 1990, p. 29.

② Kincaid J. Annie John[M]. New York：Farrar, Straus and Giroux, 1985, p. 130.

③ Ibid., p. 132.

个问题的清醒认识，"我出生在一个小岛上，小到只有 12 英里长、8 英里宽"①，"所有资料都显示我的名字叫露西——露西·约瑟芬·鲍特"②，而在被母亲告知"露西"这一名字是源于《失乐园》中反叛上帝的路西法(Lucifier)的时候，露西的心理叙述是"那是一种从失败到胜利的转变，那一刻我知道我是谁了"③。名字使得安妮与露西更加明确了自己的身份，犹如福柯(Michel Foucault)所言，"名字不仅仅是一个单纯、简单的指代，名字具有其他的暗指功能"④。安妮与露西高调凸显自己的名字与身世，暗示的正是当代加勒比女性重新整合历史碎片、追寻女性自我身份的决心。

金凯德的自传或传记式(虚构)叙事绝非纯粹的个人叙事，而是将个人体验与加勒比殖民历史糅合，将民族宏大叙事消解为个人情感叙述。对这种个人与历史叙事的融合，金凯德做出了这样一种比喻："这就好比别人给你一个破碎的盘子，你可以重新将这些碎片拼为一个大水罐。"⑤这一比喻与加勒比另一位作家沃尔科特将加勒比历史比喻为"破碎的花瓶"有异曲同工之处，"打破一个花瓶，将碎片重新粘起来的爱比当它是完整时，对于它固有的对称之美所给予的爱更为强烈"⑥。这一从打碎到重新组合碎片的隐喻，正彰显了金凯德与沃尔科特等当代加勒比作家通过文学

---

① Kincaid J. Lucy[M]. New York: Farrar, Straus and Giroux, 1990, p. 134.

② Ibid. , p. 149.

③ Ibid. , p. 152.

④ Bouchard D, Simon S. Language, Counter-Memory, Practice: Selected Essays and Interviewsby Michel Foucault[C]. Trans. Donald Bouchard and Sherry Simon. Ithaca: Cornell UP, 1977, p. 121.

⑤ Perry D. Blacktalk: Women Writers Speak Out[M]. New Brunswick: Rutgers UP, 1993, p. 140.

⑥ Burnett P. Derek Walcott: Politics and Poetics[M]. Gainesville: UP of Florida, 2001, p. 26.

叙事整合历史碎片、弥合历史创伤的乐观书写态度。而金凯德借助安妮与露西在开始新航行之前的心理独白：挣脱母亲束缚的安妮在即将登船之际提醒自己，"我不再是一个小孩子，以后只有我完全看清楚之后才会做决定"①；而露西在离开寄宿家庭的庇护之后，向读者表明"对此，我不害怕，一点都不害怕"②，这样的心理叙述也预示着脱离殖民束缚之后的当代加勒比人就此开启了一段新的成长旅程。

第二节　女性成长叙述中的反成长书写

尽管评论界对成长小说的起源与界定颇具争议③，但18世纪歌德（Johann Gothe）的《威廉·麦斯特的学习年代》（*Wilhelm Meister's Apprenticeship*，1795—1796）却被视为开启成长小说这一文类的先河之作："从任何一个层面而言，这都是第一部（成长小说）"④。而这一叙述形式在19世纪的写作中又不断地被拓展、丰富，其应用领域不仅跨越地域的限制，从德国延伸至意大利、英国等地，更超越了性别的限制，从男性作家延展至女性作家的写作之中。在英国，勃朗特、爱略特（George Eliot）等人则是19世纪成长小说的代表女性作家，《简·爱》、《米德尔马契》（*Middlemarch*，1871）等作品则成为这一时期女性成长小说的典范。吉尔伯特（Sandra M Gilbert）指出《简·爱》"是一部典型的女性成长

---

① Kincaid J. Annie John[M]. New York：Farrar，Straus and Giroux，1985，p. 146.

② Kincaid J. Lucy[M]. New York：Farrar，Straus and Giroux，1990，p. 157.

③ 参见孙胜忠. 成长小说的缘起及其概念之争[J]. 山东外语教学，2014(1)：73—79.

④ Summerfield G，Downward L. New Perspectives on the European Bildungsroman[M]. London：Continuum International Publishing Group，2010，p. 1.

小说，女性主人公从挣脱童年的囚禁到实现成熟与自由这一不可思议的目标过程中所有的遭遇，都是每一个生活于父权社会的女性都必须面对与克服的困难征兆：压迫（盖茨黑德）、饥饿（洛伍德）、疯癫（桑菲尔德）以及寒冷（马什恩德）"①。以《简·爱》为代表的 19 世纪女性成长小说总体呈现出两种文本特征：一是线性时间顺序，女性作家往往叙述其作品中的女性主人公从童年开始直至成年之后的成长经历；二是女性自我意识从朦胧到觉醒的发展过程。《简·爱》就是按照时间顺序叙述了女性主人公简·爱从童年的苦难生活阶段再至成年后实现自由的发展过程，而简·爱的女性自我意识也是在这一过程中逐步清晰。但是，简·爱最终获取幸福美满婚姻生活的理想主义结局也同时是简·爱所代表的 19 世纪女性在自我身份与社会身份方面做出妥协与调整的结果，要么婚姻要么死亡的命运结局使得简·爱所代表的女性价值体系最终依旧落入男权社会的评价标准，以至于评论家海勒（Dana Heller）做出这样的评价："《简·爱》与《米德尔马契》这一类小说最终还是解除了女性主人公的追寻目标，这对开创女性群体崭新未来所做的贡献少之又少。"②

　　然而，20 世纪初期世界战争以及欧洲社会格局的变迁使得现代主义发展时期的女性成长小说出现了与 19 世纪现实主义女性成长小说不同甚至是反方向发展的局势，19 世纪现实主义女性成长小说具有的线性叙述同个人、社会以及民族命运的协调性与一致性等特征，在 20 世纪已经开始逐步崩塌。莫兰蒂（Franco Mor-

①　Gilbert S M, Gubar S. The Madwoman in the Attic: The Woman Writer and the Nineteeth-Century Literary Imagination[M]. New Haven/London: Yale University Press, 1979, pp. 338—339.

②　Heller D. The Feminization of Quest-Romance[M]. Austin: University of Texas Press, 1990, p. 11.

etti)指出现代主义促就了"欧洲成长小说的危机"①，而埃希(Jed Etsy)则直接将 20 世纪现代主义阶段的成长小说视为"冰冻的青春"与"反成长小说"②。20 世纪初期女性成长小说出现反成长叙事主要因为两种因素：首先，现代主义作家的写作中不再有线性发展的时间概念，而是在断裂的时空中叙事，他们"将叙事重新组织为抒情的、图像的、神秘的主题，以即兴或是挽歌式的形式呈现；他们把弗洛伊德式的退行机制(regression)与柏格森式的流变一并编入社会现实主义的经纬线中"③。因此，20 世纪现代主义文学关注人物心理意识的内向性转型以及非线性叙事方式都使得叙述人物无法按照线性时间顺序成长，而是趋于反向发展或是停止成长的状态。其次，作为启蒙思想的重要组成部分，成长小说始终坚持人性完善论与社会融合论的理念，然而这种人性的完善与社会的融合的理想现代性的建构却在 20 世纪世界战争、经济危机与资本主义现代社会物化的冲击下无法继续，取而代之的是人类心理的碎裂与精神的异化以及社会弱肉强食的不均衡发展现实，走向卢卡奇(Georg Lukács)所言的个人与世界分离的"幻灭的浪漫主义"④。因此，20 世纪女性作家常以非线性的叙述时间讲述个人主体认知与社会认知要求相分离的幻灭感，伍尔夫与曼斯菲尔德(Katherine Mansfield)等现代主义女性作家笔下的女性人物或是在年轻时就已死亡，或是悬置于过去的时间、空间，或是拒绝做出任何的社会调试。而这种女性幻灭的认知亦是促使

---

① Moretti F. The Way in the World: The Bildüngsroman in European Culture [M]. Trans. Albert Sbragia. London: Verso, 2000, p. 227.

② Etsy J. Unseasonable Youth: Modernism, Colonialism, and the Fiction of Development[M]. New York: Oxford University Press, 2012, p. 2.

③ Ibid.

④ Lukács G. The Theory of the Novel: A Historico-Philosophical Essay on the Forms of Great Epic Literature[M]. Cambridge: The MIT Press, 1971, p. 112.

现代主义女性作家更强硬地争取属于女性自己的话语空间的动力，评论家瑞安（Maureen Ryan）指出："女性成长小说从传统上说就是在讲述一个关于妥协与幻灭的故事，一个年轻女性按时间顺序对生活的认知并没有赋予她无限的可能性，而是赐予她一个无情的环境，而她也必须在这样一个环境中奋力挣扎以寻得属于自己的一间屋子。"[①]

　　虽然里斯与同时代的伍尔夫以及曼斯菲尔德无论在现代主义叙事形式或女性书写主题上的确有共同之处，她们都注重女性心理意识，都将过去、现在的时间意识颠倒、融合，借助非线性的记忆叙述碎片化、心理分裂的女性以及被父权体系压制的女性主体身份，但不同民族身份、社会地位使得她们对英国帝国性文化认知与女性话语权力认知有着较大差异。作为英国主流社会的上层阶级，伍尔夫在《达洛维夫人》（*Mrs. Dalloway*，1925）等作品中虽然表述出对受战争影响的英国帝国形象下滑的焦虑感，但伍尔夫在对达洛维夫人现在与过去交织的片段化记忆叙述中，总是不自觉地流露出对英国民族身份与历史的自豪感。而作为加勒比地区的克里奥尔白人的里斯，却仅仅是英国白人眼中的过客——"我们穿过一幢房子，有一个美丽的花园，处处是树木与绿色的草地，这是树木与林荫大道吗？我认识它们，是从我阅读的书上看到的，我猜想就是这样的。但是书中的似乎要比这里亲切得多，我知道它们，这，这就是英国，但我们仅仅只是路过"[②]。作为英国社会的外来者，里斯的作品表现的不再是对英帝国民族身份的自豪感，而是叙述撕裂英帝国民族身份虚幻性与殖民建构性

① Ryan M. Innocence and Estrangement in the Fiction of Jean Stafford[M]. Baton Rouge: Louisiana State UP, 1987, pp. 14—15.

② Rhys J. Smile Please: An Unfinished Autobiography [M]. London: A. Deutsch, 1979, p. 171.

后的幻灭感。因此，当伍尔夫发出"作为一个女性，我没有国家"的控诉时[①]，她代表的中产阶级女性政治话语范畴并不包括里斯以及里斯笔下的边缘女性；当曼斯菲尔德与其笔下的女性主人公衣食无忧地漫步于都市、寻求灵魂自由之时，里斯与她笔下的女性主人公却仅仅是物质与精神同时贫穷的都市流浪者，是遭遇英国白人主流社会、殖民社会与父权社会多重排斥的社会边缘人。里斯以现代主义形式技巧叙述的是受到殖民与男权世界双重压制的边缘女性的苦痛，发出的是"作为边缘女性，我也没有国家"的泣诉。

　　这样的身份差异致使里斯作品中的女性成长叙事呈现出不同的特点。《黑暗中的航行》以第一人称的叙事方式讲述了一个来自加勒比地区的 19 岁女孩安娜·摩根在英国伦敦艰难生存的成长故事。与简·爱在成长中首先遭遇其舅妈里德夫人（Mrs. Reed）的虐待一样，安娜在其成长道路上同样遭遇了其继母海斯特（Hester）经济上的控制，在安娜的父亲过世之后，海斯特就中断了对安娜生活的经济供给；与简·爱经历与罗切斯特的情感历程一样，安娜与沃尔特的情感纠葛同样占据《黑暗中的航行》叙述的中心，虽然这段感情最终以失败告终。与简·爱最终收获美满爱情与婚姻的美好结局形成巨大反差，《黑暗中的航行》的安娜最终被沃尔特抛弃，躺在冰冷的手术台上接受她的堕胎手术。尽管《黑暗中的航行》的安娜在伦敦的生活经历总体上是按时间顺序叙述，但自故事一开始，安娜的心理时间就已停滞，"就像窗帘落下来一样，我曾经知道的一切都被遮盖，一切都像获得重生"[②]，

---

　　① Woolf V. Three Guineas[M]. New York: Harcourt, Brace and Company, 1938, p. 108.

　　② Rhys J. Voyage in the Dark[M]. Harmondsworth: Penguin Books, 1969, p. 7.

而这种心理时间的停滞一直延续至故事的结尾，"一切都有可能发生，重新开始，重新开始……"①安娜心理时间的停滞将故事的结尾又拉回至故事的起点，这一从重生开始又以重生结尾的心理叙事使得人物无法经历从年幼至成年成熟的线性发展历程。

而安娜克里奥尔白人女性的身份又使得她游离于英国白人主流文化之外，无法实现个人认知与社会认知的统一。初到英国的安娜就感受到加勒比与英国地域环境的差异："这里的颜色不同，气味不同，周边事物触及内心的感受亦不同……起初我一点都不喜欢英国，我不习惯这里的寒冷。有时候我闭上双眼，把火或者是被褥的温暖假装为太阳的温暖，或者假装我站在家门外，从马尔凯特市场看向海湾。"②里斯借助安娜的这种感官认知反差映射出的正是克里奥尔人与英国民族文化情感隔阂与疏离并存的心理认知。除去安娜的心理认知反差，外在环境的刺激同样促使安娜无法实现个人与社会认知的一致。作为与安娜在英国同命相连的伙伴，同样贫穷的莫蒂带领安娜步入以出卖女性身体而谋生的生活轨道，但莫蒂对待安娜西印度民族身份的态度却显示出英国社会根深蒂固的民族排外性，"她永远感到冷，没办法，她就生在一个炎热的地方，好像是西印度还是什么其他地方，我们女孩子们都把她叫霍屯督人（Hottentot），这难道不是一种羞辱吗?"③作为非洲南部种族的分支，霍屯督人常被欧洲人视为原始、野蛮民族。在欧洲现代主义进程中，英国男性贵族位于阶梯之顶，而霍屯督女性则"处于人类堕落的最低端"④，被列于欧洲民族等级序

---

① Rhys J. Voyage in the Dark[M]. Harmondsworth：Penguin Books，1969，p. 159.

② Ibid.，p. 7.

③ Ibid.，p. 12.

④ Emery M L. Jean Rhys at "World's End"：Novels of Colonial and Sexual Exile[M]. Austin：University of Texas Press，1990，p. 22.

列的最底层。此外，作为英国中产阶级的沃尔特，在安娜言及自己是第五代西印度人时，却只是以嘲讽的口吻反问道："是真的吗？他说这话的时候似乎他也在嘲笑我。"①民族与种族身份的边缘性以及贫困潦倒的生存困境只能使安娜陷入无尽的心理幻灭，而这种无尽的幻灭与忧伤也成为里斯笔下的女性人物诉说成长失败的主元素。里斯巧妙地将这种忧伤弥漫于其所有文本空间，无论是从西印度（牙买加）、伦敦或是巴黎，还是从一个旅馆到另一个旅馆，里斯的女性人物不仅丧失了对空间的认知能力，"我们去的这些小镇看起来总是一样的，你永远都是走向看起来一样的另一个地方"②，同时也丧失了对时间的认知能力。里斯命名其作品的方式也能体现出这种无时间差异的幻灭，《早安，午夜》《黑暗中的航行》《藻海无边》实际上都在指涉里斯笔下女性人物的命运，即最终都坠入无尽的黑暗。倘若说伍尔夫笔下的女性是不情愿将自我的女性身份屈服、妥协于社会身份，而是时刻在倔强地宣扬女性独立的话语权的话，那么里斯笔下的女性人物却是以无限度的顺从与妥协试图调和自己的自我身份与社会身份，尽管结果都是以失败告终。种族身份、性别身份、经济地位阻碍她们的成长，里斯作品中的女性人物从少女走向妓女的女性身份转变是欧洲现代社会民族排外与资本商品化的结果，而这一切都与19世纪成长小说中主人公从懵懂少年走向心智成熟的成年转变背道而驰。

自20世纪80年代开始，伴随后殖民文学迅猛的发展势头、第三世界女性主义的崛起以及少数族裔研究的壮大，成长小说这一文类进入新的发展阶段。评论家博厄斯（Tobias Boes）指出20

① Rhys J. Voyage in the Dark[M]. Harmondsworth: Penguin Books, 1969, p. 45.

② Ibid., p. 8.

世纪 80—90 年代"新理念方法的添入使得成长小说发生了巨大的变化"①。博厄斯详细分析了引发成长小说发生改变的四种因素：一是德国对成长小说的最新研究成果被引入英语世界②。二是结构主义的影响促使具有比较思维的学者不再将成长小说这一文类视为固定建构，而是跨越欧洲传统审视其他族裔大规模的成长叙述。三是詹姆逊(Fredric Jameson)的《政治无意识》(*The Political Unconscious*，1981)一书使得文类研究与历史维度相结合，打破了文类的僵化结构。四是女性主义评论者开始审视传统与第二代成长小说中的男性话语中心③。因此，解构思潮的影响、跨越民族与种族界限的文类批评方法以及女性主义话语的强大发展都使得后殖民时代的女性成长小说能够将美学与意识形态融合，将欧洲成长小说叙述形式与后殖民社会语境相对接，以西方成长小说的叙述形式展现后殖民女性话语世界的成长过程，即评论者雷德菲尔德(M Redfield)所言的"内容瞬间成为形式，因为内容亦是一种成长过程"④。

自 20 世纪 80 年代开始创作的金凯德，在《安妮·约翰》中以第一人称回溯的叙述方式讲述了女性主人公安妮从 10 岁到 17 岁在安提瓜的成长经历与成长记忆。小说共分为八章，第一章与第二章主要叙述安妮的家庭成长，以儿童无知的视野记录安妮对母亲的依赖；第三、四章描述安妮的学校成长历程；第五、六章则

---

① Boes T. Modernist Studies and the Bildungsroman: A Historical Survey of Critical Trends[J]. Literature Compass, 2006, 3(2), p. 233.

② 长期以来，德国评论界认为成长小说这一文类具有内在的民族特性，而自 20 世纪 60 年代开始，接受理论的到来致使新一代的学者开始质疑这一说法。

③ Boes T. Modernist Studies and the Bildungsroman: A Historical Survey of Critical Trends[J]. Literature Compass, 2006, 3(2), p. 234.

④ Redfield M. Phantom Formations: Aesthetic Ideology and the Bildungsroman [M]. Ithaca: Cornell UP, 1996, p. 42.

转向安妮对母亲的叛逆期；第七、八章主要叙述安妮如何历经离家远行的心理挣扎以及最终选择与母亲分离。因此，安妮经历的既是一个从家庭领域逐步向社会领域扩展的成长世界，又是一个从对母亲的依赖到叛逆再到分离的成长历程。这一小说自出版起就被定位为成长小说，在该小说的封面中，"一个年轻女孩是如何步入成年的传统故事"的推荐语引人注目；而小说中安妮从年少无知与对母亲的依赖再到远离母亲、出走后认知世界的成长转变也使得评论家纷纷将其界定为成长小说。默多克（H Adlai Murdoch）指出"从文类来看，《安妮·约翰》肯定可以被归类为发现自我的成长或是成长纪实小说，它记录了安妮成长与认知世界的过程"[1]；而爱德沃斯（Justin D Edwards）同样依据安妮的成长历程与对世界的认知历程将这部小说定义为"成长小说"[2]。从 10 岁到 17 岁依照时间顺序记录安妮的成长与认知世界的历程的确使得我们能够将《安妮·约翰》这部作品归类为成长小说，但是安妮拒绝将其个体认知与周边世界的要求做出妥协、协调统一的叙事又使得我们无法完全将这部小说归类为传统意义上的成长小说。评论者利马就指出："虽然传统成长小说要求人物内心与外在世界的和谐建构，形成弗莱克·莫兰迪（Franco Moretti）所言的'个体家园'，但是金凯德的成长小说揭露了这种虚构和谐的不可能性"[3]。殖民历史、父权体系与种族问题都使得金凯德笔下的安妮无法实现后殖民女性个体认知与社会认知的统一，而是出现以成长小说之形式叙述后殖民女性反成长的话语内容。

---

① Murdoch H A. Severing the (M)other Connection: The Representation of Cultural Identity in Jamaica Kincaid's Annie John[J]. Callaloo, 1990(13), p. 326.

② Edwards J D. Understanding Jamaica Kincaid[M]. Columbia: the University of South Carolina Press, 2007, p. 42.

③ Lima M H. Imaginary Homelands in Jamaica Kincaid's Narratives of Development[J]. Callaloo, 2002, 25(3), p. 860.

与传统成长小说在一开始就叙述主人公的出生或是需要在逆境中挣扎生存不同，金凯德在《安妮·约翰》的一开始就叙述死亡，而这种死亡产生的异化感自始至终都笼罩着安妮的个人生活。小说一开始，安妮就叙述道："在我 10 岁那年，曾经有一段时间，我认为只有我不认识的人才会死亡。"①目睹母亲亲手埋葬小女孩娜尔达(Nalda)的场景，"她的手抚摸过那个死去的女孩的额头，给她洗过澡、穿过衣服，还把她放到我父亲做的那副棺材里"，亦使得安妮对母亲逐步产生心理异化感："我开始以不同的眼光看待我母亲的手"②。紧接着，各种死亡接踵而至。金凯德在叙述安妮眼中的死亡群体时选择了不同年龄阶段女性的死亡，安妮同学母亲的死亡、夏洛特小姐的死亡以及另一个不知名字的小女孩的死亡，这些曾经的母亲或是未来的母亲的死亡都为安妮无法完整实现女性身份的认知埋下伏笔。然而，有趣的是，这些女性的死亡都与安妮的母亲有着某种牵连，娜尔达是安妮母亲朋友的女儿，死于安妮母亲的怀里，而夏洛特小姐是在与安妮母亲聊天时死亡，如果将安妮母亲视为欧洲殖民者的隐喻，那么娜尔达、夏洛特以及那些无名女性的死亡就皆与欧洲殖民历史息息相关，而长大后的安妮抑或独立后的安提瓜反叛、远离欧洲殖民母亲也将成为历史的必然。

事实上，后殖民时代的加勒比女性成长叙述中一开始就出现死亡而非新生的叙述极其普遍。特立尼达作家莫尔·霍奇(Merle Hodge)在其第一部作品《讲故事的猴子》(*Crick Crack, Monkey*, 1970)的一开始叙述了女性人物蒂(Tee)的母亲与其新生婴儿的死亡，而另一作家兹·艾德格尔(Zee Edgell)在其小说《柏卡·兰

① Kincaid J. Annie John[M]. New York: Farrar, Straus and Giroux, 1985, p. 3.

② Ibid., p. 6.

姆》(*Beka Lamb*，1982)的开端也叙述了女性主人公柏卡(Beka)的朋友托西(Toycie)的死亡。对于后殖民时代的加勒比女性成长小说出现从死亡开始叙述这一普遍现象的缘由，评论家利马给出了较为客观的评述，她认为这种死亡意指"殖民化致使的无家以及主人公从一开始就无法抗争的失落"①，换言之，这些死亡是殖民历史遗留的永久的文化心理错位与无根感的隐喻，破碎、残缺的殖民文化心理创伤使得安妮这样的后殖民女性人物无法实现完整的心理认知与女性身份认知。金凯德在《安妮·约翰》中以安妮天真的儿童视角叙述了殖民文化与殖民教育对安提瓜人的生活影响：安妮的老师内尔森小姐(Miss Nelson)在开学的第一天只是专注于阅读"有精美插图的《暴风雨》(*The Tempest*)"，而对孩子们的打闹置之不理，"她肯定看到了也听到了，但她什么都不说，只是一直在读她的书"②；安妮的记忆中也保留了画在自己旧笔记本封皮上的维多利亚女王的深刻记忆，"一个满脸皱纹的女人头上顶着王冠，脖子与胳膊上戴满了钻石与珍珠"③；安妮的母亲则更是维多利亚女性生活与道德准则的忠实拥护者，"她很害羞，从来都是笑不露齿，即使突然大笑，她也会立刻用手捂上嘴巴。她会永远遵从她的母亲，而她的妹妹亦会崇拜她，母亲本人又会崇拜她的哥哥约翰"④。而安妮的母亲又企图将这种殖民文化影响再次复制于安妮身上，甚至将安妮的名字命名为维多利亚(安妮的全名为安妮·维多利亚·约翰)，时刻以优雅女士(lady)的标准要求安妮，这一切只为安妮能够顺应维多利亚时代女性的命运，即

① Lima M H. Decolonizing Genre: Jamaica Kincaid and the Bildungsroman[J]. Genre, 1993, 26(4), p. 442.

② Kincaid J. Annie John[M]. New York: Farrar, Straus and Giroux, 1985, p. 39.

③ Ibid. , p. 40.

④ Ibid. , p. 69.

婚姻与生育，正如加勒比另一女性作家霍奇（Merle Hodge）所言：
"女孩子生来就像是在传送带上一样，必须得接受女性唯一需要
履行的职责——婚姻或生育"①。金凯德通过安妮天真而又不失童
趣的孩童视角展现的正是后殖民时代加勒比女性对殖民历史文化
影响的反讽，而安妮选择疏离老师、以新笔记本换掉旧笔记本、
去掉自己名字中的"维多利亚"以及最终与母亲分离，体现的正是
加勒比女性反击殖民历史文化与女性束缚的果敢态度。

　　作为英国女性成长的代表，简·爱同样经历了逃离家庭、逃
离学校、逃离男性世界束缚的成长历程。吉尔伯特与古芭在评述
简·爱在遭遇婚变之后独自穿越沼泽地的艰难历程时，亦使用了
"无家"（homeless）这一词语，"简·爱穿越沼泽地的历程展现的
是女性在父权社会无家的本质：无名、无盘踞地、无地位"②。但
颇具讽刺意味的是，深受父权社会束缚的简·爱以逃离家庭开始
其成长诉求，又以回归家庭完成其成长历程，形成的是弗格森
（Mary Anne Ferguson）所言的西方女性成长小说的"环形"叙述，
即"小说中的女性永远留在家里"③。而金凯德笔下的安妮在最后
却坚定地选择以离家的方式冲破这种女性成长叙事的窠臼。在叙
事的结尾处，金凯德以一连串平行的"远离"句式描述出安妮反叛
的心声："现在我面前的道路只有一个方向，那就是远离我的家
庭，远离我的母亲，远离我的父亲，远离永远的蓝天，远离永远
炙热的太阳，远离人们曾对我说的'自从你妈妈孕育你的时候，

---

①　Hodge M. Young Women and the development of Stable Family Life in the Caribbean[J]. Savacou, 1977(13)，p. 41.

②　Gilbert S M, Gubar S. The Madwoman in the Attic: The Woman Writer and the Nineteeth-Century Literary Imagination[M]. New Haven/London: Yale University Press, 1979，p. 364.

③　Lima M H. Decolonizing Genre: Jamaica Kincaid and the Bildungsroman[J]. Genre, 1993, 26(4)，p. 453.

这一切就已发生了。'"①这样强烈的心声也是所有加勒比女性与其他后殖民女性反抗殖民与男权世界以及一切成规与束缚、寻求女性自我身份世界的心声。

第三节 罗曼司叙述中的女性意识

评论家杜普雷西斯(Rachel Blau Duplessis)这样描述罗曼司叙述在西方文化中的重要性:"各种各样的罗曼司情节,譬如对爱情的膜拜、对欲望的追寻、享乐、错失、堕落、挫败等显然都存在于我们共享的深层次文化结构中……然而作为一种叙述模式,罗曼司情节却压制了女性人物,抑制她们的追寻,限定她们的异性而非同性情感纽带,将个体进入婚姻视为个人与叙事的成功标志。"②而作为西方女性主义经典文本的《简·爱》无疑就是西方罗曼司文化传统的代表之一。女英雄似的简·爱历经苦难与挫折最终实现了对浪漫爱情的追寻,"读者,我嫁给他了!"③也最终收获了幸福的婚姻,"我现在已经嫁给他10年了,我知道了为什么而活着,也知道了究竟我爱什么……完美的和谐是最终的结果"④。无论现实是否如此,勃朗特终将那个一直在宣扬追寻自我的简·爱置入浪漫元素编织的爱情童话之中,而《简·爱》这部影响万千女性世界观与价值观的女性主义经典之作也随之被束之于"罗曼司叙事的意识形态"框架之中,即弗雷(Northrop Frye)所言的"罗

---

① Kincaid J. Annie John[M]. New York: Farrar, Straus and Giroux, 1985, p. 134.

② Duplessis R B. Writing Beyond the Ending: Narrative Strategies of Twentieth-Century Women Writers[M]. Bloomington: Indiana University Press, 1985, pp. 2~3.

③ Bronte C. Jane Eyre: with Related Readings[M]. New York: Glencoe/McGraw-Hill, 2000, p. 394.

④ Ibid., p. 395.

曼司追寻(模式)是对"力比多"①或是欲望自我实现的一种追寻,它蕴含现实但又超越现实的影响"②,亦即詹姆逊(Fredric Jameson)所言的"罗曼司可以被理解为对矛盾的想象性解决方式"③。因此,勃朗特也只能以充满美好想象的罗曼司叙事填平维多利亚时代女性受压制的生活现实与该时代女性渴望自由与独立的理想生活之间的沟壑。这种虚幻的"永远活在爱情中"的浪漫情感叙事甚至都使得同样宣扬女性主义思想的伍尔夫产生质疑,"勃朗特没有试图解决人类生活的问题,她甚至都没有认识到这样一些问题的存在"④。

这种女性罗曼司叙述对爱情的追寻情节继续在里斯的作品中延续:《黑暗中的航行》的安娜对沃尔特·杰弗立斯的情感依赖,《四重奏》中的贫穷的玛利亚对具有绅士风度的海德勒的崇拜与暗生情愫,《离开麦肯齐先生之后》中的茱莉亚与豪斯菲尔德先生的浪漫邂逅,《早安,午夜》中的萨莎与男妓雷内短暂的相依为命,《藻海无边》中的安托瓦内特与罗切斯特之间由爱至恨的虐恋情缘。里斯笔下的女性人物与勃朗特笔下的简·爱一样,都曾追寻属于自己的浪漫情感,只是她们从没有得到过像简·爱那般完美的情感与幸福的婚姻。里斯作品中的女性人物最终面对的都是被男性抛弃的悲惨结局:《黑暗中的航行》的沃尔特最终逃之夭夭,《四重奏》中的海德勒回归到妻子露易丝的身边,《离开麦肯齐先生之后》中的豪斯菲尔德先生最终选择不辞而别,《早安,午夜》

---

① 力比多(Libido)是弗洛伊德理论中的一个重要概念,其指涉的是内在的原发性的性本能。

② Frye N. Anatomy of Criticism[M]. Princeton, New Jersey: Princeton UP, 1957, p. 193.

③ Jameson F. Magical Narratives: Romance as Genre[J]. New Literary History, 1975, 7(1), p. 161.

④ Woolf V. The Common Reader[M]. New York: Harcourt, 1925, p. 160.

中的雷内在夺走萨莎所有的财物之后便消失得无影无踪，而《藻海无边》中年轻的罗切斯特在掠夺完安托瓦内特的财产之后也将安托瓦内特变成了阁楼上的疯女人。正如埃默里（Mary Lou Emery）所言，里斯作品中女性人物"都遵循的是传统的罗曼司叙述次序，企图寻找一个'英雄'，但是这个'英雄'梦却从未实现"[1]。

　　勃朗特笔下的简·爱将独立首先界定为经济的独立，"……我现在是一个独立女性了。""独立！这如何理解啊？简。""我远在马德拉的叔叔去世了，他留给我5000英镑。""啊，这实在是太实用了，这是真的啊。"他喊道："我做梦都没想到竟是这样。"[2]简·爱与罗切斯特的这番对话显现出经济财富在简·爱追求完整自我与浪漫婚姻中的重要性，而勃朗特也借此映射女性在父权社会受到的经济制约，犹如佩尔（Nancy Pell）所分析的那样，"在《简·爱》中，夏洛蒂·勃朗特的浪漫个人主义与反叛的情感都被潜在的资产阶级父权社会与经济控制与建构"[3]。现实与理想之间的差距使得勃朗特只能通过罗曼司叙述的想象性赋予简·爱这笔意外之财，协助简·爱实现她的完满人生。如果说经济的独立是简·爱能够最终实现浪漫爱情与美满婚姻的前提，那么经济的依赖就是铸就里斯作品中的女性人物浪漫爱情与美满婚姻失败的前提因素。在《黑暗中的航行》这一部作品中，金钱成为安娜与沃尔特情感发展的重要因素。当贫困的安娜在街上遇到沃尔特之后，在互不知名的情况下所做的第一件事情就是到商店买袜子，"我说我

　　① Emery M L. Jean Rhys at "World's End"：Novels of Colonial and Sexual Exile [M]. Austin：University of Texas Press，1990，p. 123.

　　② Bronte C. Jane Eyre：with Related Readings [M]. New York：Glencoe/ McGraw-Hill，2000，p. 381.

　　③ Pell N. Resistance，Rebellion，and Marriage：The Economics of Jane Eyre[J]. Nineteenth-Century Fiction，1977，31(4)，p. 399.

想买两双""和我一路走来的那个人想要付钱，我就让他付了"①。安娜在受到沃尔特的引诱之后，收到了沃尔特寄来的信，信中夹了"5 张 5 英镑"的钱币，"你可以用这些钱为自己买一些长筒袜，也请不要在买袜子时看上去那么忧愁"②，这场以金钱开始建立的情感纽带最终也以金钱结束。被沃尔特抛弃之后的安娜在筹措堕胎的手术费时，写信寻求沃尔特的帮助，而沃尔特仅仅是委托自己的朋友文森特（Vincent）与安娜见面，里斯将文森特与安娜之间的对话描述成为一场生意谈判："您好!""……发生什么事了?""您想怎么办呢?""好吧，您会拿到那一笔钱，只是有一件事情，如果您手头有沃尔特写给您的任何信件，请您必须把它们给我。"③而"谈判"的最终结果就是安娜用沃尔特的信件换取了 40英镑。

　　与贫穷的安娜一样，《四重奏》中的玛利亚在得知丈夫斯蒂芬（Stephan）因诈骗罪而被判入狱一年的消息之后，第一反应是自己的经济问题，"没有钱，身无分文……我的父母已经过世……我身上穿的衣服还是欠款买的"④。经济的贫困使得玛利亚陷入恐惧与绝望之中，而已婚的海德勒先生无论是从经济上或是情感上都能给玛利亚带来一种安全感，"他是一个有着宽阔肩膀与沉稳声音的硬汉"⑤。因此，一场由玛利亚、海德勒、斯蒂芬与海德勒的妻子露易丝组成的包含欺骗、暧昧、委屈与仇恨等复杂情感的"四重奏"荒唐情感故事就此开始，暂住海德勒夫妇家的玛利亚背

① Rhys J. Voyage in the Dark[M]. Harmondsworth：Penguin Books, 1969, p. 10.
② Ibid., p. 23.
③ Ibid., pp. 146—147.
④ Rhys J. Quartet[M]. Harmondsworth：Penguin Books, 1973, p. 19.
⑤ Ibid., p. 43.

着露易丝与海德勒互生情愫，同样柔弱的露易丝则是向玛利亚哭诉自己对海德勒的爱情，刑满释放的斯蒂芬在得知真相之后欲图杀死海德勒。故事的最终结局是海德勒抛弃玛利亚重回家庭，玛利亚被斯蒂芬打晕之后失去知觉，扬长而去的斯蒂芬投奔了另一个女人查尔丁夫人(Mademoiselle Charlding)，贫穷与孤独的玛利亚在苏醒之后或许要面临更加贫穷与孤独的生活。

尽管《四重奏》不能完全算作里斯的个人自传，但是 1923 年，在丈夫朗格莱(Jean Lenglet)因洗钱诈骗罪入狱期间，里斯与《跨大西洋评论》的主编、现代主义作家福特(Ford Madox Ford)及其妻子博文(Stella Bowen)之间的感情纠葛与这部小说的叙述内容总是有着太多相似性。里斯在《四重奏》中借助玛利亚的叙述或多或少地映射出自己对这场畸形情感的态度，而同为男权社会受害者的福特的妻子博文也在其回忆录《源于生活》(*Drawn from Life*，1941)中叙述了自己的看法。虽然博文对里斯介入其婚姻与家庭的行为表示了极大的不满与愤恨，但共同的女性世界感知却使得她首先认为里斯(或是玛利亚)"是一个悲剧性的人物，文字的天赋与个人魅力不足以确保她的日常生活，而糟糕的健康、贫穷、崩溃的神经、不尽如人意的丈夫、民族身份的缺失以及独立欲望的丧失"都是其悲剧生活的诱因①。博文对里斯或是玛利亚贫困与无助的女性世界也极其认同，"人类社会真正无法跨越的唯一鸿沟存在于经济富有者与经济赤贫者之间，没有钱就没有自尊，甚至无法拥有健全的人格"②。博文这样的中产阶级白人女性对英国现代性致使的社会经济差距都有着如此强烈的认知，那么，对里斯或者玛利亚这样的边缘女性而言，经济困难的生活窘

<hr>

① Bowen S. Drawn from Life：Reminiscences[M]．London：Collins，1941，p. 166.

② Ibid.，p. 167.

境对心理冲击的影响就更可想而知了，没有钱、没有尊严、没有健全的人格，又何谈浪漫的爱情可言！

除去这种因经济地位不对等而产生的情感悲剧之外，里斯笔下的女性人物与男性"英雄"人物之间无法建立起对等、有效的对话关系也是造成其浪漫爱情追寻失败的原因。评论家卡普兰(Carla Kaplan)将这种罗曼司追寻过程中能够产生浪漫爱情的交流与对话称为"情欲交谈"(erotics of talk)，其实质就是寻找"一个理想的聆听者，而这个理想的聆听者与罗曼司追寻中的理想的爱人则紧密相连"①。简言之，罗曼司追寻情节中浪漫爱情的实现要素之一就是彼此在对话过程中形成自我表达与他者回应的互动的对话效果，最终建立起亲密与认可的情感沟通模式。然而，里斯作品中的女性人物却无法寻找到一个理想的聆听者，无法与男性人物建立起表达与回应相协调的互动交流模式。《黑暗中的航行》的安娜在餐馆与沃尔特聊天的过程中，始终是被动的一方，沃尔特在整个对话中几乎都是以提问的方式询问："你经常穿黑色衣服吗？""你的朋友莫蒂还好吗？""她怎么样了？还与你在一起吗？""你一直都住在嘉德大街(Judd Street)吗？"②。这样一系列的质问与安娜的心理叙述则形成不和谐的交流画面，里斯以安娜的心理叙述替代了安娜的正面回应，"我听到自己的声音越来越大，不断地在回答他的问题，当我一直在说话的时候，他却以一种滑稽的表情看着我，好像他不相信我所说的一切"③，而安娜的诉说欲望最终也戛然而止，"我看着他，他的微笑好像在嘲笑我。我不

① Kaplan C. Girl Talk："Jane Eyre" and the Romance of Women's Narration[J]. Novel：A Forum on Fiction，1996，30(1)，p.7.

② Rhys J. Voyage in the Dark[M]. Harmondsworth：Penguin Books，1969，pp.17—18.

③ Ibid.，p.19.

再说话了，只是想'天哪，他是那种爱嘲笑别人的人，我多希望我不来这里'"①。

这种不协调的或者说是不对等的聆听与交流在安娜与沃尔特的对话中时刻存在，也正是通过这些不和谐的对话，里斯揭示出英国世界的民族与种族排外性。在小说第一部分的第五章，里斯以直接引语的方式叙述了正处于热恋中的安娜与沃尔特的对话。当安娜诉说到自己的西印度家庭与成长时，安娜西印度童年的回忆叙述却穿插在两人的对话中，这使得沃尔特的回应滞后，打乱了双方对话的节奏，形成了不和谐的对话交流。而安娜与沃尔特民族身份与社会身份的差异也使得他们不能成为彼此理想的聆听者。当安娜言及童年时期在西印度的趣事时，沃尔特却说道"我不喜欢炎热的地方，我更喜欢寒冷的地方，我认为热带的炎热对我而言实在是太过强烈了"②，而此时的安娜紧接着就反驳道："一点都不强烈，你错了，那里很宽阔，有时还带着些许的忧伤，你只能说阳光太过于强烈"③。接下来的三段则全部被安娜一个人的叙述声音所占领，而沃尔特的声音则从这一对话中暂时消失。当安娜再一次将话题转向："'我是一个真正的西印度人'……'我是母亲这边的第五代西印度人'"之时④，沃尔特的回答已经显得极其不耐烦，"我知道了，你以前就告诉过我了，每个人都认为自己出生的地方最美丽"⑤。民族、种族与社会文化的差异使得安娜与沃尔特无法理解彼此的世界，也无法形成情感的共鸣，这种对话与情感共鸣的不和谐早早就预示了这场罗曼司情感追寻的

① Rhys J. Voyage in the Dark[M]. Harmondsworth: Penguin Books, 1969, p. 19.
② Ibid. , p. 46.
③ Ibid. , pp. 46—47.
④ Ibid. , p. 47.
⑤ Ibid.

失败。

《黑暗中的航行》中的安娜无法找到理想的聆听者，也无法建立对等的对话交流模式，这致使她无法追寻到浪漫的爱情；而《离开麦肯齐先生之后》中的茱莉亚则是因为在与男性人物交流的过程中根本无法言说自己的感知，从而无法追寻自己的情感①。与安娜以自己的视角与叙述声音审视男性他者、叙述自己的心理感知不同，《离开麦肯齐先生之后》中的茱莉亚没有自己的视角与声音，她是被男性人物所叙述、凝视或是建构的一方。在茱莉亚与麦肯齐先生面对面交流的过程中，读者很难通过对话或是茱莉亚自己的心理叙述获取到他们分手的原因，而是通过麦肯齐先生单方面的叙述视角了解到，"她是一个没有任何自我保护能力的女人……她是一个不负责任的女人……当然，有时候她也很可爱，但这只是这些人部分的惯用伎俩"②。"这些人"这一字眼就此将茱莉亚这类出卖自己的身体、依靠男性而生活的边缘女性与麦肯齐先生这类中产阶级男性的世界分割开来。继麦肯齐先生之后，豪斯菲尔德成为走入茱莉亚世界的第二位男性。与麦肯齐先生不同，豪斯菲尔德既能理解茱莉亚的贫苦世界，"他都能想象得到她的母亲、姐妹的生活，没有钱，没有那该死的钱……她们都是芸芸众生中从出生到死亡都将'没有钱'这一标签贴在脊背后面的人……"③也能理解茱莉亚的边缘世界，"我站在你这一边，

---

① 《离开麦肯齐先生之后》于1930年出版，该部小说以意识流与心理叙述为主元素讲述了离开麦肯齐先生之后的茱莉亚在巴黎的艰难生存。尽管茱莉亚辗转于形形色色的男性身边，但从未得到心灵的慰藉。因此，自小说出版之际，有评论者就认为："这部作品就是一个妓女的生活片段"。参见 Howells C A. Jean Rhys[M]. New York: St. Martin's Press, 1991, p. 54.

② Rhys J. After Leaving Mr. Mackenzie[M]. Harmondsworth: Penguin Books, 1971, p. 27.

③ Ibid., p. 54.

我支持你,也支持像你一样的人"①。但是,这些认同与支持只是豪斯菲尔德将茱莉亚视为另一个想象自我的结果,茱莉亚的人生遭遇与心理认知只是历经战争之后的豪斯菲尔德人生遭遇与心理认知的投射,"我也知道什么是精神崩溃,我经历过战争"②。犹如埃默里所分析的那样,"对于豪斯菲尔德而言,茱莉亚只是他追寻自己混杂情感与展现新自我的一个工具,在他们最初的相遇中,茱莉亚不是她自己的镜像,而是豪斯菲尔德自我镜像的再现"③。因此,当这一虚假的自我镜像最终碎裂时,第三人称叙述者对豪斯菲尔德内心的暴露("毕竟,他并没有爱上茱莉亚")与豪斯菲尔德自己的内心独白("我不会仓促做任何事")为茱莉亚的罗曼司情感追寻之路又画上了另外一个句点④。

虽然里斯笔下的女性人物安娜、茱莉亚、玛利亚无法实现她们对罗曼司爱情的追寻,但正是这些未曾实现的罗曼司追寻一层一层地剥开了边缘女性在欧洲现代社会的真实生存境遇,揭露了女性在男权社会与殖民社会双重束缚中无法实现完整情感追寻的残酷现实。歌女、裸模、男性婚外情人或妓女的社会角色使得她们在 20 世纪的资本链条中只能成为男性凝视、消费的对象,浓妆艳抹的她们游走于不同男性身边,流连于各种咖啡馆、服装店、旅馆,看似自由自在地行走于都市,实际上只是失去自我身份、戴着美艳面具的空壳,经济的贫穷、妓女身份的卑贱以及被排斥于主流之外的殖民地民族身份使她们无法,也没有可能收获

---

① Rhys J. After Leaving Mr. Mackenzie[M]. Harmondsworth: Penguin Books, 1971, p. 167.

② Ibid. , p. 152.

③ Emery M L. Jean Rhys at "World's End": Novels of Colonial and Sexual Exile [M]. Austin: University of Texas Press, 1990, p. 138.

④ Rhys J. After Leaving Mr. Mackenzie[M]. Harmondsworth: Penguin Books, 1971, pp. 168—169.

浪漫的情感。正如哈里森(Nancy R. Harrison)所言：“里斯‘史无前例’的世界是一个诉说女性话语的世界，她们通过‘真实’对话的裂缝说出了她们的心中所想”①，而以罗曼司追寻的方式去除罗曼司的童话色彩、暴露 20 世纪加勒比女性与所有底层女性真实的生活或许也正是里斯作品中的罗曼司情感追寻叙述的真正用意所在。

　　与里斯时隔近半个世纪的金凯德同样在其作品中叙述了女性人物对罗曼司情感世界的追寻，但与里斯作品中贫穷、柔弱的加勒比女性人物一直在被动地等待男性“英雄”的救赎、视男性为理想聆听对象、渴望从男性身上寻求认同与心理共鸣以及建构自己的虚幻情感世界不同，金凯德笔下后殖民时代的加勒比女性人物不需要凸显自己的贫穷与边缘女性地位，也没有想要从男性身上寻求到身份认同与心理共鸣的情欲，他们所做的只是在不停地解构男性与女性构建的传统罗曼司情感世界，并将解构一切既定的成规视为言说后殖民时代加勒比女性话语权力的途径，“我们对任何清规戒律没有任何兴趣……我们只想言说我们迫切需要表达的内容”②。

　　不可否认，母女关系是金凯德言说后殖民时代加勒比女性声音的主要叙述方式，评论界也将母女关系视为剖析殖民关系的焦点，无论是家庭中的母女关系或是殖民关系中的“母女”关系都意图揭露的是一种潜在的权力关系。金凯德本人在采访中亦指出：“在我前两部作品中，我常认为我在写母亲与我的关系，随后我开始明白我书写的是一种强者与弱者的关系，这会是我痴迷的一

　　① Harrison N R. Jean Rhys and the Novel as Women's Text[M]. Chapel Hill and London: University of North Carolina Press, 1988, p. 63.

　　② Ferguson M. A Lot of Memory: An Interview with Jamaica Kincaid[J]. Kenyon Review, 1994, 16(1), p. 166.

个主题，只要我写作，就会是这个主题。"①但是，金凯德作品中存在于男性与女性之间的权力关系却往往被评论界所忽视，这种男性与女性构建起的西方罗曼司爱情与幸福婚姻的叙述，也恰恰是体现"弱者与强者"权力关系的另一种方式。反其道而行之的金凯德，在其作品中一一解构了这一蕴含弱者与强者的男女罗曼司情感世界。在《安妮·约翰》中，安妮以小女孩安妮的孩童视角叙述自己与格文（Gwen）、红色女孩（Red Girl）的情感发展历程，意图解构的是母亲与父亲组建的异性情感世界，而在《露西》中，露西通过外视角的审视解构的是白人女主人玛利亚的虚幻幸福婚姻。

　　安妮与格文、红色女孩之间的情感关系在《安妮·约翰》中占据了两章的叙述篇幅，该小说的第三章与第四章分别以"格文"与"红色女孩"为标题，凸显了格文与红色女孩这两个女孩子在安妮成长中的重要性。格文·约瑟夫（Gwen Joseph）是安妮刚到新学校时就交到的新朋友，她们能够彼此聆听、互相理解，"我们会分享彼此的隐私与秘密：偷听到父母说了什么话，夜里做了什么梦，我们害怕什么事情，最重要的是我们彼此都很爱对方"②。格文的温顺与聪明使安妮看到了一个曾经的自我，而红色女孩的反叛与叛逆却正是安妮对未来想象自我的欲望投射③，红色女孩可以不受母亲的束缚，无拘无束、享受充足的自由："她只需要一周洗一次澡，因为她不喜欢洗澡，一周换一次衣服，因为同样的

---

① Ferguson M. A Lot of Memory：An Interview with Jamaica Kincaid[J]. Kenyon Review, 1994, 16(1), p. 176.

② Kincaid J. Annie John[M]. New York：Farrar, Straus and Giroux, 1985, p. 48.

③ 安妮之所以将她称为"红色女孩"，是因为"当她走过时，我仿佛看到她被火包围"。参见 Kincaid J. Annie John[M]. New York：Farrar, Straus and Giroux, 1985, pp. 56—57.

不喜欢，不喜欢梳头发……不喜欢上星期天的学校……不喜欢刷牙齿"①，但是却擅长爬树、玩弹珠(marble)等安妮母亲完全禁止的活动。这种自由恰是安妮内心深处被压抑的欲望，而与红色女孩的亲密关系也成为安妮反叛母亲的手段。

对安妮与格文、红色女孩之间的情感叙述，评论界出现以下几种不同的阐释：首先，安妮与格文以及红色女孩之间精神上的依赖与身体上的亲密接触使不少评论者将这种亲密情感含蓄地解读为一种同性之间的欲望，或是将其更明了、更简单地定性为同性恋叙事②。对于这种解读，金凯德在采访中连连否认，"不是，不是这样的，我一直很惊讶人们会赋予它这样文学化的解读"③。对诸如安妮与格文之间的女性关系，金凯德则给出这样模糊的解释："这样的关系不能以女性与男性的传统关系来进行审视，因为我总是试图废除某些传统"④。至于"某些传统"的具体所指，金凯德并未进一步阐释。其次，因为安妮与格文以及红色女孩的情感叙事都是在安妮与母亲产生情感疏离与矛盾之时产生，因此，以科威(Giovanne Covi)为代表的评论者就此以金凯德作品中的母女关系为剖析中心，指出诸如安妮与格文之间的女性关系叙述呈现的是对母亲所隐喻的殖民文化体系的一种反抗⑤，而以西蒙斯为代表的评论者则认为安妮与格文或是红色女孩的情感是安妮与母亲疏离情感的替代，"安妮成功地为自己重塑了一个她曾经失

---

① Kincaid J. Annie John[M]. New York: Farrar, Straus and Giroux, 1985, pp. 57-58.

② 参见 Pecic Z. Queer Narratives of the Caribbean Diaspora: Exploring Tactics [M]. Houndmills: Palgrave Macmillan, 2013, p. 3.

③ Vorda A. An Interview with Jamaica Kincaid[J]. Mississippi Review, 1996, 24(3), p. 65.

④ Ibid.

⑤ Covi G. Jamaica Kincaid's Prismatic Subjects: Making Sense of Being in the World[M]. London: Mango, 2003, p. 77.

去的世界……她以同学之间的情感替代了自己对母亲的情感"①。无论是母女关系的宏观解读或是女性同性情感的微观解读,都对安妮的反叛性格做了具象化的剖析,但是这些阐释忽略了安妮在叙述自己与格文的关系之前的一个文本细节,即安妮曾经意外目睹了父亲与母亲的交合,金凯德并未直接叙述安妮的内心活动,而是通过安妮对母亲的手的叙述折射出安妮内心的挣扎,"那是一只白色的、瘦骨嶙峋的手,似乎它已经死亡许久"②。这种死亡既是曾经一向言听计从的安妮的"死亡",也是安妮反叛母亲的开始,"我永远都不会让那些手再碰我,也不会让她来亲我,一切都结束了"③。而安妮对父亲也表现出敌对态度,"一起散步时,我的父亲想拉着我的手,但我却推开了他"④。紧跟着这一事件之后,安妮才开始叙述自己与格文以及红色女孩的情感发展。因此,安妮与格文以及红色女孩同性之间的亲密情感叙述,可以被视为通过解构母亲与父亲构建的异性罗曼司情感世界来实现对母亲所隐喻的殖民文化传统的反抗,而解构西方世界塑造的女性追寻异性间的浪漫爱情与幸福婚姻的文化传统或许也正是金凯德本人所言的"废除某些传统"的内容之一。

与安妮通过同性之间的亲密接触与心理认同解构母亲传统的家庭罗曼司情感,从而实现反抗母亲的叙述有所不同,金凯德作品中的露西则是直接揭穿白人女主人玛利亚的罗曼司情感童话世界。刚入住玛利亚的家,露西就戏谑性地叙述了一幅美满家庭的

① Simmons D. Jamaica Kincaid[M]. New York: Twayne Publishers, 1994, p. 109.

② Kincaid J. Annie John[M]. New York: Farrar, Straus and Giroux, 1985, p. 30.

③ Ibid., p. 32.

④ Ibid.

图像:"我所居住的家庭由丈夫、妻子与四个女儿构成,这一对夫妻长得很相像,四个女儿也很像他们。房子里到处是他们的照片,他们六个长着黄色头发的脑袋凑在一起就像被一根看不到的绳子绑到一起的一束花。照片里他们都在对这个世界微笑,给人留下一切都是出奇得美好的印象,他们的微笑似乎在证明这个世界不是一场闹剧"①。金凯德通过露西的视角叙述的是这个家庭的照片而非实体性的家庭成员,这本身已经颇具讽刺意味。作为模拟的幻象,照片已经消解了现实的真实性,露西通过幸福家庭的照片这一能指符号,指涉的却是这一幸福家庭背后隐藏的所有不确定的隐患,而事实最终也是如此。戴娜(Dinah)是男主人路易斯(Lewis)与女主人玛利亚共同的朋友,她的介入使得玛利亚所追求的幸福婚姻与美满家庭瞬间破碎。在小说的第二章,金凯德以露西的外视角叙述了这一情感闹剧的发展历程,在戴娜到来之前"玛利亚与路易斯站在那里就像来自两个不同星球的人在寻求共同的历史证据,但是一无所获,这种状态太糟糕了"②;而当戴娜到来时,路易斯却改变了自己的情绪,"他不再与玛利亚同处一室,而是与戴娜同处一室,他们开始为同一件事情放声大笑,笑声冲破云霄,如同太妃糖浆一样将彼此包裹"③。而玛利亚也极力附和,想要以加入谈话来显示她拥有幸福、和谐的婚姻生活,但却总是被排除在外,"玛利亚没有看懂这些,还想加入他们的谈话,可是每一次她刚要张口说出一件事,他们又开始说其他不同的事情了"④。当露西最终目睹路易斯与戴娜的情事时,露西又一次叙述了玛利亚珍藏的照片,"我想到了玛利亚以及贴满照片

① Kincaid J. Lucy[M]. New York: Farrar, Straus and Giroux, 1990, p. 12.
② Ibid. , pp. 78—79.
③ Ibid. , p. 79.
④ Ibid.

的那些书籍，照片是从她与路易斯初见开始，在巴黎的埃菲尔塔或是英国的大本钟下面或是其他一些愚蠢的地方……有违背父母意志结婚时的照片，他们都站在父母的身后，有孩子在医院出生时的照片，有生日聚会的照片……"①以照片开始叙述这个家庭的美满光环，又以照片撕裂了这个美满婚姻与幸福家庭的虚假面纱，照片记录了玛利亚为自己构建的浪漫爱情与幸福婚姻，也最终撕碎了玛利亚为自己构筑的虚幻的罗曼司梦想。金凯德在《露西》中通过露西的外视角折射出玛利亚的罗曼司情感梦想的破碎，"玛利亚不会知道路易斯已经不再爱她，这对她来说永远是不可想象的"②，尽管从外表看来这仍旧是一个"幸福的家庭"③。露西通过解构玛利亚的虚幻女性罗曼司情感世界，揭示出了女性在爱情与婚姻中失去自我的弱势权力地位，正如斯皮瓦克所言，《露西》这部作品索求的是"爱的权力或责任，拒斥想要从牺牲中选择能动性的主体"④。因此，露西也最终选择主动拒斥爱情来反抗女性在罗曼司情感追寻中的弱势地位，"我不会陷入爱情，处于爱情的状态不是我所渴望的"⑤。

　　本章通过与《简·爱》的自传式叙述、成长叙事以及罗曼司情感叙事的纵向与横向的交叉比较，剖析里斯与金凯德作品中的虚构自传、反成长、反浪漫叙述形式特征，指出里斯与金凯德的加勒比女性作品与《简·爱》代表的西方女性作品在女性叙述形式层面的重合与差异。尽管里斯与金凯德作品中的女性人物安娜、玛

---

①　Kincaid J. Lucy[M]. New York：Farrar, Straus and Giroux, 1990, p. 80.

②　Ibid., p. 81.

③　Ibid., p. 87.

④　Spivak G C. A Critique of Postcolonial Reason：Toward a History of the Vanishing Present[M]. Cambridge：Havard UP, 1999, p. X.

⑤　Bronte C. Jane Eyre：With Related Readings [M]. New York：Glencoe/McGraw-Hill, 2000, p. 100.

利亚、安妮、露西等与简·爱都有着共同的女性成长与女性罗曼司情感话语诉求，但安娜、玛利亚、安妮、露西等加勒比女性人物从未实现完整的自我蜕变，也从未获得美满幸福的情感归宿。尽管《简·爱》所折射出的自传式叙述、成长叙述以及罗曼司情感叙述在里斯与金凯德的作品中依然延续，但民族、种族与社会历史语境的差异却使得这三种叙述形式在里斯与金凯德的作品中变形为虚构自传叙述、反成长叙述、反浪漫叙述形式。这三种叙述形式实际上是通过文学形式的杂糅，将西方的自传、成长小说和罗曼司文类叙述形式与加勒比女性不同时期的社会历史体验糅合，是在加勒比文化语境中对西方女性叙述方式的修正。这些虚构自传叙述、反成长叙述、反浪漫叙述不仅仅展现出殖民时代与后殖民时代加勒比女性的生存境遇，亦暴露出加勒比女性的政治身份话语诉求。这既是一种对无种族、无民族差异的女性主义精神价值的继承，又是一种具有民族、种族与社会文化差异的女性表征方式的流变。这种女性话语精神的延续与流变不仅仅体现在西方女性文学与加勒比女性文学这一外部文本关系层中，也体现在具有时代、地域、民族与种族的加勒比女性文学内部文本关系层中。本书的第三章将聚焦里斯与金凯德作品中的母女关系叙述，并以此为切入点，层层剖析加勒比女性文学内部的文本关系层。

第三章
加勒比文化语境中的母女关系叙述

曾经一度被扭曲、误用的母亲与女儿之间的重要情感，是一部尚未书写的巨著。

——[美]艾德丽安·里奇

我作品中母亲与女儿的关系指涉的就是欧洲与西印度的关系，亦即权力强者与无权力弱者的关系。

——牙买加·金凯德

　　母女关系叙述在女性主义文学的发展与演变中大体经历了 19 世纪末的母女分离时期、20 世纪初的女儿反思时期以及 20 世纪中后期的母亲回归时期①，这既是母女关系从分离走向弥合的一个转变过程，亦是女性心理与女性身份从对立走向认同的一个认知历程。因此，自 20 世纪 70 年代以来，通过母女关系书写来构建母亲话语权力以及展现母亲与女儿共性的女性心理与女性身份认知就成为女性主义的主流思潮。在继西方女性作家与非裔美国女性作家之后，20 世纪后半叶才开始起步的加勒比女性作家也随即加入这一潮流，但殖民历史、奴隶历史、加勒比父权社会体系以及多元的地域文化等诸多因素的杂糅又使得加勒比女性作品中的母女关系叙述呈现出不同的文化寓意。为此，本章首先厘清母女关系叙述在女性主义写作发展中的转向，在此基础上，通过追溯里斯与金凯德作品中女儿与母亲之间依赖与疏离、疏离与认同的爱恨交织的复杂关系叙述，揭示加勒比母亲话语产生的具体社会历史成因，解析"母亲"这一书写主题在加勒比文化社会历史语境下的文化寓意，并以此辨析加勒比女性书写集民族身份构建与女性身份构建为一体的书写特征。

---

　　① 评论家赫西（Marianne Hirsch）在其《母女情节》（*The Mother/Daughter Plot：Narrative，Psychoanalysis，Feminism*）一书中按照文学发展的时间脉络，将母女叙述划分为现实主义阶段的母女叙述、现代主义的母女叙述与后现代主义的母女叙述这三个时间段。

第一节　"母亲"的回归

1976 年，女性批评家里奇在其著作《天生女人》(*Of Woman Born: Motherhood as Experience and Instituition*，1976)中表述了以下观点："曾经一度被扭曲、误用的母亲与女儿之间的重要情感，是一部尚未书写的巨著。或许在人类天性中，没有什么能比这两个具有生物相似性的身体产生更有共鸣性的情感。"[①]此番言论迅速掀起了借助母女关系叙述探究女性主义话语的热潮："随着里奇这一著作的出现，许多心理学、社会学、宗教学、人类学与历史学等研究以及众多女性作家的虚构文本聚焦母亲与女儿的关系，这一关系迅速占据女性主义意识'新精神地形'的核心地带"[②]，追寻母亲、凸显母亲的女性声音、展现母亲与女儿共享的女性话语世界就成为 20 世纪 70 年代女性主义发展的风向标。肖尔沃特(Elaine Showalter)指出"(20 世纪)70 年代的女性文学已经从厌母时期跨越至对母亲孜孜不倦的追寻时期"[③]，而评论者布莱多蒂(Rosi Braidotti)更是将这种通过母女关系连接女性话语传统中共性的女性心理与女性身份认同的书写方式视为"女性主义思潮的新范式"[④]。

虽然 20 世纪 70 年代之前的母女关系叙述在女性主义话语建

---

① Rich A. Of Woman Born: Motherhood as Experience and Instituition[M]. New York: Norton, 1976, p. 225.

② Hirsch M. The Mother/Daughter Plot: Narrative, Psychoanalysis, Feminism [M]. Bloomington and Indianapolis: Indiana UP, 1989, pp. 129—130.

③ Showalter E. The New Feminist Criticism: Essays on Women, Literature, Theory[C]. New York: Pantheon, 1985, p. 135.

④ Brennan T. Between Feminism and Psychoanalysis[C]. London and New York: Routledge, 1990, p. 96.

构体系中也占据一定的位置,但女儿的话语视角却在母女关系中占据了主导地位,母亲往往成为女儿主体叙述中的客体,"女性主义写作与研究中大都关注的是女儿的视角,母亲却被置于客体位置,即母亲常游离于女性表征之外,母亲话语亦成为理论盲点,构成与父权世界的同谋"①。因此,19世纪女性作品中的女性人物或者是如同勃朗特笔下的简·爱一样成为年幼丧母的女儿,或者是如同奥斯汀(Jane Austen)笔下的伊丽莎白(Elizabeth)一样成为无法认同母亲生活价值的女儿②,形成"缺场的母亲""恶魔母亲""失去母爱的女儿"构建的母女叙述情节。这种失去母亲与母爱的女性叙述一方面是女性在19世纪的男权社会中普遍无话语权力的象征,"女性在父权社会中都是丧失母亲的孩子"③;另一方面则是为女儿挣脱母亲遗留的女性传统约束、寻求女性话语的权力创造可能,"母亲与女儿、女儿与母亲之间的纽带不得不中断,只有这样女儿才能成长为女人"④。但这样的中断却使得母亲与女儿之间搭建的女性谱系遭遇断裂,而19世纪女性文本中单纯凸显女儿的叙述亦依然难脱男权世界的束缚,"屋里的天使"的命运归宿使得女儿这一女性形象所承载的女性话语诉求最终同样陷入了与父权社会同谋的结局,"女性谱系受到了压制,

---

① Hirsch M. The Mother/Daughter Plot: Narrative, Psychoanalysis, Feminism [M]. Bloomington and Indianapolis: Indiana UP, 1989, p. 163.

② 赫西将奥斯汀作品中的母亲形象大致归纳为两类:一类是常常表现为暴怒或恶毒的富有强权型母亲,如凯瑟琳·德·包尔夫人(Lady Catherine de Bourgh)与邱吉尔夫人(Mrs. Churchill)等,另一类是柔弱、贫穷又略显愚笨的母亲,如贝内特夫人(Mrs. Bennet)与贝茨夫人(Mrs. Bates)。参见 Hirsch M. The Mother/Daughter Plot: Narrative, Psychoanalysis, Feminism[M]. Bloomington and Indianapolis: Indiana UP, 1989, pp. 47—48.

③ Rich A. On Lies, Secrets and Silence: Selected Prose, 1966—1978[C]. New York: Norton, 1979, p. 90.

④ Irigaray L. An Ethics of Sexual Difference[M]. Trans. Carolyn Burke. Paris: Minuit, 1984, p. 108.

支持的仍然是父子关系以及将父亲与丈夫理想化的父权世界"①。

　　自 20 世纪初开始，世界战争引发的欧美社会格局的变化、弗洛伊德(Sigmund Freud)对人类"前俄狄浦斯"心理的探索以及女性意识的不断觉醒都使得现代主义时期女性作品中的母女关系书写发生了变化。以伍尔夫为首的女性作家一方面公开拒斥 19 世纪维多利亚时期柔弱、温顺、无私又纯洁的"天使"女性形象，视"杀死屋里的天使"为其女性书写的使命②；另一方面又倡议通过"反思我们的母亲"(think back through our mothers)来建构女性话语传统、争取女性话语权力③。因此，与 19 世纪女性作品通过压制母亲声音凸显女儿叙述声音的书写有所不同，20 世纪现代主义女性作品在通过女儿的记忆重新揭开被埋藏的母亲的故事以实现与母亲情感衔接的同时，又以拒绝母亲或母辈的生活，如对浪漫爱情、婚姻生活的追求，甚至是选择自杀的方式切断 19 世纪母系传统文化的毒瘤，重新探索女性身份话语的构建形式。譬如，伍尔夫在《一间自己的房间》(A Room of One's Own，1929)中重构其文学母亲朱迪斯·莎士比亚(Judith Shakespeare)的生活时，宁可赐予她自杀的结局也不会让她成为母亲。而《到灯塔去》(To the Lighthouse，1927)中被视为另一女儿的莉丽(Lily)也只能在"屋里的天使"拉姆齐夫人(Mrs. Ramsay)死亡之后，借助其画作重新回溯、质疑拉姆齐夫人的传统女性生活并且探寻自己的女性自我，"莉丽对于母亲——孩子这一结构的重新建构既是对自己

①　Irigaray L. An Ethics of Sexual Difference[M]. Trans. Carolyn Burke. Paris: Minuit, 1984, p. 108.

②　Schwartz B C. Thinking Back Through our Mothers: Virginia Woolf Reads Shakespeare[J]. ELH, 1991, 58(3), p. 721.

③　Woolf V. A Room of One's Own[M]. New York: Harcourt Brace, 1929, p. 132.

画作的一种阐释，亦是对其自我的一种界定方式"①。这种通过女儿视角拒斥母系女性文化传统束缚又同时对母亲生活进行想象性的重构的方式使得断裂与依赖、反叛与合作同时交织的混杂性成为现代主义女性文本中母女关系书写的主要特征。赫西（Marianne Hirsch）将这一时期的母女关系书写特征描述为一种"双重意识"："这种双重意识实际上已经成为女性主义批评探讨女性写作的范式……这些（20世纪现代主义时期）女性文本使得曾经被淹没的母女情节浮出水面，尽管各种矛盾性元素互相抵触、交织，但却创造出双重或是多重的母女关系层"②。

时至20世纪后半叶，当女性主义批评开始其"修正"范式，"以新的眼光、新的批评角度审视旧文本"时③，当母亲与因其而衍生的母系文化谱系成为其"无法逃避的问题"时，重新审视母亲所承载的性别文化身份、关注前俄狄浦斯阶段中母亲与女儿的关系成为女性主义力图修正的内容。除里奇之外，霍多洛夫（Nancy Chodorow）与吉利根（Carol Gilligan）等女性主义批评家纷纷采用心理分析与社会学的方法探究产生母亲以及母性的家庭与社会心理生成机制④，而以克里斯蒂娃（Julia Kristeva）为代表的女性主

---

① McNees E. Virginia Woolf: Critical Assessments (Vol. 3) [C]. Mountfield: Helm Information, 1994, p. 688.

② Hirsch M. The Mother/Daughter Plot: Narrative, Psychoanalysis, Feminism [M]. Bloomington and Indianapolis: Indiana UP, 1989, p. 163.

③ Rich A. When We Dead Awaken: Writing as Re-Vision[J]. College English, 1972, 34(1), pp. 18—30.

④ 20世纪70年代末至80年代初，霍多洛夫的著作 *The Reproduction of Mothering: Psychoanalysis and the Sociology of Gender* 与吉利根的著作 *In a Different Voice: Psychological Theory and Women's Development* 对推动美国女性主义的发展产生了重要的影响力。Nancy C. The Reproduction of Mothering: Psychoanalysis and the Sociology of Gender[M]. Berkeley: University of California Press, 1978. Gilligan C. In a Different Voice: Psychological Theory and Women's Development[M]. Cambridge: Harvard UP, 1982.

义批评家则将母亲与母性所负载的女性话语功能视为一种先于语言而存在且蕴含无限能动性与颠覆性的象征符码，"克里斯蒂娃的母性话语凸显的是在无差别的栖息空间内，母性所具有的危险特质与巨大颠覆潜力"①。不难发现，尽管这些话语理论建构在方法论上有一定差异性，但呼吁母亲声音的回归、撕裂母亲的生物性面纱、揭示母亲与母系话语的社会文化建构是这一阶段不同女性主义批评的主流导向，正如莫莎特（Susan Maushart）所言："对女性主义而言，所有其他的问题加在一起都不及撕裂母亲的面纱这一挑战"②。

然而，欧美女性主义通过母亲声音的回归以及母女关系叙述建构的只是白人女性身份的话语理论体系，这种由母女关系而延伸出来的母性话语往往忽略了民族、种族与社会语境的差异，终归只能停留在一种普遍的女性主义理论层面，"女性主义理论无法逃避母亲这一问题，但也无法解决这一问题"③。而同时代的赫斯顿、莫里森、沃克等黑人女性作家无疑是将种族与母性话语结合为一体的实践派典范，"作为界定于母亲关系的女性主义写作的一代，黑人女性作家的作品提供了一个探寻母性话语的有力场域"④，母亲在她们的作品中不仅仅是女性身份的象征，更是非裔美国女性文化传统的象征。种族与性别压制的创伤记忆也使得母亲与女儿之间的女性文化纽带更为紧密，最终形成"母女共同体"

---

① Hirsch M. The Mother/Daughter Plot：Narrative, Psychoanalysis, Feminism [M]. Bloomington and Indianapolis：Indiana UP，1989，pp. 171—172.

② Maushart S. The Mask of Motherhood：How Becoming a Mother Changes Our Lives and Why We Never Talk about It[M]. New York：Penguin Books，1999，p. 239.

③ DiQuinzio P. The Impossibility of Motherhood：Feminism, Individualism, and the Problem of Mothering[M]. New York：Routledge，1999，p. XX.

④ Hirsch M. The Mother/Daughter Plot：Narrative, Psychoanalysis, Feminism [M]. Bloomington and Indianapolis：Indiana UP，1989，p. 177.

这一美国非裔女性话语体系特征。因此，或许沃克（Alice Walker）在《追寻我们母亲的花园》（*In Search of Our Mothers' Gardens: Womanist Prose*，1983）中颇具诗意的叙述便是对美国非裔女性话语的最佳阐释，"所有的年轻女性：我们的母亲、祖母与我们自己永不会逝于荒野之中"①。

除去美国非裔女性作家群体之外，加勒比女性作家对推动母性话语的发展同样功不可没，但加勒比女性文学中的母亲话语却要么被置于边缘化的位置，加勒比文学评论者希尔瓦（Dorisa Smith Silva）与亚历山大（Simone A James Alexander）就曾愤愤不平地指出，"如果母亲是许多女性作家反复书写的一个主题，那么加勒比女性作家也不应该被排除在外"②；要么被笼统地纳入与非裔美国女性作家共享的黑人女性话语的建构体系，威伦兹（Gay Wilentz）就曾将加勒比女性作家与非裔美国女性作家置入非洲文化传统进行考量，他认为"从母亲、祖母以及其他女性亲属流传下来的口头文学都是她们创作与汲取力量的源头"③。的确，共同的奴隶历史与父权体系使得加勒比女性作家与非裔美国女性作家对母亲或是母亲搭建的女性谱系文化都有共通的情感寄托，但是加勒比地区漫长的殖民历史与地域文化又赋予母亲不同的文学内涵，形成不同于非裔美国女性作家的母性话语范式。"加勒比女性作家承担着重构这一地区历史的重任，因此她们恢复加勒比'母亲'历史的集体性行为与非裔美国女性作家的书写范式既有相

---

① Walker A. In Search of Our Mothers' Gardens: Womanist Prose [M]. San Diego: Harcourt Brace Jovanich, 1983, p. 235.

② Silva S D & Alexander S A J. Feminist and Critical Perspective on Caribbean Mothering[C]. Trenton: Africa World Press, 2013, p. Ⅶ.

③ Wilentz G. Toward a Diaspora Literature: Black Women Writers from Africa, Caribbean and United States[J]. College English, 1992, 54(4), p. 394.

似之处，也有巨大的差异。"①殖民历史、奴隶历史、加勒比父权社会以及多形态的地域文化等诸多错综复杂的因素不仅丰富了母亲在加勒比社会语境中的文化寓意，也成为孕育加勒比女性话语力量的沃土。

第二节 从依赖至疏离的母女关系

对母亲在加勒比文学与加勒比女性文学中的重要性，加勒比女性作家兼评论家西尼尔（Olive Senior）曾经在采访中做出这样的评述：

> 加勒比文学的主题这些年来没有明显的变化——从（20世纪）四五十年代开始一直贯穿至现当代作品的主线就是寻求个人与民族身份以及探讨种族与阶级问题……所不同的是表现这些主题的形式发生了变化，譬如，加勒比女性作家就为我们开创了书写女儿与母亲之间的关系来探讨加勒比母亲这一加勒比文学传统的新方法，我认为这是一种将社会政治问题个人化的方法。②

西尼尔这一归纳性评述至少反馈出以下几点重要信息：第一，书写母亲是加勒比文学的重要母题之一，从 20 世纪 50 年代开始的加勒比男性文学至 20 世纪 70—80 年代开始的加勒比女性文学始终如此。第二，加勒比文学作品中的母亲形象常常成为探寻加勒比民族身份与个人身份的重要隐喻。第三，加勒比女性作

---

① Rody C. The Daughter's Return: African-American and Caribbean Women's Fictions of History[M]. New York: Oxford UP, 2001, p. 108.

② Rowell C H. An Interview With Olive Senior[J]. Callaloo, 1988(36), p. 485.

家在作品中通过聚焦家庭中母女关系的个人叙述折射的是蕴含种族、民族、阶级等要素的加勒比民族叙事。作为加勒比文学的重要母题，母亲这一女性形象首先就屡屡出现在许多加勒比男性作家的作品中，成为抒发其民族情怀的隐喻：布莱斯维特曾将他的一本诗集命名为《母亲诗歌》(*Mother Poem*，1977)，以诗歌中的母亲形象隐喻其故土巴巴多斯(Barbados)，"这是一首关于我的母亲——珊瑚石灰岩巴巴多斯海岛的诗歌"①；兰明在《我皮肤的城堡》(*In the Castle of My Skin*，1953)中则刻画了一个在家庭中集父亲职责于一身的坚强母亲的形象，小说通过男性人物 G 的叙述声音在故事开始时就叙述道："我的父亲只是留给了我父亲的概念，而离开我的他留下的只是让我的母亲承担起父亲的责任"②；奈保尔在其半自传体作品《米格尔大街》(*Miguel Street*，1974)中以第一人称叙述者"我"的孩童视角戏谑地展现了生活在米格尔大街上不同人物的生活百态，但唯一一个对叙述者"我"的未来生活选择具有正面影响力的女性人物就是"我"的母亲；而沃尔科特在《星苹果王国》(*The Star-Apple Kingdom*，1979)这一首长诗中则将母亲直接喻指为加勒比人的民族母亲，"她将我们凝聚在一起，而我们只是被历史遗弃的孤儿。我们姗姗来迟，如同缪斯，我们的母亲哺育着这些岛屿"③。

尽管加勒比男性作家的作品中出现了母亲这一女性形象，但这一母亲却只是加勒比民族母亲的象征，而母亲所指涉的女性话语身份或者处于边缘位置，"将母亲歌颂为民族母亲的比喻处处

---

① Brathwaite E K. Mother Poem[M]. Oxford: Oxford University Press, 1977, p. IX.

② Lamming G. In the Castle of My Skin[M]. New York: Schocken, 1983, p. 3.

③ Maxwell G. The poetry of Derek Walcott 1948—2013[C]. New York: Farrar, Straus and Giroux, 2014, p. 278.

皆是，但女性在民族中仍然处于边缘地位，被普遍忽略"①，或者只是男性人物探寻自我身份的垫脚石，母亲这一女性人物完全失去其性别话语特征，无力展现其女性身份的话语权力。譬如，科巴姆（Rhonda Cobham）就曾批评兰明在《我皮肤的城堡》中只是将母亲视为男性人物 G 的"陪衬"："母亲只是被 G 视为失去人性化的陪衬，G 以反抗母亲来投射他不断增强的自我意识。在他的叙述中，母亲只是一个毫无历史感却要受制于儿子赐予她的母亲角色……除了母亲这一角色她似乎没有其他身份：没有父母、没有丈夫或是情欲"②。而自 20 世纪中后期开始，克里夫（Michelle Cliff）、马歇尔（Paule Marshall）、丹蒂格（Edwidge Danticat）、西尼尔以及本书研究的里斯与金凯德等诸多加勒比女性作家则在延续书写母亲这一母题的基础之上，又通过聚焦母亲与女儿之间的关系，即西尼尔所言的"加勒比女性作家就为我们开创了书写女儿与母亲之间的关系来探讨加勒比母亲这一加勒比文学传统的新方法"③，一方面在加勒比文化语境内赋予母亲这一女性形象多重的文学寓意，将加勒比女性个人叙事与加勒比民族叙事融于一体，使得性别元素与民族、种族元素一并融合，重新凸显女性话语在加勒比克里奥尔文化中的重要性；另一方面则通过母女关系叙述形成加勒比女性话语的谱系链条，既展现出加勒比女性在不同时代语境中对女性身份的共性诉求，也揭示出加勒比女性身份诉求的民族、种族差异化特征。

在庞大的加勒比女性作家群体中，里斯常被视为书写母女关

①　Boehmer E. Stories of Women: Gender and Narrative in the Postcolonial Nation[M]. Manchester: Manchester UP, 2005, p. 91.

②　Cobham R. Revisioning Our Kumblas: Transforming Feminist and Nationalist Agendas in Three Caribbean Women's Texts[J]. Callaloo, 1993, 16 (1), p. 46.

③　Rowell C H. An Interview With Olive Senior[J]. Callaloo, 1988(36), p. 485.

系的第一位加勒比女性作家，"里斯是下一代女性作家的文学母亲，因为她是第一位在作品中书写母女关系的加勒比女性作家"①。《黑暗中的航行》里的母亲与女儿安娜彼此排斥，但又都难逃最终沦为父权社会牺牲品的厄运；而《藻海无边》中的母亲与女儿却是"同病"相怜，里斯通过女儿安托瓦内特的叙述不仅揭开了"阁楼上的疯女人"伯莎的疯癫之谜，也揭示出伯莎的母亲亦即安托瓦内特的母亲安内特（Annette）的疯癫成因。如果说里斯是加勒比女性作家书写母女关系的先驱，那么金凯德则踏着里斯的脚印，将加勒比母女关系书写推向另一高点的当代加勒比女性作家代表，母女关系叙述也成为"金凯德作品的核心，女儿的声音是叙述母亲故事的唯一路径"②，金凯德本人也坦言母亲是其创作的原动力，"我的母亲为我的创作提供了丰沃土壤"③。母亲这一女性人物形象几乎贯穿于金凯德的所有作品中，母亲与女儿之间爱恨交织、亲密与疏离并存的复杂关系也一直从早期的《在河底》《安妮·约翰》《露西》延续至中晚期的《我母亲的自传》《我的弟弟》等作品中，母女关系叙述成为金凯德作品的重要特征。

与兰明、奈保尔等加勒比男性作家一样，里斯与金凯德等加勒比女性作家作品中依然塑造的是在家庭中坚强而又有权威感的母亲形象，但这些母亲形象却不再是映射男性话语力量的陪衬，而是家庭的核心力量：里斯《藻海无边》中的女性人物安托瓦内特的生父克斯威先生在小说开始叙述之初就业已死亡，只有其母亲

---

① Bloom H. Jamaica Kincaid［M］. Philadelphia：Chelsea House Publishers，1998，p. 13.

② Podnieks E, O'Reilly A. Textual Mothers/Maternal Texts：Motherhood in Contemporary Women's Literatures［C］. Ontario：Wilfrid Laurier University Press，2010，p. 275.

③ Cudjoe S R. Jamaica Kincaid and the Modernist Project：An Interview［J］. Callaloo，1989，39(12)，p. 402.

安内特支撑日益衰败的家庭，"我已经习惯了这种孤独的生活，但是我的母亲却依然心怀希望"[①]；而在金凯德的《安妮·约翰》《露西》《我的弟弟》等作品中，母亲同样是家庭的核心支柱，父亲则成为可有可无的陪衬；在克里夫的《阿本》中，女性人物克莱尔（Clare）的母亲吉蒂（Kitty）同样是一个坚强的母亲，以至于她的女儿"很少见她流泪"[②]；丹蒂凯特《呼吸、眼睛与记忆》（*Breath*，*Eyes*，*Memory*，1994）中的母亲玛蒂娜（Martina）背井离乡并且同时做两份工作，只是为了竭尽全力地维持女儿索菲（Sophie）与家人的生计。

与母亲的在场形成明显反差的是父亲这一男性人物形象却常常处于缺场的状态，他们在作品中或是去世或是抛弃、远离家庭偶尔出现，也少有男性威严感。有研究者认为这一缺场的父亲既是父权受到"殖民文化阉割"的产物，又是加勒比"民族集体记忆的丧失"的象征[③]。这一表述准确地阐释了缺场的父亲所承载的文化隐喻功能，但是除却这一文化功能之外，这一缺场的父亲以及由此而致的强势的母亲亦是加勒比社会历史与文化现实的产物。一方面，加勒比奴隶庄园制经济发展的需要使得男性奴隶成为主要劳动力，这就迫使父亲们远离家庭，在孩子们的记忆中留下缺场的印记，"在加勒比新世界，受奴役的父亲被剥夺了在孩子生活中扮演主要角色的权力与资格"[④]。而另一方面，殖民入侵、奴隶庄园制经济的需要又使得大量非裔移居加勒比地区，一夫多妻

①　Rhys J. Wide Sargasso Sea[M]. Harmondsworth: Penguin Books, 1968, pp. 15－16.

②　Cliff M. Abeng: A Novel[M]. Trumansburg: Crossing Press, 1984, p. 52.

③　张德明. 成长、筑居与身份认同——当代加勒比英语文学中的成长主题[J]. 浙江大学学报: 人文社会科学版, 2006(1), p. 129.

④　Silva D, Alexander SA J. Feminist and Critical Perspective on Caribbean Mothering[C]. Trenton: Africa World Press, 2013, pp. 183－184.

与纳妾等非洲旧习俗也随之在加勒比地区生根发芽，这一民俗传统的渗入对加勒比社会的家庭结构产生了巨大影响，使得父亲常常游离于家庭之外，母亲成为家庭责任唯一的承担者。1957年克拉科(Edith Clark)在其人类学研究著作《我的母亲以父之名养育了我》中就曾以牙买加社会体系为例，揭示出母亲在西印度家庭结构中的主导地位；而加勒比女性作家兼批评家霍奇更是直言不讳地指出："在新世界，父亲的功能仅限于使女性孕育。家庭的状态在这里完全丧失，因为这里没有家庭的概念，他不会与妻子和孩子生活在一个家庭单位，他甚至都不知道自己有多少个孩子，或者那些孩子有多大概率不是他的孩子，他也不会抚养这些孩子……于是，女性就只能既是母亲又是父亲"[1]。因此，父亲在家庭结构中的缺失加固了母亲与孩子之间的关系，不仅使得母亲与孩子之间的关系变得更为紧密，也成为加勒比作家凸显母亲在家庭关系中重要性的主要诱因，就像兰明作品中的男性人物G对母亲世界的感悟："受困于被遗弃这样一种思维，她总是对自己的孩子充满憧憬，却总会面对更强大的反叛……无论发生什么事情，她总想着会渡过难关，因为她对于孩子来讲就意味着一切"[2]。

然而，与兰明、奈保尔等加勒比流散男性作家在作品中常通过男性人物，即"儿子"的叙述声音歌颂母亲以及表述对母亲的思念之情不同，里斯与金凯德等加勒比流散女性作家作品中的"女儿"对母亲总是充斥着复杂的情感，这种复杂情感在文本层面具体体现在女儿与母亲之间既亲密又疏离的关系叙述中：《黑暗中

---

① Lawrence L S. Women in Caribbean Literature: the African Presence[J]. Phylon, 1983, 44(1), p. 3.

② Lamming G. In the Castle of My Skin[M]. New York: Schocken, 1983, p. 11.

的航行》中的母亲海斯特与女儿安娜彼此排斥，安娜在白人继母海斯特的眼中"完全是一个黑鬼"①，而安娜则认为海斯特的言辞对她而言"毫无意义"②；《藻海无边》中的母亲安妮特对女儿安托瓦内特想要"抚平皱眉"的关爱，却表现出强烈的冷漠，"她推开我，不是粗鲁地推开，而是平静地、冷冰冰地推开，不说一句话，好像要永远将我视为一个对她毫无用处的人"③。而金凯德作品中的女性人物对母亲情感上的依赖与疏离则更为明显，《安妮·约翰》中对母亲既爱又恨的情感蔓延在安妮的整个成长过程中；《露西》中女性人物露西则将自己对母亲的复杂情感转嫁于女主人玛利亚身上，"我爱玛利亚的时候是因为她让我想起了我的母亲，而我不爱玛利亚的时候也是因为她让我想起了我的母亲"④。

里斯与金凯德的作品中出现诸多由爱至恨、爱恨交织的母女关系叙述实际上可以归结为以下两个因素：一是作为以真实生活经历为写作素材的作家，里斯与金凯德总是间接地将自己对母亲的记忆与情感体验渗入自己的作品中，生物母亲成为构建其自传性叙事的重要元素。在里斯出生之后不久，其年幼的姐姐却不幸夭折，一味沉浸于丧女之痛的母亲对里斯则表现得极为冷漠。在其未完成的自传《请微笑》中，里斯这样叙述道："甚至在另一个孩子出生后(五年后里斯的妹妹出生)，有一段时间她似乎还是觉得我非常讨人厌，我越来越害怕她……是的，她离我越来越远，

<hr>

① Rhys J. Voyage in the Dark[M]. Harmondsworth：Penguin Books，1969，p. 56.

② Ibid. ，p. 54.

③ Rhys J. Wide Sargasso Sea[M]. Harmondsworth：Penguin Books，1968，p. 17.

④ Kincaid J. Lucy[M]. New York：Farrar，Straus and Giroux，1990，p. 58.

当我想让她注意我时，她是那样的冷漠"①。童年记忆中与母亲情感的疏离致使孤独与失落弥漫于里斯的一生，里斯的传记作者安吉尔(Carole Angier)曾谈论到母亲对里斯生活的影响："一个沉浸于悲伤的母亲留给里斯的是终生的失落与虚无感，没有人需要她，没有任何归属感，没有任何存在感"②。而评论家莫兰(Patricia Moran)则认为里斯作品中的母女关系叙述源于其对母亲的创伤记忆，但评论界却常常"忽略"这一"母女关系中的虐待(abusive)属性"③。虽然莫兰所言的"虐待"一词过于严重，但却能够从另一侧面证实里斯本人与其母亲的关系对其作品中母女关系叙述的影响。与里斯的童年经历较为相似，金凯德与母亲安妮之间的关系在其第一个弟弟约瑟夫(Joseph Drew)出生之后也发生了变化，"在约瑟夫出生之后，金凯德的妈妈转移了对女儿的关注，全身心抚养这个男孩子"④，母女间的亲密依赖也随之转为冷漠与疏远。金凯德在《我的弟弟》这部具有传记色彩的作品中回忆道："小的时候，她(我的母亲)看我的眼神里总是充满惊喜与欣赏，也会表扬我的超强记忆力……当我长大了，她却开始讨厌我了，因为我的超强记忆力总是让我能够记住一切，而这恰恰是她竭力想让大家忘却的。"⑤于是，金凯德将自己对母亲的记忆与母爱的认知刻写到自己的作品中。《安妮·约翰》中的主人公安妮与自己

① Rhys J. Smile Please: An Unfinished Autobiography [M]. London: A. Deutsch, 1979, p. 33.

② Angier C. Jean Rhys: Life and Work[M]. London: Andre Deutsch, 1990, p. 11.

③ Moran P. Virginia Woolf, Jean Rhys and the Aesthetics of Trauma[M]. New York: Palgrave Macmillan, 2007, p. 99.

④ Edwards J D. Understanding Jamaica Kincaid[M]. Columbia: the University of South Carolina Press, 2007, p. 3.

⑤ Kincaid J. My Brother[M]. New York: Farrar, Straus and Giroux, 1997, p. 75.

的母亲同名,《露西》中的露西与玛利亚之间依赖与隔阂共存的情感关系是金凯德与其母亲情感关系的再现,而《我的弟弟》中对母亲的叙述亦是金凯德童年记忆的复苏。

二是与兰明、奈保尔等加勒比男性作家一样,里斯与金凯德作品中的母亲同样是文化母亲的象征,但这一文化母亲已经不再是兰明、奈保尔等男性作家作品为男性化视角所建构的无种族、民族与性别差异的加勒比民族母亲或是加勒比男性作家在流亡历程中渴望回归的具有一致所指性的加勒比故土,而是英殖民母亲与西印度母亲或加勒比故土的双重指涉。里斯与金凯德文本中女儿对母亲由爱至恨、爱恨交织的个人情感叙述映射的正是加勒比女性对英殖民母亲与加勒比故土爱与恨交织的矛盾情感。作为克里奥尔白人的里斯,对英殖民母亲与西印度母亲有着不同的情感态度,普兰特(David Plante)在短文《回忆录》(*A Remembrance*,1979)中记录了他与垂暮之年的里斯的一段对话:

"你认为自己是西印度人吗?"

她耸耸肩,说道:"很多年前我就离开那里了。"

"所以你不认为自己是西印度作家?"

她再次耸耸肩,接着沉默了。

"那英国呢?你认为自己是英国作家吗?"

"不,我不是,我不是!我不是英国人。"[①]

克里奥尔白人在西印度地区的尴尬处境使得里斯质疑自己的西印度人身份,但这种质疑并不是完全的否定,"耸肩"与"沉默"

① Plante D. Jean Rhys:A Remembrance[J]. Paris Review,1979(76),pp. 275—276.

这一系列肢体行为体现得更多的是其内心的无奈。里斯在一次采访中提道:"虽然我不属于任何一个地方,但一提到西印度我还是会激动,我依然在乎西印度。我会读沃尔科特、奈保尔与门德斯(Alfred Mendes)等人的作品……我也想写一写我在那里的童年故事"①,这一愿望终在《黑暗中的航行》与《藻海无边》中集中得到了实现。虽然《黑暗中的航行》中叙述的是安娜在英国的艰难生活经历,但是西印度地域与人文风景的叙述贯穿全文。在《黑暗中的航行》的开篇,里斯就借助安娜的感官认知差异,即暗淡、灰暗与寒冷的英国都市气息与西印度温暖的生活气息形成的巨大反差:"街道的气味,赤素馨花、酸橙汁、肉桂与丁香的气味,姜汁与糖浆的香甜味,葬礼或是基督圣体节后的焚香味,临街外科医生门外病人的气味,海风的味道以及陆地微风的不同味道"②,将西印度自然风景与人文风景一一展现在读者面前。在随后的叙述中,安娜又以精确的、百科全书词条式的介绍为读者呈现其故土多米尼加的地形地貌:"那是一个美丽的岛屿,位于北纬 15.10度—15.40 度、西经 61.14 度—61.30 度,虽然有一些高地,但全部覆盖着树木,满眼的小山与高山峻岭……"③正如巴巴所言,风景是"民族身份内在特性的隐喻"④,这些关于西印度地域与人文风景的叙述无一不显示出流落英国街头的安娜或是里斯对西印度故土的无限眷恋。

而《藻海无边》则以 19 世纪 30 年代的牙买加与多米尼加的社

---

① Gregg V M. Jean Rhys's Historical Imagination: Reading and Writing the Creole[M]. Chapel Hill: University of North Carolina Press, 1995, p. 2.

② Rhys J. Voyage in the Dark[M]. Harmondsworth: Penguin Books, 1969, p. 7.

③ Ibid., p. 15.

④ Bhabha H K. The Location of Culture[M]. London: Routeledge, 1994, p. 295.

会变迁为故事语境，里斯在给编辑朋友的信中就曾明确地指出《藻海无边》中"所有的事件都发生在 1834—1835 年"①，这一历史时间段不仅是西印度社会格局的转折点，亦是里斯所在家族命运的转折点。1833 年英国议会通过了《废奴法案》，宣布其所有殖民地逐步废除奴隶制度，这一法令的实施使得加勒比地区黑人有了重获自由的权力，但也使得加勒比地区的白人庄园主阶层日益没落，这无形中就加剧了加勒比黑奴与白人庄园主之间的矛盾，各种社会暴乱随之此起彼伏②，里斯的祖父洛克哈特（James Potter Lockhart）作为多米尼加最大庄园主之一自然也难逃此种厄运。在其未完成的自传《请微笑》中，里斯这样描述道："19 世纪 30 年代，在《废奴令》通过之后，刚获取自由的黑奴就放火烧了祖父的第一所庄园。祖父是一个温和的人，他无法接受这一切，随后便英年早逝。"③因此，不难理解同样的火灾场景为何能够重现在《藻海无边》中克里奥尔白人小女孩安托瓦内特的家庭中。除了历史事件的再次重现之外，该部小说三分之二的叙述场景都发生在西印度，浓郁的西印度风景、气候与社会生活描述弥散于整部小说中，以至于评论家拉姆钱德（Kenneth Ramchand）将这部作品视为典型的西印度小说，"里斯采用了不同的方式细致地描述了西印度的地域、天气；参照了西印度天空的颜色与光和影子的强度；触及了对西印度花朵气味与色泽的典故……这所有的一切都将读

---

① Wyndham F & Melly D. The Letters of Jean Rhys[M]. New York：Viking Penguin Inc.，1984，p. 297.

② 1844 年，多米尼加多次发生黑奴集体烧杀抢劫白人庄园的暴乱。对此，评论家查斯（Russel Chace）将这些暴乱视为解放黑奴之后庄园制社会体系复杂矛盾张力的集中体现。参见 Chace R. Protest in Post-Emancipation Dominica：The Guerre Negre of 1844[J]. Journal of Caribbean History，1989，23(2)，pp. 118—141.

③ Rhys J. Smile Please：An Unfinished Autobiography[M]. London：A. Deutsch，1979，p. 33.

者的感知带入只有西印度人才能感知、熟悉的场景内……"①借助其作品中西印度"女儿"的叙述声音,里斯将读者带入西印度"母亲"的世界,揭示西印度"母亲"的社会历史,展现西印度"母亲"的地域风景,映射早期流亡异乡的加勒比克里奥尔白人对西印度故土的复杂情感。

相比较于对西印度身份的犹豫态度,里斯对其是否为英国身份则断然否定,连续的否定回答足以表明其对英国殖民母亲的拒斥态度。其实,这种拒斥态度在早前她与友人阿西尔女士(Diana Athill)的通信中就初见端倪。在信中,里斯明确地表达了自己对英国的厌恶之情:"我从未喜欢过英国或者大部分英国人,或者也可以说我很害怕他们。"②作为西印度被殖民者,里斯对英国殖民母亲"害怕"与"厌恶"的心理并非个例,这种心理不仅是殖民关系的必然产物,亦是英国殖民母亲构建的乌托邦形象在西印度人生活中坍塌的直接产物。殖民历史与殖民教育使得"西印度人都将英国视为自己的家园"③,里斯借助安娜与安托瓦内特的叙述道出了西印度人最初对英国这一殖民母亲的痴"爱"。《黑暗中的航行》中的安娜叙述道:"自我能够阅读之时,我就读到了关于英国的一切,'狭小'与'破旧'(这类字眼)从不会出现在我的脑海中"④。而《藻海无边》中的安托瓦内特亦是沉迷于自己编织的梦幻世界,"浪漫的小说、令人难以忘怀的流浪、画板、美景、华尔

---

① Ramchand K. An Introduction to the Study of West Indian Literature[M]. Middlesex: Thomas Nelson and Sons Ltd., 1976, pp. 94—95.

② Wyndham F, Melly D. The Letters of Jean Rhys[M]. New York: Viking Penguin Inc., 1984, p. 280.

③ Ramchand K. The West Indian Novel and Its Background[M]. London: Faber and Faber, 1970, p. 32.

④ Rhys J. Voyage in the Dark[M]. Harmondsworth: Penguin Books, 1969, p. 15.

兹、音符……这就是英国与欧洲"①。然而，当这一梦幻色彩被一一剥离，安娜与安托瓦内特对英国这一殖民母亲随之产生的则是爱之切亦恶之切的情感变化。曾经幻想的与"狭小、破旧"毫无关联的伦敦大都市与安娜的想象大相径庭，"这就是伦敦，数以千计的白人拥拥攘攘，灰暗、沉闷且看不出任何差异的房子一栋连一栋，街道如同封闭的沟壑，而那些灰暗的房子则显得阴郁沉闷。我不喜欢这个地方，我不喜欢这个地方，我不喜欢这个地方"②。而一步一步被逼向疯癫的安托瓦内特对英国的梦幻世界最终也被肢解得支离破碎，"我厌恶这个地方，我厌恶这里的山、这里的水、这里的雨；我厌恶这里的夕阳，无论它是何种颜色；我厌恶它的美丽、魔力与秘密，这些我都无法感受得到；我厌恶它的冷漠与残忍，而这竟然是其魅力的组成部分"③。这一连串的视觉感知与一连串的"不喜欢"与"厌恶"不仅仅描述出安娜与安托瓦内特对于英国由"爱"至"恨"的心理反差，也映射出殖民时代西印度"女儿"对英殖民"母亲"强制赐予的乌托邦幻想世界的最终坍塌。正如多林（Tobias Doring）所评述的那样，她们"来到母国的初衷是为了寻求有意义的体验，但看到的却是这一意义是如何被生产制造"④。

与里斯含蓄、内敛的表达方式不同，金凯德则以最为直白的语言表述自己对加勒比母亲与英国殖民母亲爱恨交织的复杂情感。而这种对加勒比母亲既爱又恨、既亲近又疏离的混杂情感亦

---

①　Rhys J. Wide Sargasso Sea[M]. Harmondsworth：Penguin Books，1968，p. 78.

②　Rhys J. Voyage in the Dark[M]. Harmondsworth：Penguin Books，1969，pp. 15—16.

③　Ibid，p. 141.

④　Doring T. Caribbean-English Passages：Intertextuality in a Postcolonial Tradition[M]. London and New York：Routeledge，2002，p. 128.

成为激发金凯德创作的源泉之一。在一次采访中，金凯德说道：
"倘若在加勒比，我永远不会写出这些作品，我需要远离它，然
后把它铭记心中，加勒比的现实过于沉重，虽然我在那个地方也
总是磕磕绊绊，但它却是我唯一想要书写的地方。"①这也就不难
理解为何在《露西》中，初到纽约的露西会反复地感慨"我想回到
我的家乡"②；也不会困惑为何《小地方》(A Small Place，1988)
里的那个"我"谈及安提瓜时会那般愤怒，"我知道的那个安提瓜、
我生活过的那个安提瓜，它已经不复存在"③。金凯德的愤怒一方
面源于欧洲殖民历史与现代强权政治，另一方面亦源于独立之后
安提瓜政府的不作为，这致使遭受殖民历史重创的安提瓜民众的
生活变得更为恶劣，亦如她本人所言："我们都曾经盼望独立，
相信逃离殖民主义之后会有幸福的生活，然而这一切却越来越糟
糕，我们的生活瞬间成了一场灾难。"④

倘若说金凯德笔下加勒比"女儿"对加勒比母亲既爱又恨的复
杂情感可以理解为一种"哀其不幸，怒其不争"的焦灼心理，这是
一种以恨的名义体现后殖民时代加勒比流散女性对加勒比母亲或
故土的热爱，是一种可调和的民族情感，那么后殖民时代加勒比
女性对英殖民母亲的情感则是一场无法调和的殖民仇恨。这种仇
恨在《小地方》中得到了淋漓尽致的展现，《小地方》中的第二章整
章都在控诉英殖民历史与文化教育对安提瓜民众的心理创伤，仇
恨充斥于每一个字眼中。叙述者"我"厉声斥责英殖民"母亲"霸权

① Dilger G. "I Use a Cut and Slush Policy of Writing"：Jamaica Kincaid Talks to Gerard Dilger[J]. Wasafiri, 1992(16)，p. 23.

② Kincaid J. Lucy[M]. New York：Farrar, Straus and Giroux, 1990，p. 6

③ Kincaid J. A Small Place[M]. New York：Farrar, Straus and Giroux, 1988，p. 23.

④ Birbalsingh F. Frontiers of Caribbean Literature in English[C]. Macmillan：St. Martins Press, 1996, p. 141.

行径之后的恶果："成千上万的人都成了孤儿，而我只是其中的一个，我们没有父亲，没有母亲，没有信仰，没有诞生圣灵的土地，没有因爱产生更多爱的能力，最痛苦的是，我们也没有说话的能力。"①而在《第一次看见英国》(On Seeing England for the First Time，1991)这篇杂文中，金凯德以犀利而又简洁的语言记录了加勒比"女儿"对英国殖民"母亲"由爱至恨的认知变化。在这篇杂文的开篇处，第一人称叙述者"我"就以孩童的视角叙述出英国殖民母亲在西印度"女儿"眼中的完美形象，"温柔、美丽、细腻，它就是一颗奇特的宝石"②，而长大后的叙述者"我"在亲自去往英国之后，却愤怒地叙述道："唯有仇恨能填补充斥于英国理想与现实之间的空间"③。这种由爱至恨的情感变化不仅仅是英国殖民母亲理想化形象坍塌的结果，更是后殖民时代加勒比人痛恨英殖民历史的最为直接的情感反应，这与《安妮·约翰》中安妮对母亲由爱至恨的情感转变有异曲同工之处。金凯德本人亦开诚布公地承认自己作品中的母女关系叙述映射的就是殖民"母亲"与西印度"女儿"之间的殖民权力关系：

> 我作品中母亲与女儿的关系指涉的就是欧洲与西印度的关系，亦即权力强者与无权力弱者的关系。女儿是弱势的一方，而母亲则是强势的一方。母亲想要教会女儿如何在这个世界中生存，但是她心底却明白她（女儿）不可能做到。所以她深深地怀疑女儿是否能够成长为一个具有自控力的女性，

① Kincaid J. A Small Place[M]. New York：Farrar, Straus and Giroux, 1988, p. 31.
② Kincaid J. On Seeing England for the First Time[J]. Transition, 1991, 51, p. 32.
③ Ibid. , p. 37.

最终，她（母亲）也会挑明自己的怀疑态度。在这一怀疑过程中，遗弃与责备在所难免。因此，母女之间的关系与征服者和被征服者的关系并无二致。①

借助家庭领域中的母女关系叙述，金凯德将西印度女性的个人叙述与西印度民族叙事融为一体，通过母女之间从依赖信任到产生矛盾与冲突的关系变化，映射西印度与欧洲的殖民关系变化。这种母女关系叙述从第一部作品《在河底》开始，一直延续到《安妮·约翰》《露西》《我母亲的自传》《我的弟弟》《鲍特先生》等诸多作品中，成为金凯德写作的独特风格。在金凯德的作品中，"女儿"成熟的前提是挣脱"母亲"的强势束缚，这是母女之间产生异化心理，即由依赖至分离、由爱至恨的原因所在。同理，西印度被殖民者获取独立自由的前提是反抗一切殖民强权的主宰与压制，虽然异化心理同样会在从对欧洲殖民者的被迫依赖到主动决裂的发展变化过程中产生，但此时的异化心理已经不再是法侬笔下被"白面具"所遮蔽的自卑扭曲心理，"'妈妈，看那个黑人，我好害怕！'害怕！害怕！他们已经开始害怕我了，我想笑，笑到自己流泪，却怎么都笑不出来"②，而是西印度人获取自由的必然途径，犹如布兰卡托（Sabrina Brancato）所评述的那样，"对一切政治主宰的反抗是获取自由的基础，而心理异化恰是抵达自由的路径"③。

上述里斯与金凯德作品中对英国殖民母亲与加勒比母亲爱恨

① Vorda A. An Interview with Jamaica Kincaid [J]. Mississippi Review, 1991, 20(1−2), p. 12.

② Fanon F. Black Skin, White Masks[M]. Trans. Charles Lam Markmann. New York: Grove Press, Inc., 1967, p. 112.

③ Brancato S. Mother and Motherland in Jamaica Kincaid[M]. New York: Peter Lang, 2005, p. 23.

交织的复杂情感实际上体现出的是所有加勒比流散群体看待加勒比家园的矛盾心态，流亡赋予了加勒比人对内审视加勒比故土与对外审视英殖民母亲的双重视角，也使得他们能够更深刻地反思加勒比社会曾经的历史与文化现实，重新勾勒出加勒比人心中的家园印象。对此，加勒比评论者戴维斯(Carol Boyce Davies)的观点可谓一语中的："流散创造了对家的渴望，但又是对家园的重新书写，思家、无家可归、拒绝回家或是渴望回家都成为重新书写家园的重要因素。只有在远离家的时候，家的意义才会产生。"①也正是借助作品中母女间依赖与疏离、爱恨交织的关系叙述，以里斯与金凯德为代表的加勒比女性作家才能够将生物母亲、英殖民母亲与加勒比母亲这些所有关于家的记忆与认知融为一体，以女性个人叙述折射宏大的民族叙述，暴露殖民时代与后殖民时代加勒比女性的生存境遇，映射加勒比女性的殖民历史记忆，凸显加勒比女性在构建加勒比民族文化身份历程中的重要性。

第三节　从疏离至认同的母女关系

除去作为民族身份的隐喻之外，母亲也同样是加勒比女性身份的隐喻，莫里斯(Ann R Morris)就曾指出加勒比社会文化语境中母亲所蕴含的复杂内涵，"对于加勒比女性而言，母亲的概念极其复杂，她既可以指涉自己生活的岛屿及其独特文化，也可以指涉女性身体以及继承于亲生母亲或是其他母亲的女性纽带，故

---

① Davies C B. Black Women, Writing and Identity: Migrations of the Subject [M]. London and New York: Routeledge, 1994, p. 113.

土与母亲在此合二为一"①。换言之，里斯与金凯德等加勒比女性作品中的母亲集民族身份与女性身份为一体，是民族身份与女性身份的双重载体，兼具民族、种族、性别与地域的多样化文化属性。因此，里斯与金凯德作品中母女间依赖与疏离、爱恨交织的关系书写不仅仅是加勒比女性作家构建民族文化身份的一种策略，也是加勒比女性构建其女性身份以及搭建加勒比女性话语谱系的重要策略方式。

《藻海无边》中安托瓦内特与罗切斯特的主要人物叙述以及西印度与英国间的交叉空间叙述使得评论者们常常聚焦《藻海无边》中"男性与女性、帝国与殖民地"的平行叙述关系②，却忽略了《藻海无边》中女儿安托瓦内特与母亲安内特之间平行的母女叙述关系。事实上在该小说的开篇处，首先映入读者眼帘的人物就是母亲安内特，一个来自马提尼克岛的克里奥尔白人，一个从未被其他牙买加女性接纳与认可的"异类"，一个连唯一的朋友都失去的底层人物，一个只能通过改嫁英国人而寻求安全感与自尊感的弱者，一个再婚后却家毁子亡、受尽凌辱而被迫疯癫的不幸者。颇为巧合的是，长大后的安托瓦内特重蹈母亲安内特的生活，成为加勒比黑人眼中令人生厌的"白蟑螂"，种族仇恨亦使得她失去了自己唯一的朋友蒂亚，与罗切斯特先生的婚姻不仅让她家产尽失，还成了阁楼上的疯女人。母女之间跨越历史空间的平行叙述展现出克里奥尔女性无法挣脱的历史命运，而两段相似的婚姻结构与最终疯癫的命运亦连接起了母女间共有的女性身份诉求的纽带。

---

① Nasta S. Motherlands: Black Women's Writing from Africa, the Caribbean and South Asia[C]. London: The Women's Press, 1991, p. 219.

② Tiffin H. Mirror and Mask: Colonial Motif in the Novels of Jean Rhys[J]. World Literature in English, 1978, 17(1), p. 330.

安内特与安托瓦内特都最终嫁给了英国白人，经济因素是建构起这两段相似的婚姻结构的核心元素，金钱利益是安内特与安托瓦内特婚姻的直接诱因。母亲安内特在库利布里庄园（Coulibri Estate）衰败、生活贫困潦倒之时，"我们只能吃咸鱼，因为没有钱买新鲜的鱼，老房子也开始漏水，下雨时只能用瓢接水"[①]，选择嫁给了有钱的英国人梅森先生，期望能够以此恢复库利布里庄园并求得家人的生存。但是，这场婚姻很快激起了流言蜚语，流言蜚语充斥的"误导特征"使得人们质疑梅森先生的结婚动机[②]："为什么一个如此有钱、能捕获西印度任何一个女孩芳心，也有可能迷倒众多英国女人的男人要娶她呢？"[③]而流言蜚语满载的"话语力量"也使得人们戳穿了这场婚姻中金钱利益的本质所在[④]："和其他人一样，他来这里的目的是赚钱。一些大庄园已经变得越来越衰败了，一个不幸者的损失永远会使得另一个聪明人受益"[⑤]。借助公众的流言蜚语，里斯揭示出梅森先生接受安内特的动机，揭示出金钱在安内特与梅森先生婚姻中的主导作用。与安内特一样，安托瓦内特与罗切斯特的婚姻仍旧建立在金钱的基础

---

①　Rhys J. Wide Sargasso Sea [M]. Harmondsworth: Penguin Books, 1968, p. 21.

②　评论家鲁尔斯顿（Christine Roulston）指出流言蜚语的基本特征是"它能够在无限循环的流转过程中产生各种误解"。参见 Mezei K. Ambiguous Discourse: Feminist Narratology and British Women Writers [C]. Chapel Hill: The University of North Carolina Press, 1996, p. 55.

③　Rhys J. Wide Sargasso Sea [M]. Harmondsworth: Penguin Books, 1968, p. 24.

④　斯巴克斯（Patricia Meyer Spacks）在《流言蜚语》（Gossip）一书中指出流言蜚语"具有话语力量，这种力量是一种可以削弱世俗僵化思想、宣扬个人完整性的力量，也可以是发觉女性能动性的力量……"参见 Spacks P M. Gossip [M]. Chicago: University of Chicago Press, 1986, p. 170.

⑤　Rhys J. Wide Sargasso Sea [M]. Harmondsworth: Penguin Books, 1968, p. 25.

上。罗切斯特先生接近安托瓦内特的直接目的就是获取她继承的财产。在与父亲的通信中，罗切斯特写道："亲爱的父亲，我已经无条件地拿到了那 30000 英镑，法律对她也没有什么条款约束……我已经出卖了我的灵魂，或者也可以说你出卖了它，时常在想这会不会是一笔糟糕的交易？"①这场蓄谋已久的婚姻交易产生的最终结果就是安托瓦内特所有的财产都归属于罗切斯特，"我所有的财产都没有了，我拥有的一切都属于他了"②。

里斯通过安内特与安托瓦内特相似的婚姻结构一方面揭示了金钱在庄园制经济时代对女性的操控力量，婚姻成为英国殖民者敛财的捷径，而女性则只是这场婚姻交易中的牺牲品；另一方面则以安内特与安托瓦内特的婚姻折射出英殖民统治与父权社会文化体系对所有女性命运的操控与压迫。已婚后的安内特与安托瓦内特纷纷失去自己的财产支配权，丧失其婚前继承的财产，这一境遇不仅仅与她们的克里奥尔白人女性身份相关，也与 19 世纪英国社会对已婚妇女的财产法令息息相关。1857 年之前，英国的法令明文规定已婚妇女没有独立的财产支配权，其婚前（继承的）财产在婚后应全部归属于其配偶，"她们可以有受益的权力，但不具备支配或是转让之权力"③。作为英国殖民地之一的西印度④，自然无法逃脱这一政策法令的影响。而里斯在给编辑的信中亦明确提到自己的写作意图之一就是反映英国政府统治下所有女性的

① Rhys J. Wide Sargasso Sea[M]. Harmondsworth：Penguin Books，1968，p. 59.

② Ibid.，p. 91.

③ Staves S. Married Women's Separate Property in England，1660−1833[M]. Cambridge：Havard UP，1990，p. 222.

④ 1857 年英国议会通过了离婚与婚姻诉讼法的相关政策，规定因分居或遗弃而致离婚的妇女在申请法律救助之后，可获取其独立财产。尽管有诸多限制，但这是议会首次立法承认已婚妇女的财产权。直至 1870 年，英国议会才通过英国历史上第一部已婚妇女财产法。

生存状况："我始终相信不止安托瓦内特一个人遭遇了这一切，在西印度人富有的时代，没有任何关于已婚妇女的财产法令来保护她们的利益，女性在英国的统治中只是一个无名者。"①这也就是《藻海无边》中为何已婚后的安内特与安托瓦内特会失去所有财产，而梅森先生与罗切斯特却能够占有其所有财产的原因所在。而我们也就更能理解为何安内特与安托瓦内特会步入疯癫，而安托瓦内特又为何会放火烧掉罗切斯特的桑菲尔德庄园，那个黑暗又阴冷的桑菲尔德庄园不仅仅是一个囚禁女性的牢笼，更是一个靠敛取女性财产而获得利益的罪恶之地。

《藻海无边》中的安内特与安托瓦内特最终都走向了疯癫，对母女的疯癫命运，评论界持两种批评声音，以斯卡夫曼（Ronnie Scharfman）为代表的评论者认为安托瓦内特无法得到母亲的认同是致使她走向疯癫的原因之一②，而以克勒普弗（Deborah Kelly Kloepfer）为代表的评论者则认为母亲疯癫的心理创伤是驱使安托瓦内特走向疯癫的原因之一③。上述两种观点都是从女性心理分析入手，将母亲视为安托瓦内特成长中的缺场，前者强调的是母女之间的疏离情感，而后者强调的是母女之间共同的心理创伤。虽然这些观点都将疯癫视为展现安托瓦内特与安内特女性异化心理的最终表现形式，但更多是将疯癫视为母女关系裂痕的产物或是强调疯癫对母女女性身份认同的离间作用，却忽略了疯癫弥合母女之间的情感裂痕以及连接女性身份认同的黏合作用。费尔曼

---

①　Wyndham F, Melly D. The Letters of Jean Rhys[M]. New York：Viking Penguin Inc. , 1984, p. 271.

②　Scharfman R. Mirroring and Mothering in Simone Schwarz-Bart's Pluie Et Vent Sur Telumee Miracle and Jean Rhys' Wide Sargasso Sea[J]. Yale French Studies, 1981(62), pp. 88－106.

③　Kloepfer D K. The Unspeakable Mother：Forbidden Discourse in Jean Rhys and H. D. [M]. Ithaca and London：Cornell UP, 1989, p. 18.

(Shoshana Felman)指出疯癫的解构功能,"虽然疯人院的墙壁将其内部与外界文化隔离,将理性与非理性分离,而疯癫却以各种伪装形式消解这些边界,模糊内部与外在、主体与他者的界线"①。也正是在疯癫的状态中,安托瓦内特冲破母女之间的主体与他者界限,视母亲为自我身份的另一他者,弥合母女间冷漠与疏离的关系裂痕,实现与母亲女性身份认同的夙愿。

因此,疯癫也成为重建母亲与女儿认同关系的中介。童年时期的安托瓦内特屡遭母亲安内特的排斥,每当她想从母亲身上寻求安全感时,母亲安内特"推开""转身走开"的冷漠行为以及"让我一个人待一会儿"的语言刺激都带给她巨大的心理创伤②,而母亲的头发就成为安托瓦内特抵御这种心理创伤与寻求安全感的隐喻,"有一次当她梳头发时,我找了个借口靠近她,只有那头乌黑的秀发像斗篷一样地盖住我、隐藏我,让我感到安全"③。但是,理智又使得她清楚地认识到,"我再也不会这么久地感受这种安全感了"④。当安托瓦内特去看望疯癫之后的母亲时,这一头发的隐喻又再次出现,"虽然她低着头,我看不到她的脸,但是我认识她的头发,一个辫子比另外一个辫子短一些"⑤。头发再次成为安托瓦内特试图与母亲建立关系纽带的媒介,尽管安托瓦内特的愿望再次失败,"她用力地推开我,我摔倒在了隔板上,受伤了"⑥。这种母女之间的疏离关系以及安托瓦内特的创伤心理直

① Felman S. Writing and Madness[M]. Trans. Martha Noel Evans and Shoshana Felman. Palo Alto: Standford University Press, 2003, p. 5.

② Rhys J. Wide Sargasso Sea[M]. Harmondsworth: Penguin Books, 1968, p. 17.

③ Ibid. , p. 19.

④ Ibid.

⑤ Ibid. , p. 40.

⑥ Ibid.

到安托瓦内特疯癫之后才得以弥合。被囚禁于桑菲尔德庄园且日益疯癫的安托瓦内特这样叙述自己的梦境："我看见了她——一个披散着头发的鬼魂"①。这一"披散着头发的鬼魂"常常被诸多评论者视为《简·爱》中那个疯女人伯莎的化身。斯皮瓦克指出此时的安托瓦内特"按照《简·爱》的最终结果行事，并将自己视为桑菲尔德庄园里的那个所谓的鬼魂"②。哈里森(Nancy R Harrison)亦认为"此处两个文本：里斯的文本与勃朗特的文本重合了，安托瓦内特回到了母文本中来完成自己的使命"③。《藻海无边》与《简·爱》之间的文本互文性的确使得我们可以将这一"披散着头发的鬼魂"视作母文本《简·爱》中那个疯女人伯莎的重现与回归，但是《藻海无边》中"共生"的话语叙述策略即"强烈的叙述声音与沉默的叙述声音共存"的叙述策略④，以及安托瓦内特寻求安全感的隐喻，即对于母亲头发的记忆，使得我们可以将这一"披散着头发的鬼魂"解读为母亲安内特的重现与回归。这一阐释既能与该小说第一章中库利布里庄园被烧之时安托瓦内特对母亲"幽灵"的记忆相吻合，"母亲跑得如此之快，以至于我都没看到她，我打开房门，只见烟雾，却还是未能看见她"⑤，又能与安托瓦内特在最后点燃桑菲尔德庄园之时，再次听到母亲所养的鹦鹉 Coco

　　① Rhys J. Wide Sargasso Sea[M]. Harmondsworth：Penguin Books，1968，p. 154.

　　② Spivak G C. Three Women's Texts and a Critique of Imperialism[J]. Critical Inquiry，1985，112(1)，p. 250.

　　③ Harrison N R. Jean Rhys and the Novel as Women's Text[M]. Chapel Hill and London：University of North Carolina Press，1988，p. 172.

　　④ Uraizee J. "She Walked Away Without Looking Back"：Christophine and the Enigma of History in Jean Rhys's Wide Sargasso Sea[J]. CLIO，1999，28(3)，p. 265.

　　⑤ Rhys J. Wide Sargasso Sea[M]. Harmondsworth：Penguin Books，1968，p. 33.

的询唤"谁来了？谁来了?"在逻辑上相融通①。此时，疯癫的安托瓦内特不单单在叙述自己的故事，亦在叙述逝去的母亲安内特未曾言说的故事，而安托瓦内特最终焚烧的也不仅仅是自己的愤怒，亦是遭受殖民与父权体系双重压迫的所有母亲与女儿的愤怒。《藻海无边》以母亲安内特走向疯癫的故事开始其叙述，又以女儿安托瓦内特走向疯癫的故事结束其叙述，通过疯癫，里斯使得安托瓦内特重新与母亲聚合，重述母亲的故事，重建母女间的女性认同关系。

如果说里斯笔下的安托瓦内特是以疯癫的方式将母亲视作另一他者化的自我，从而弥合其与母亲之间的情感创伤，重建母女之间的女性身份认同关系，那么金凯德笔下的安妮与露西则是完全将母亲视为他者，只有将这一他者驱逐出自我的境域，安妮与露西才能建构起自我的主体身份。正因为如此，我们才会在《安妮·约翰》中看到安妮离开母亲时的义无反顾，当母亲紧紧拥抱安妮时，安妮的反应却是"身体往后靠，挣脱出她的怀抱，然后不自觉地晃了晃，想要从那种恍惚的状态中清醒过来"②；也才会在《露西》中感受到女性人物露西意欲摆脱母亲的决绝意志，"母亲几个月前写给我的信，我却连信封都没有打开过"③。安妮与露西以远离母亲甚至"背叛"母亲的方式寻求自己的个人主体身份，这一方面体现出后殖民女性在殖民历史阴影中寻求女性身份的政治用意，"在具有殖民主义历史的国家，女性背叛（母亲）的行为

---

① Rhys J. Wide Sargasso Sea[M]. Harmondsworth: Penguin Books, 1968, p. 155.

② Kincaid J. Annie John[M]. New York: Farrar, Straus and Giroux, 1985, p. 147.

③ Kincaid J. Lucy[M]. New York: Farrar, Straus and Giroux, 1990, p. 139.

都可以视作寻求解放、自我身份与实现自我身份的行为"①；另一方面则体现出厌母心理对女性主体身份构建的促进作用。里奇指出厌母"不是对母亲或母爱的恐惧，而是害怕自己成为母亲（那样的人）。它可以被视为女性自我分裂的一种表现，这种分裂只为清除母亲赋予的所有束缚，成为自由的个体"②。因此，母亲被安妮与露西视为殖民与父权体系的牺牲品，而安妮与露西远离母亲只为了逃离再次沦为牺牲品的命运。实际上，这种惧怕心理恰是连接母女纽带关系的基础要素，安妮的母亲惧怕女儿不能成为一个优雅得体的女士从而重复自己的命运，而女儿安妮害怕自己成为母亲所期望的人，共同的恐惧心理展现出的正是殖民历史与父权体系带给加勒比女性共同的心理创伤。

除此之外，祖母在弥合安妮与母亲的关系裂痕中则起到了更为重要的作用。评论者特洛斯特（Rosalie Riegle Troester）指出其他替代母亲（surrogate mother）或是年长的祖母常常是殖民地女性纽带关系的缔结者，"她们能够指导年轻女性的成长，从而缓解母亲与女儿之间的紧张关系"③。《安妮·约翰》中的祖母成为重新连接安妮与母亲女性身份认同的中介。在该小说第六章的结尾处，刚进入青春期的安妮叙述了自己与母亲间日益剧增的疏离情感，对母亲将其与四个男同学的交往视为一种丢脸的"娼妓行为"④，安妮做出了最强烈的回击，"正如有其父必有其子，有其

---

①　Nasta S. Motherlands: Black Women's Writing from Africa, the Caribbean and South Asia[C]. London: The Women's Press, 1991, p. ⅩⅤ.

②　Rich A. Of Woman Born: Motherhood as Experience and Instituition[M]. New York: Norton, 1976, p. 230.

③　Troester R R. Turbulence and Tenderness: Mothers, Daughters and "Other Mothers" in Paule Marshll's Brown Girl, Brownstones[J]. Sage, 1981(1), p. 13.

④　Kincaid J. Annie John[M]. New York: Farrar, Straus and Giroux, 1985, p. 102.

母也必有其女"①，这进一步激化了母女之间的矛盾，而这种母女间的矛盾与隔阂亦致使安妮大病一场。在第七章《漫长的雨季》(*The Long Rain*)的开篇处，安妮叙述道："我走路都感到很虚弱，好像我随时都会晕倒。如果将头耷拉在课桌上，我立马就会昏睡。来回上学的路程已经让我筋疲力尽……我的胃口一如既往的差……我只能躺在床上。"②而安妮的母亲对此却束手无策，"母亲一遍遍地翻看我的眼皮，却发现不了任何疾病的症状"③。三个半月的雨水与卧病在床的安妮形成了一个蜷缩在母亲子宫里的婴儿的画面，金凯德在此以水为隐喻④，意指女儿安妮被母亲封闭在孩童时期，无法实现由依赖母亲的女童向独立的女性个体的转变，疾病就成为安妮无法认同母亲但又渴望母爱的矛盾心理的外在表现，这一矛盾在祖母玛切斯(Ma-Chess)到来之后才得以解决。玛切斯的贴身陪伴弥合了安妮与母亲之间母女关系的裂痕，使安妮重新找寻到母女之间的女性关系纽带："当我觉得自己被困在团团散落的热气中却找不到出口时，玛切斯就会来到床边陪着我，直到我恢复意识。我躺在一边，缩成一个'逗号'状，而玛切斯则紧挨我，缩成一个更大的'逗号'状，将我刚好裹在里面"⑤。"逗号"就如同胎儿的生命起源，暗示安妮在母体中的初始状态，而玛切斯同样的行为不仅带给安妮无限的安全感，又使得

---

① Kincaid J. Annie John[M]. New York：Farrar，Straus and Giroux，1985，p. 102.

② Ibid. , p. 108.

③ Ibid.

④ 金凯德在采访中曾经指出水在其作品中有着重要的象征功能，它是"一种地狱式的痛苦折磨"。参见 Ferguson M. A Lot of Memory：An Interview with Jamaica Kincaid[J]. Kenyon Review，1994，16(1)，p. 180.

⑤ Kincaid J. Annie John[M]. New York：Farrar，Straus and Giroux，1985，pp. 125—126.

"母女"能够在生命的初始阶段建立认同关系，"大'逗号'状的玛切斯赐予小'逗号'状的安妮一种生命。因此，是祖母让身处死亡临界线上的安妮重获新生"①。伴随着祖母玛切斯的离开，漫长的雨季也随即停止，"一天没有下雨，两天没有下雨，然后再也没有雨天，旱季回来了"②。这也意味着弥合心理创伤后的安妮能够冲出母亲子宫的束缚，重新探寻自己的主体身份，"太阳又一次升起，我打开窗户，阳光与温暖弥散于我的房间"③。

其实，祖母替代母亲调节生物母亲与女儿之间的疏离关系也是加勒比女性文学叙述的主要特征之一，她们能够帮助生物母亲分担责任，填补生物母亲的缺场位置。此外，祖母亦可协调生物母亲与女儿的矛盾及冲突。《藻海无边》中尽心尽力且给予安托瓦内特无限精神支持的黑人女性克里斯蒂芬、《阿本》中坚强的祖母、《被折断的木槿花》(*Bruised Hibiscus*，2000)中那个通情达理且善于倾听的祖母，以及上述所提及的安妮的祖母，都是加勒比女性文学中替代母亲的典范，她们的共有特征是深谙非洲文化传统中的民间巫术，相信自然的力量胜于一切文明力量，这也就是为什么我们会读到安妮的祖母玛切斯埋怨安妮的母亲对奥比巫术④没有多少兴趣，玛切斯洗澡的水一定是"将动物与植物放在一起煮好长时间之后的水"，"医生则是祖母最不需要的人"等文本信息的原因所在⑤。评论者西门斯将安妮的祖母视为"非洲部落文

① Alexander SA J. Mother Imagery in the Novels of Afro-Caribbean Women[M]. Columbia：University of Missouri Press, 2001, p. 71.

② Kincaid J. Annie John[M]. New York：Farrar, Straus and Giroux, 1985, p. 126.

③ Ibid.

④ 奥比巫术(Obeah)是源于西非的一种民间文化传统，是加勒比奴隶时代的产物。小说第四章对这一文化表征形式进行了详细的叙述。

⑤ Kincaid J. Annie John[M]. New York：Farrar, Straus and Giroux, 1985, p. 125.

化的继承人"①，认为祖母的出现是为了帮助安妮重新找回（非洲）文化源头，这是一种典型的将加勒比女性文学纳入非裔（美国）文学体系的阐释方式，强调的是祖母（或母亲）作为中介连接非洲与加勒比文化空间的想象功能，却忽略了加勒比社会杂糅的文化特性已经无法让加勒比人完全回归非洲文化传统，也忽略了存在于祖母与母亲之间的一种文化对抗性。实际上，相比较于回归非裔文化传统这一着力点，金凯德更强调祖母身上非裔文化所代表的自然化的文化准则，这与安妮母亲所承载的殖民文化准则完全不同，从而能够形成一种以自然对抗虚假殖民文明建构体系的有力抗击力量，这种抗击力量与安妮寻求主体身份历程中所要汲取的力量完全契合。因此，金凯德等加勒比女性作家的作品中的祖母或是替代母亲不仅成为弥合母女关系裂痕的中介，同样也是连接女性文化谱系、对抗殖民文化的精神集结点。

里斯与金凯德作品中的母女关系书写不仅仅是加勒比女性作家构建民族文化身份的一种策略方式，也同样是加勒比女性构建其女性身份纽带的重要策略方式。借助文本中母女间依赖与疏离、自依赖至疏离的关系叙述，里斯与金凯德等加勒比女性作家一方面将宏大的民族叙事消解为女性个人叙述，又以女性个人叙述映射加勒比历史文化与社会现实，将长期受殖民与父权压制的女性性别元素注入加勒比民族文化体系之中，映射加勒比女性的殖民历史记忆，展现出加勒比女性在构建加勒比民族文化身份历程中的重要性；另一方面则通过女儿的视角讲述母亲的故事，又以母亲的故事反衬女儿的成长，形成具有含混性情感张力的加勒比母女叙述话语形式。这种女性书写形式不再如西方女性文学那

① Simmons D. Jamaica Kincaid[M]. New York：Twayne Publishers，1994，p. 27.

样一味地强调母女之间的女性认同关系，也不像非裔(美国)女性文学那样单纯地强调母女间共同的女性纽带与情感共鸣，而是以母女间依赖与疏离、疏离与认同、由疏离至认同的复杂关系与情感变化展现母亲在加勒比殖民历史文化语境中的话语功能，凸显出加勒比女性将民族文化身份与女性身份建构融为一体的书写特征。当然，加勒比女性作家的女性个人叙述特征绝不限于母女关系叙述这一点，通过里斯与金凯德具有种族与时代差异的女性视角展现加勒比克里奥尔文化杂糅性的生成机制才是本书研究的终极目标。为此，本书在第四章通过探究里斯与金凯德作品中折射出的英殖民文化与加勒比地区非裔文化传统间的双向影响，揭示存在于加勒比地区欧洲裔白人与加勒比非裔之间具象化的文化杂糅性。

第四章
克里奥尔世界里的双向文化影响

那些在地中海、北美或者印度"被俘虏"的英国男性与女性的行为、语言、外在容貌甚至他们的政治与宗教信仰都在不断地发生改变。

——[英]琳达·科莉

成千上万的西印度孩子能够背诵《咏水仙》，却从未真正见过水仙花，所以他们永远都无法理解为何诗人会那般陶醉。

——[英]米歇尔·克里夫

　　欧洲殖民历史与奴隶庄园制经济加剧了英国白人殖民者与加勒比非裔黑人之间的民族与种族矛盾，但也促进了英国殖民文化与加勒比黑人文化间的交流与对话，推动了加勒比地区多元民族与种族混杂的克里奥尔跨文化模式的成形。作为一种较为自由、开放、宽容的理念，克里奥尔文化与后殖民批评所推崇的杂糅、混杂理念在解构中心、反对霸权等主旨上有所重合，但加勒比克里奥尔文化的诞生有其明确、具体的历史语境，它是加勒比地区奴隶制度、庄园制经济、殖民统治、被迫移民等历史事实的综合产物，是"在权力极其不平等的环境、残暴的文化统治事实以及不同文化元素混合的情况下发生的融合过程"①。概言之，克里奥尔文化并不仅仅是一种反殖民话语文化模式，更是一种不同文化间互相交织、互为影响的跨文化交际模式。因此，忽略加勒比地区特殊的历史文化语境，单纯以殖民者与被殖民者、白人与黑人等二元对立的评述视角强调欧洲裔白人殖民文化对加勒比非裔黑人的单向性影响，不仅忽略了加勒比非裔文化传统对欧洲裔白人的反向作用，而且无法展现加勒比克里奥尔文化的混杂性与跨文化性。基于此，本章借助里斯克里奥尔白人女性与金凯德加勒比黑人女性的交叉互补视角，探究其作品中折射的英殖民文化与加勒比黑人社会文化间的双向影响，揭示殖民历史带给欧洲裔白人与当代加勒比黑人的共同影响，展现这两种具有不同意识形态色彩的文化间的对话与对抗，修正后殖民批评中白人殖民者与黑人被殖民者间固化的评论思维，阐释加勒比克里奥尔文化具象化的杂糅性。

---

　　① Enwezor O，et al. Creolite and Creolization［C］. Ostfilden-Ruit：Hatje Cabtze，2003，p. 30.

第一节 克里奥尔人共同的历史创伤

欧洲殖民侵略使得加勒比本土民族消失殆尽，奴隶制庄园经济的发展需要使得大量非洲黑奴被运送至加勒比各个岛屿①。1834 年废奴令的实施在解放黑奴的同时亦损伤了欧洲白人庄园主的利益。为了补充劳动力，印度裔、华裔等契约劳工被紧急输入，这导致曾经的黑奴纷纷失业，继而加剧了加勒比地区白人与黑人的种族矛盾。反奴隶制的激进派一边控诉加勒比黑奴所遭受的苦难，一边强烈地抗议："为什么要为那些庄园主劳动？为什么要把自己与那些暴戾者绑在一块？"②而白人保守派则一边指责黑奴"性格野蛮、生活堕落、道德与智商匮乏"③，一边又哭诉加勒比地区白人的无奈，"西印度的事务麻烦不断，黑奴都很快乐也很富有，反倒是西印度的白人一点都不快乐，西印度殖民地几近毁灭"④。虽然这些言论展现出欧洲裔白人与加勒比非裔黑奴的不同视角，但殖民历史及其激发的殖民利益无疑是引发加勒比地区各个民族、种族苦难的根源，欧洲裔白人、非裔黑人无一幸免。

然而，这种在加勒比殖民历史中不分种族、民族而无一幸免的苦难却被隐藏在白人与黑人、殖民者与被殖民者、野蛮与文明

---

① 1502—1870 年的大西洋奴隶贸易中，"大约有 1000 万—1200 万黑奴被运送至美洲与加勒比海地区……如果算上巴西，加勒比地区的非裔黑奴就占据奴隶总量的 84%"，参见 Deena S F H. Situating Caribbean Literature and Criticism in Multicultural and Postcolonial Studies[M]. New York: Peter Lang Publishing, 2009, p. 2.

② Sewell W. The Ordeal of Free Labor in the British West Indies[M]. New York: Harper, 1861, p. 47.

③ Gregg V M. Jean Rhys's Historical Imagination: Reading and Writing the Creole[M]. Chapel Hill: University of North Carolina Press, 1995, p. 10.

④ Ibid.

等固化的二元民族与阶级矛盾准则标签下，甚至是出生在加勒比地区被视为后殖民先驱的法侬（Frantz Fanon）也难逃这种二元对立性的魔咒。20 世纪 50 年代初，法侬在其具有浓烈自传色彩的作品《黑皮肤，白面具》（*Black Skin，White Masks*，1967）中，揭示出生活于加勒比地区马提尼克岛的黑人主体分裂的心理根源，那句出自白人小女孩之口的"妈妈，看那个黑人，我好害怕！"使得第一人称叙述者"我"从白人小女孩眼中看到了被扭曲、变形之后再被定性为与白人不同的自我镜像①，揭示了黑人被殖民者心理异化与扭曲之根源所在，将殖民与被殖民的意识形态与政治权力关系转向殖民意识与被殖民意识的心理层面，激起了一轮审视、质疑白人/黑人、殖民者/被殖民者等为二元对立的认识论与意识形态体系建构的反殖民话语与权力的文化热潮，也构筑起白人殖民者/黑人被殖民者间无法逾越的对峙立场。因此，当后殖民批评者纷纷引用那句"妈妈，看那个黑人，我好害怕！"来批判白人殖民者对黑人被殖民者形成理所当然的伤害之时，那个白人小女孩与白人小女孩妈妈代表的加勒比欧洲裔白人群体也理所当然地被贴上欧洲殖民者的标签，白人小女孩与其母亲恐惧背后的复杂缘由亦相应地被自动屏蔽。这也就不难理解为何十余年之后，当里斯在《藻海无边》中揭开加勒比地区欧洲裔白人生活的虚假殖民面具，为那个被屏蔽的白人小女孩与其母亲发声，剖析其恐惧背后的诸多社会文化因素，展现民族、种族与性别的文化建构性时，却引发了激烈的争议。布莱斯维特认为克里奥尔白人对加勒比黑人的认知永远会存在"一个巨大的鸿沟"②，他始终坚信

---

① Fanon F. Black Skin，White Masks[M]. Trans. Charles Lam Markmann. New York：Grove Press，Inc.，1967，p. 112.

② Brathwaite E K. Contradictory Omens：Cultural Diversity and Integration in the Caribbean[M]. Kingston：University of the West Indies，1974，p. 38.

欧洲裔白人与加勒比黑人之间的种族矛盾无法逾越，"肤色的差别是这两个种族无法逾越的界限，这一差别似乎一直在支持一种普遍的观点，那就是上帝在分配人间事务时，黑人就应该是干那些砍柴挑水的苦力，受奴役于那些优秀的白色人种。"[①]斯皮瓦克则对里斯将克里斯蒂芬的叙述声音在文末消除的写作方式提出不满[②]，质疑里斯的殖民主义倾向。当然，我们更不会惊讶于当加勒比文学汇入后殖民思潮之时，为何加勒比非裔黑人叙述却能够迅速成为其主导话语力量。兰明、哈里斯、沃尔科特、克里夫与金凯德等一大批加勒比非裔黑人作家长期占据加勒比文学的要地，他们或她们都是以加勒比非裔黑人的叙事视角追溯加勒比非裔黑人的苦难历程，痛诉殖民文化对加勒比非裔黑人群体的影响。

的确，漫长的欧洲殖民给加勒比地区各民族造成的精神创伤无法否认，存在于欧洲裔白人殖民者与加勒比非裔黑人之间的民族与种族矛盾亦不容否认，但如同硬币的两面，共同的殖民历史与奴隶庄园制经济一方面将欧洲裔白人殖民者与加勒比非裔黑人同时卷入，另一方面也促进了加勒比地区多元民族与种族混杂的克里奥尔文化模式的成形。"克里奥尔"（Creole）一词取源于西班牙语的"Criollo"以及葡萄牙语的"crioulo"（或更古老的"creoulo"），最初被用来描述出生在新世界、印度洋沿岸的岛国殖民地以及加勒比海地区的欧洲移民的后裔。后来，该词在不同的历史文化语境中有不同的指涉："在18世纪上半叶，'克里奥尔'的法语词语'créole'被用来指涉出生在加勒比海地区、路易斯安那或

---

① Brathwaite E K. Contradictory Omens: Cultural Diversity and Integration in the Caribbean[M]. Kingston: University of the West Indies，1974，p. 38.

② Spivak G C. Three Women's Texts and a Critique of Imperialism[J]. Critical Inquiry，1985，112(1)，pp. 243—261.

是马斯克林群岛的黑人、白人或是混血人群；在现当代的毛里求斯，'克里奥尔'一词通常指涉非白人群体，而在留尼汪岛与安地列斯群岛地区，该词又将白人、黑人与混血人群一并囊括。"①从"克里奥尔"语义场的变化可以发现"克里奥尔"首先强调的是打破种族与民族的生物界限，将加勒比地区欧洲裔白人与非裔黑人一并囊括，展现出强大的弹性与包容性，正如评论家莱斯金（Judith L Raiskin）所言，"克里奥尔""这一术语的弹性允许其广义上无所不纳"②。而就此延伸出的加勒比克里奥尔文化模式则是关注不同民族、种族的文化在加勒比地区的融合与杂糅，以跨文化的构建过程冲破狭隘的民族、种族范畴的局限，凸显不同民族与种族间的相互影响，形成一种自由、开放、包容的文化理念。因此，忽略加勒比地区特殊的历史文化语境，只是以殖民者与被殖民者、白人与黑人等二元对应的评述视角强调欧洲裔白人殖民文化对加勒比非裔黑人的单向性影响，显然忽略了欧洲裔白人与加勒比非裔黑人间的双向影响，亦无力展现加勒比克里奥尔文化的混杂性与跨文化性。为此，本章重点探究里斯与金凯德作品中折射出的英殖民文化与加勒比黑人社会文化间的双向影响。首先，通过里斯的克里奥尔白人女性视角，审视西印度社会变迁与加勒比非裔文化传统给英国白人家庭生活与文化心理带来的冲击，解析西印度社会中欧洲裔白人"白皮肤、黑面具"的异化心理。其次，通过金凯德的加勒比黑人女性视角，探究英殖民文化思想带给后殖民时代加勒比黑人生活与思维方式的深远影响，回溯西印度社会中加勒比非裔"黑皮肤、白面具"的心理创伤。通过里斯与金凯德交

① Lionnet F, Shih Shu-mei. The Creolization of Theory[C]. Durham and London: Duke UP, 2011, p. 22.

② Raiskin J L. Snow on the Cane fields: Women's Writings and Creole Subjectivity[M]. Minneapolis: University of Minnesoda Press, 1996, p. 4.

又互补的视角，揭示加勒比克里奥尔杂糅性文化的生成机制，展现英殖民文化与加勒比非裔文化间的对话与对抗。

第二节 欧洲裔白人的恐惧

自哥伦布发现新世界开始，英国便积极拓展其殖民地范围。至19世纪中期，其殖民地已经遍布地中海、北美以及印度等地，构筑起其不可撼动的英帝国形象。殖民贸易与庄园制经济的巨额利润刺激使得许多白人纷纷将目光转向殖民地，寻找发财机会。这就是为什么我们能够在《曼斯菲尔德庄园》(*Mansfield Park*，1814)中读到托马斯先生(Sir Thomas Bertram)仅仅依靠安提瓜经营的庄园就能够保证其家人过着衣食无忧、养尊处优的生活的原因，更是《简·爱》中罗切斯特先生遵从父命、远离英国故土奔赴西印度寻求财富的初衷，正如赛义德(Edward Said)所评述的那样："一个殖民化的种植园对维系英国化的生活方式实在是太重要了"[1]。而与此同时，殖民地社会文化也给英国白人的文化传统带来了巨大的冲击。首先，殖民地人常成为扰乱英国白人构建和谐家庭的最大威胁。《简·爱》中的那个西印度疯女人伯莎不仅成为罗切斯特与简·爱浪漫爱情的绊脚石，也差点让罗切斯特先生背负重婚罪的罪名。与伯莎相似，皮科克(Lucy Peacock)的短篇作品《克里奥尔人》(*The Creole*，1786)中的克里奥尔女性人物仄米拉(Zemira)则同样成为赛德里先生(Mr. Sedley)与夫人平静生活的破坏者[2]。其次，随着英国白人与殖民地人交流的增多，出

---

[1] Said E. Culture and Imperialism[M]. New York: Vintage Books, 1993, p. 66.

[2] Peacock L. The Rambles of Fancy or Moral and Interesting Tales[M]. London: T. Bensley, 1786, pp. 110—117.

现了跨越种族界限的婚姻联盟,这就打破了英国白人高贵血统的神话。《藻海无边》中的安托瓦内特嫁给了罗切斯特先生,而安托瓦内特的姑妈科拉(Cora)也离开西印度,远嫁英国。与文学虚构世界里的想象形成对照,这种跨种族婚姻早在17世纪初的巴巴多斯(Barbados)就已经出现。当时最典型的一个案例是发生在黑奴柏金斯(Peter Perkins)和白人女性朗(Jane Long)之间的婚姻,他们的名字出现在1685年12月4日圣·米歇尔教堂的登记簿中,而他们儿子的名字亦出现在1715年人口调查簿中①。而在1781—1813年,就有14名白人女性嫁给加勒比黑人②。所有这些证据都指向一点,即殖民历史与奴隶庄园制经济在"俘虏"殖民地人的同时,亦在"俘虏"英国白人,他们的婚姻、家庭生活与思维方式已然在发生某种改变。对此,英国著名的历史学家科莉(Linda Colley)给出如下评述:

> 那些在地中海、北美或者印度被俘虏的英国男性与女性的行为、语言、外在容貌甚至他们的政治与宗教信仰都在不断地发生改变。或许这是迫于压力偶尔才发生的变化,但有些却是一种别无选择且永久的改变。面对其他文化,总是要具有一定的适应能力,而且这种适应能力也从来不仅仅是被俘虏的英国人才会具有,所以那些认为海外的英国人还在坚持那些独有的、旧有习惯的陈词滥调派们应该带着批判性眼光再仔细地审视一下这些问题。③

---

① Beckles H. White Women and Slavery in the Caribbean[J]. History Workshop Journal, 1993(36), p. 78.

② O'Callaghan E. Women Writing the West Indies, 1804—1939[M]. London and NewYork: Routledge, 2004, p. 23.

③ Colley L. Captives[M]. New York: Pantheon, 2002, p. 360.

科莉在此指出的英国人在殖民地的改变以及在殖民地应该具备的适应能力指涉的就是殖民地社会文化带给英国白人的影响与冲击。换言之，英国的殖民进程同时也是英国接受殖民地影响的过程。因此，从这一角度而言，《简·爱》中简·爱、罗切斯特与伯莎的情感纠葛也可以被视为西印度社会变迁给英国白人家庭生活带来的变化的侧轮廓展现。尽管罗切斯特的声音被淹没于简·爱的主导叙述之下，他在西印度的生活只是寥寥几笔的概述，但透过简·爱的视角，我们仍旧可以窥探到西印度社会带给他的影响。在简·爱看来，西印度痛苦的经历不仅使得罗切斯特背负深重的罪责，"这颗坚强的心该承受了多少啊！"[①]，甚至也使得他的外在容貌发生了变化，"他的眼睛，就像我之前所说的，都已经变成黑色"[②]。而一个多世纪之后的里斯在《藻海无边》中则将场景移至西印度，重新赋予英国白人梅森先生与罗切斯特先生完整的叙述声音，展现他们在废奴令实施之前与之后的西印度社会的生存境遇与异化心理，记录西印度社会文化给梅森与罗切斯特所代表的英国白人带来的生活变迁与心理冲击。

来到西印度寻求财富的梅森先生对西印度社会一无所知，他对西印度社会的了解与理解只是停留在英国白人殖民者对西印度殖民地的想象性建构层面。在《藻海无边》中，里斯主要以梅森先生与不同女性的对话形式呈现梅森先生对西印度的想象性世界。这其中以三组对话最为典型：第一组对话发生在年幼的安托瓦内特与梅森先生之间，主要谈论对象为安托瓦内特的姑妈科拉。

　　"为什么她都不帮助你们？"

---

① Bronte C. Jane Eyre: with Related Readings [M]. New York: Glencoe/McGraw-Hill, 2000, p. 256.

② Ibid., p. 255.

我告诉他，她的丈夫是英国人，不喜欢我们。

"胡说！"他说。

"我没有胡说。他们住在英国，如果她给我们写信，他就会生气。因为他憎恨西印度。不久前他死掉之后，姑妈才回到这里，在此之前她又能做什么？她也没有钱。"

"这是她骗人的，我才不信呢。她只是一个轻浮的女人罢了。如果我是你的母亲，我会憎恨她的行为。"

你们全都不了解我们。① 我心里想到。

对科拉姑妈，梅森先生与安托瓦内特各执己见，二人的对话中也充满了各种不和谐的声音。金钱首先是造成这种不和谐对话的隐形因素，若我们把梅森先生"胡说"之后的叙述补充完整，就可以理解为"胡说，英国人不会不喜欢你们，因为你们才是我们的财富源泉"。在此，梅森先生只是从白人殖民者敛取财富的立场出发，将西印度视作为白人财富的集聚地，却忽略了西印度社会黑人为主流群体以及（克里奥尔）白人为少数群体的客观现实，这也就是他最后只能眼睁睁地看着库利布里庄园化为灰烬却无能为力、唯有落荒而逃的根本原因。其次，对科拉姑妈在英国的生活，安托瓦内特与梅森先生产生分歧。通过安托瓦内特的叙述声音，我们能够洞察到科拉姑妈在英国的窘迫生活，克里奥尔白人身份使得她无法被英国殖民社会所接纳，女性身份也使得她无法被男权社会所接纳，最终导致的只有憎恨与贫穷。科拉姑妈的这种窘境尚且能被年幼的安托瓦内特所理解，却无法被成年的梅森所理解。这其中不无讽刺，里斯在此也以这种强烈的对比揭示出

① Rhys J. Wide Sargasso Sea[M]. Harmondsworth: Penguin Books, 1968, p. 26.

英国白人世界的冷漠与残暴。而安托瓦内特的那句未被言说的内心独白"你们全都不了解我们"，一方面揭示出所有克里奥尔白人不可能与英国白人达成共识，另一方面也预示着梅森先生对西印度想象性建构的最终破碎。

第二组对话发生在婚后一年的梅森与安内特之间，当安内特指出她对西印度黑人仇恨克里奥尔白人的担忧，提议离开西印度时，梅森先生说道："他们太懒了，不会造成什么危险。我太清楚了。"①西印度黑人给梅森先生留下的只是懒惰、愚蠢与无能的印象，这种固化的种族偏见是英国白人为了建构起英国民族性而刻意塑造出的印象。在英国白人殖民者的世界里，远离非洲故土的西印度黑人首先就被建构为一个"奇怪的种族"："他们没有任何关于国家的概念，没有种族的自豪感，甚至在黑人群体之间，黑鬼都成为黑人斥责彼此的最恶毒的词汇。"②这样的一个群体也就此被贴上种族低劣、思想原始、智力低下的固定标签。特罗洛普（Anthony Trollope）在其著名的游记作品《西印度与西班牙大陆》（*The West Indies and The Spanish Main*，1859）中就曾记载道："西印度黑人有能力从事最繁重的劳动，但却懒惰至极、毫无抱负⋯⋯几乎不懂什么是工业，对什么是真理或是诚实更是一无所知。"③这种英国白人高贵与黑人卑贱的殖民思想的渗透使得梅森先生不可能对西印度社会现实做出客观的判断，他只能沉溺在自己幼稚的想象性世界中，最后沦为这场殖民矛盾中的又一牺牲者。

---

① Rhys J. Wide Sargasso Sea[M]. Harmondsworth：Penguin Books，1968，p. 28.

② Gikandi S. Maps of Englishness：Writing Identity in the Culture of Colonialism[M]. New York：Columbia University Press，1996，p. 107.

③ Ibid.

第三组对话则发生在梅森先生与姑妈科拉之间。承接第二组对话,梅森先生当着家中黑奴玛拉(Myra)的面,探讨从东印度输入劳工的话题,这引起了姑妈科拉的不满,梅森先生与科拉就此展开争执:

> "如果我是你,我就不会讨论这件事,玛拉在这儿听着呢。"
>
> "但是这里的人都不劳动,他们也不想劳动,看看这个地方,太让人伤心了。"
>
> "心早就伤透了,我以为你早已知道该做什么了。"
>
> "你的意思是——?"
>
> "没什么意思,最明智的办法是别当着那个女人的面说你的计划,这一点极其有必要,我不相信她。"
>
> "你在这里生活了大半辈子,却对这里的人一无所知,太让人惊讶了。他们只是孩子——他们连一个苍蝇都伤害不了。"
>
> "不幸的是,孩子真的会伤害苍蝇。"[①]

在这一组对话中,科拉姑妈的理性与梅森先生的非理性形成了鲜明的对比。科拉对于西印度社会的现实有着清醒的判断,她深知克里奥尔白人的苦难,也了解加勒比黑人的积怨与仇恨。借助科拉理性化的言语,里斯戳穿了白人殖民者梅森先生对西印度社会狭隘的认知以及西印度社会中白人与黑人不可调和的种族矛盾。与科拉姑妈相反,已经被殖民利益与殖民思想固化的梅森先

---

① Rhys J. Wide Sargasso Sea[M]. Harmondsworth: Penguin Books, 1968, p. 30.

生则完全失去了理性的判断能力，一面标榜英国白人"不愿伤害孩子"的善良，一面又带着殖民者残暴的心理，无视庄园制经济带给西印度黑人的灾难，正如评论者布朗(J Dillon Brown)所言："科拉对梅森的驳斥显示出他的无知与自私自利，为了追求单方的商业利益，他忽略了黑奴遭受的长达几个世纪的压迫与剥削。"①因此在库利布里庄园被烧毁之夜，玛拉丢弃了安托瓦内特的弟弟，"她丢下他，逃走了，只留他一个人等死"②，再次验证了梅森先生的无知与愚蠢。通过分别叙述梅森先生与年幼的安托瓦内特、疯癫的安内特以及理性的科拉姑妈这三位边缘女性的对话，里斯成功地逆转话语视角，将幼稚、无知、愚蠢与非理性重新反射回梅森先生的身上，曝光了被殖民利欲熏心与殖民思想固化的英国白人在西印度殖民地社会受到的反噬，揭示出殖民历史与殖民文化对英国白人与西印度黑人造成的共性创伤。

继梅森先生之后，《藻海无边》中出现的第二个英国白人是罗切斯特。该小说的整个第二部分都以罗切斯特的叙述声音与叙述视角讲述他与安托瓦内特的情感纠葛以及他在西印度社会中的心理感知。但值得玩味的一点是，尽管里斯在第二章赋予了这一人物叙述声音，但却未赋予其确切的名字，"罗切斯特"这一名字自始至终都未出现，甚至里斯本人在创作这一人物之际，也只是将其称为"Mr. R"："Mr. R是不是应该改变一下，是否可以叫作拉沃斯(Raworth)先生呢，会不会听起来似乎更像约克郡(Yorkshire)人的名字？"③而在文本中，我们能够得到这一男性人物有效

① Brown J D. Textual Entanglement: Jean Rhys's Critical Discourse[J]. MFS (Modern Fiction Studies), 2010, 56(3), p. 577.

② Rhys J. Wide Sargasso Sea[M]. Harmondsworth: Penguin Books, 1968, p. 34.

③ Wyndham F, Melly D. The Letters of Jean Rhys[M]. New York: Viking Penguin Inc. , 1984, p. 263.

身份的信息首先是通过安托瓦内特获得，即他是她的丈夫；其次是通过他的父亲与兄长获得，他是家中的第二个儿子；最后是通过女仆普尔（Grace Poole）获得，他是一个有钱人，"他爸爸和哥哥死的时候，他还在牙买加，他继承了全部家产，不过在这之前他已经是个有钱人了"①。因此，罗切斯特的主体身份只能依靠与他者的关系来建构，父子关系、夫妻关系以及主仆关系等复杂的关系网建构起了他的身份。倘若将名字视为身份的象征符码，我们就可以说与安托瓦内特一样，深陷英殖民文化与西印度社会文化间的罗切斯特同样遭受到了由双重文化而导致的心理异化——既无法找寻到自己的身份，亦无法实现自己的身份认同。

　　与梅森先生到西印度一出场就成为新郎的喜庆叙述不同，罗切斯特的出场却带着无限的落寞与凄凉："所以这一切都结束了，前进与后退，怀疑与犹豫，这一切都结束了，无论好坏。"②对罗切斯特而言，尚未开始的叙述业已结束，这种心理异化感贯穿罗切斯特叙述的始终，成为其叙述的基调。初到西印度的罗切斯特首先就遭受到了西印度异域风景的冲击："我疲惫地跟在她的后面，心里觉得这里的一切都太过浓烈了，太多的蓝色，太多的紫色，太多的绿色。花太红了，大山太高了，小山又太近了。而这个女人对我而言就是一个陌生人，她那副楚楚可怜的样子让我心烦。不是我买了她，而是她买了我，或者她也是这样想的"③。罗切斯特无法适应西印度社会，甚至无法接受西印度的异域风景，此处的景物描写与由此而导致的感官变化都成为展现罗切斯特失去其殖民权力的话语场，成为其被"俘虏"的心理枷锁，而遵从父

---

　　① Rhys J. Wide Sargasso Sea[M]. Harmondsworth: Penguin Books, 1968, p. 145.

　　② Ibid. , p. 55.

　　③ Ibid. , p. 59.

命的婚姻交易又使得他失去了男性尊严，只能成为西印度社会与父权社会的奴隶。除了无法接受西印度浓烈的异域风景之外，罗切斯特亦无法接受西印度混杂的克里奥尔方言。在与安托瓦内特前往山庄度蜜月的途中，罗切斯特叙述道："两个女人站在草棚门口指手画脚，她们说的不是英语，而是这个岛上使用的粗劣的法语。雨水开始流进我的脖子里，令我的苦恼与抑郁又增加了几分。"①看到被视为英帝国民族性文化象征与"体现帝国文化思想与价值理念"的英语在西印度却受到了挑战②，这极大地损伤了罗切斯特作为英国白人的民族自豪感，致使其心理异化感再次加重。

当然，每当罗切斯特在西印度社会遭受到冲击，他都会下意识地寻找一种自我保护，三次给父亲写信就成为其中一个最重要的心理保护机制。面对克里奥尔语言增加的苦恼与抑郁，罗切斯特的即刻反应就是"我想到了那封一周前就应该寄到英国的信，'亲爱的父亲……'"③想要通过写信继续捍卫英语的强大效力；来到异国他乡，感到自己被奴役时，罗切斯特第二次提及给父亲的信件："亲爱的父亲，我已经无条件地拿到了那 30000 英镑……所以我现在已经有了足够的（经济）能力，我再也不会给你或是你最爱的儿子、我的哥哥丢脸了，再不会给你们写信要钱了，再不会有那些卑贱的请求了，再也不会做出只有小儿子才会干的那些卑鄙的勾当了……"④借助已经被自己占有且能为自己操纵的财产，罗切斯特才能言说长子继承权（primogeniture）带给他的心理

---

① Rhys J. Wide Sargasso Sea[M]. Harmondsworth：Penguin Books，1968，pp. 56—57.

② Ashcroft B. Caliban's Voice：The Transformation of English in Post-Colonial Literatures[M]. London and New York：Routledge，2009，p. 3.

③ Rhys J. Wide Sargasso Sea[M]. Harmondsworth：Penguin Books，1968，p. 57.

④ Ibid.，p. 59.

创伤①，寻回作为次子的尊严，获得这场婚姻交易中被奴役的心理慰藉。罗切斯特第三次给父亲写信的地点发生在梅森先生的房间。代表英国文明的物品，即一块英式地毯、一张放着笔墨的写字桌，让罗切斯特寻找到了暂时的安全感，将这个房间视为自己的"避难所"②，而一个简陋的书架以及陈列于书架上的书籍又很快驱散了他的安全感："一个用三块木瓦板粘在一起搭成的书架放在桌子上面，我看了看，有拜伦的诗集、沃尔特·司各特（Sir Walter Scott）的小说、《一个瘾君子的自白》（*Confessions of an Opium Eater*）、一些破烂泛黄的书卷，最后一层架子上还有一本《……的生平与信札》（*Life and Letters of …*），标题前面的字已经被磨损掉了"③。在这些书籍中，昆西（Thomas De Quincey）的《一个英国瘾君子的自白》（*Confessions of an English Opium Eater*，1821）中的"英国"（English）已经悄然消失，而《……的生平与信札》的书名也已经不再完整，在英国被奉为经典、被视作英国民族性构建要素的文学作品在西印度却变得残缺不堪，甚至都无法辨析其完整的书名。这些破烂的书籍与残缺的书名投射出的正是罗切斯特在西印度无法找到自己的殖民权威以及遭受西印度异域社会文化冲击后的碎片化的心理。紧随其后，罗切斯特写下了给父亲的第三封信："亲爱的父亲，一连几天的折腾后，我们终于从牙买加来到这里。这是位于温德华群岛处的一个小庄园，也是家庭财产中的一部分。安托瓦内特对它很有感情，总希

---

① 长子继承权法令只允许家庭里的第一个儿子继承土地、房屋等家庭不动产，其余儿子只能另谋出路。这一法令最初是为了英国贵族制得以延续而制定，但也引发了家庭中父子与兄弟的矛盾。

② Rhys J. Wide Sargasso Sea［M］. Harmondsworth：Penguin Books，1968，p. 63.

③ Ibid. ，p. 63.

望能快点到达这里。一切都按您的计划与愿望顺利地进行……"①
虽然充满挫败感的罗切斯特意图以再次占有财产的方式重新找回
英国白人殖民者建构的权威感，以再次控制财产的方式填补长子
继承权留给他的心理创伤，但那些信件却从未寄出去，只能成为
尘封的痛苦记忆。"我不知道这里的人是怎样寄信的，只好把信
收起来，放进书桌的抽屉。至于头脑里那些混乱的印象，我永远
都不会写下来，只剩那些无法填满的空白"②。罗切斯特最终仍然
和梅森先生一样，无法逃脱西印度社会文化的反向影响。

　　《藻海无边》中对罗切斯特影响最大的人是黑人女性克里斯蒂
芬。初次见面，罗切斯特就感受到了克里斯蒂芬的敌意："她平
静地望着我，眼神中看不出任何的赞同。我们对视了一下，但我
先把目光挪开了，而她却暗自微笑了一下……"③正如沃霍尔
(Robyn Warhol)所指出的那样，"注视"这一行为本身就具有"权
力的内涵"④。在这场以罗切斯特代表的男性白人殖民者与克里斯
蒂芬代表的女性黑人被殖民者之间的对视中，男性凝视女性、殖
民者凝视被殖民者的权力关系已经被逆转，罗切斯特成了被看的
一方，而"挪开目光"的行为也已经被涂上了女性化的色彩。因
此，在这场无声的"注视"的较量中，罗切斯特的权威感受到了挑
战。从一开始，他就已经失去其殖民者与男性的话语权力，陷入
被女性化的尴尬处境。接下来，罗切斯特一步步地走入完全失去
其殖民者与男性话语权力的境地。安托瓦内特疯癫之后，罗切斯

　　① Rhys J. Wide Sargasso Sea[M]. Harmondsworth: Penguin Books, 1968, p. 63.
　　② Ibid., p. 64.
　　③ Ibid., p. 61.
　　④ Mezei K. Ambiguous Discourse: Feminist Narratology and British Women Writers[C]. Chapel Hill: The University of North Carolina Press, 1996, p. 33.

特决定带她返回英国。在此之前，克里斯蒂芬与罗切斯特有一次长谈。在谈话中，克里斯蒂芬一方面愤怒地揭穿了罗切斯特夺取钱财的婚姻目的，谴责罗切斯特的卑劣行为，另一方面亦厘清了安托瓦内特的家族矛盾，解释了安托瓦内特母亲疯癫的原因。克里斯蒂芬的言辞句句指向罗切斯特的贪婪与愚蠢，而罗切斯特在听到这一切之后的一系列反应与心理活动却是："我回头看着她，她的脸上像罩着层面具，但是眼睛里却毫不畏惧。她是一个勇士，我不得不承认"①。评论者厄文（Lee Erwin）指出《藻海无边》中的混杂叙述使得"白皮肤的黑人"（white nigger）与"黑皮肤的白人"（black Englishman）这两个具有种族与民族之分的术语发生了"互换"②，因此我们可以将此刻罗切斯特与克里斯蒂芬的反应视为一种身份的互换，克里斯蒂芬的理性与勇敢使得她成为黑皮肤的白人，而罗切斯特的愚蠢与懦弱则将其转变为白皮肤的黑人，在罗切斯特与克里斯蒂芬的对话中，二人的身份已经发生互换。于是，失去其自我身份的罗切斯特企图再次以写信这一行为找回自己的文化身份，"你可以给她写信"，得到的回复却是"我不认识字，也不会写字，但其他的事情我都懂"③。

克里斯蒂芬提到的"其他的事情"指的就是她精通的奥比巫术（Obeah）。"奥比"一词起源于非洲西部阿善堤地区（Ashanti）的部落术语"Obayifo"或"obeye"，分别指涉该部落的男巫、女巫或是

---

① Rhys J. Wide Sargasso Sea[M]. Harmondsworth：Penguin Books，1968，p. 133.

② Erwin L. "Like in a Looking-Glass"：History and Narrative in Wide Sargasso Sea[J]. Novel：A Forum on Fiction，1989，22(2)，p. 144.

③ Rhys J. Wide Sargasso Sea[M]. Harmondsworth：Penguin Books，1968，p. 133.

暗藏巫术的精灵[①]。在 17 世纪，由于非洲西海岸的大批黑奴被运送到西印度，这一民俗文化形式就此生根于巴哈马、安提瓜、巴巴多斯以及牙买加等地，经过重新适应与调整，成为克里奥尔文化形式的重要组成部分。西印度奥比巫术主要有两种形式：一是施咒语，可以是行善的咒语（譬如祈福、庇佑），亦可以是施恶的咒语（譬如诅咒敌人等）。二是将草木与动物视为治愈疾病之用，大自然界的植物与动物都被赋予超自然的功效。因此，奥比巫术不仅能够为抵达西印度的黑奴提供身体与心理的双重治愈功能，更是维护西印度黑奴内部稳定的重要方式，"是防止、侦察以及惩罚黑奴犯罪的正义体系的一部分"[②]。然而，这一文化形式却极大地影响了白人庄园主的生活，对英国殖民统治造成潜在的威胁。于是在 1787 年，英国政府明令："任何假装自己具有超自然力量的奴隶，一旦有危及他人健康或生活或有蓄意反叛之目的，重者以死刑论处，轻者交由法庭审判"[③]。这也就是恐惧无助的罗切斯特最后只能拿出地方法官弗雷泽（Mr. Fraser）的回信威胁克里斯蒂芬的原因所在。

精通奥比巫术的克里斯蒂芬始终将这一民俗文化形式视为反击罗切斯特的工具。克里斯蒂芬不仅使得罗切斯特对她产生莫名的恐惧感，更让他成为奥比巫术的"受害者"。为了挽回罗切斯特

---

① Olmos M F, Paravisini G L. Creole Religions of the Caribbean: An Introduction from Vodou and Santeria to Obeah and Espiritismo[M]. New York and London: New York UP, 2003, p. 131.

② Patterson O. The Sociology of Slavery: An Analysis of the Origins, Development and Structure of Negro Slave Society in Jamaica[M]. London: Macgibon and Kee, 1967, p. 190.

③ Olmos M F, Paravisini G L. Creole Religions of the Caribbean: An Introduction from Vodou and Santeria to Obeah and Espiritismo[M]. New York and London: New York UP, 2003, p. 132.

对自己的爱,安托瓦内特乞求克里斯蒂芬的帮助,克里斯蒂芬以巫术调制的迷魂剂(催情剂)最终亦使得罗切斯特痛苦不堪:"梦见自己被活埋的我在黑暗中被惊醒了。醒来后,我却感到无法呼吸……我觉得很冷,身体如尸体般的冰冷,浑身疼痛……我想自己是中毒了"[1]。此时的罗切斯特在奥比巫术的影响下已经成为"一个失去灵魂的僵尸",任由安托瓦内特操控。"僵尸"(zombie)在非洲与西印度巫术文化中又常被视作"奴隶的象征,指涉被剥夺了意志、被迫为主人劳动的奴隶"[2]。因此,克里斯蒂芬实际上是利用巫术逆转了白人奴隶主与黑人奴隶的建构关系,使得罗切斯特成为失去灵魂与自我的活死人,重新体验白人殖民者(奴隶主)带给黑人被殖民者(奴隶)的身体苦痛与心理折磨。然而,相继被逆转为女性、被殖民者与黑人奴隶的罗切斯特终究还是未能逃离克里斯蒂芬奥比巫术的诅咒,当克里斯蒂芬谴责罗切斯特"像撒旦一样邪恶"时,罗切斯特辩解道:"你以为我想要这一切吗……我宁愿失去眼睛也不想再看到这个让人厌恶的地方。"[3]如他所愿,罗切斯特最终还是应验了克里斯蒂芬奥比巫术的效力,以失明为代价偿还了自己曾在西印度撒旦式的邪恶罪行。

里斯对罗切斯特的叙述与对其他作品中白人男性人物的叙述形成了极大的反差。无论是《黑暗中的航行》中的沃尔特先生抑或是《四重奏》中的海德勒先生,他们都是有名有姓的,是手握殖民权力与父权权力,并能主宰女性人物安娜与玛利亚命运的叙事主体,而《藻海无边》中的罗切斯特却是一个复杂的人物:"罗切斯

---

① Rhys J. Wide Sargasso Sea[M]. Harmondsworth: Penguin Books, 1968, p. 113.

② Smith D, Tagirova T, Engman S. Critical Perspectives on Caribbean Literature and Culture[C]. Newcastle: Cambridge Scholars Publishing, 2010, p. 55.

③ Rhys J. Wide Sargasso Sea[M]. Harmondsworth: Penguin Books, 1968, p. 132.

特是里斯笔下最复杂、描述最充分的一个男性人物"①，他与安托瓦内特一样，都是"被遗弃的孩子，在异国他乡，都害怕孤独，也害怕受到伤害"②，这种害怕并非个人因素使然，而是社会历史因素使然。正如安托瓦内特所言："任何事情永远都有另一面。"③倘若说里斯赋予安托瓦内特与安内特言说的能力是要折射出殖民历史与父权社会对克里奥尔女性的影响，那么，她赋予罗切斯特与梅森先生发声的机会则是要折射出西印度社会变迁与加勒比非裔黑人文化传统对英国白人的影响，从英国性内部撕裂加勒比地区欧洲裔白人的虚假殖民面具，揭开加勒比地区英国白人以及欧洲裔白人异化心理的社会历史原因，展现民族、种族与性别的文化建构性，形成另一曲关于白皮肤、黑面具的低声吟唱。尽管里斯的克里奥尔白人身份使得《藻海无边》中的安托瓦内特与罗切斯特都能够发声，但克里斯蒂芬与蒂亚这样的黑人女性的声音却被次要化，即便她们的叙述中充满了愤怒的力量，也只能通过英国白人或是克里奥尔白人的视角传递，而半个世纪之后的金凯德则重新赋予加勒比黑人女性完整的视角与声音，书写加勒比黑人女性的生存世界，诉说加勒比黑人女性的殖民历史记忆。

第三节　加勒比非裔黑人的仇恨

欧洲殖民历史使得加勒比非裔黑人远离非洲故土，而长期的

① Staley T F. Jean Rhys：A Critical Study[M]. London and Basingstoke：The Macmillan Press Ltd，1979，p. 100.

② Angier C. Jean Rhys：Life and Work[M]. London：Andre Deutsch，1990，p. 100.

③ Rhys J. Wide Sargasso Sea[M]. Harmondsworth：Penguin Books，1968，p. 106.

英殖民教育又使得加勒比非裔黑人遭受英殖民文化的重新塑形。在金凯德看来，这一文化塑形就是一场无声的战争：

> 我不知道"画一张英国地图"的感觉竟然要比宣布一场战争的感觉更为糟糕，因为一场直接宣战的战争至少能让我有所警觉。事实上，也没必要将这一切变为战争，我早已经是溃败者了，只是我不曾想到这也是一个让我消亡的过程，不仅是身体的消亡，是所有一切的消亡。我也不曾想到每当我听到"英国"这一词语时，我会感觉如此的害怕与渺小，害怕是因为它的权力，渺小是因为我不是英国人。①

金凯德在此揭示出的文化塑形"战争"凸显的正是英殖民文化教育带给加勒比黑人"黑皮肤、白面具"的普遍性的心理创伤。自西印度受到英国殖民统治之后，西印度社会全盘被吸纳至英国殖民教育体系中，布莱斯维特指出：

> 我们的教育体系确实认可并且维护的是那些征服者的语言——庄园主的语言、殖民官员的语言、英国圣公会牧师的语言。英属加勒比地区的教育体系不仅仅是要求说英语，而且也承载了英语文化遗产的轮廓，所以这就不难理解为何为欧洲人所熟悉、为英国人所至爱、与加勒比地区的环境与现实真的是毫无关系的英国文学与文学形式及其楷模莎士比亚、乔治·爱略特、简·奥斯汀等人能够长期主宰加勒比教

---

① Kincaid J. On Seeing England for the First Time[J]. Transition，1991(51)，p. 34.

育体系。①

因此，这就是为什么西印度孩子从未见过水仙花，却能够背诵《咏水仙》；从未见过雪，却在写"雪花落在甘蔗地里"的句子②。克里夫在《阿本》中愤怒地指责道："成千上万的西印度孩子能够背诵《咏水仙》，却从未真正见过水仙花，所以他们永远都无法理解为何诗人会那般陶醉。"③而金凯德亦在《露西》中愤怒地控诉道："你能了解一个从 10 岁就在用心地背诵一首关于水仙花的长诗，却直到 19 岁才第一次见到这种花的人的痛苦吗?"④这种由殖民教育而滋生的文化错位感形成了西印度社会的"水仙花豁口"(daffodil gap)文化特征⑤，即殖民体验或是殖民文本与殖民地社会现实之间存在的不可逾越的鸿沟。而不断地揭示这种文化鸿沟背后的意识形态建构、控诉殖民主义历史与殖民文化带给后殖民时代加勒比黑人女性"黑皮肤、白面具"的灾难性影响就成为金凯德作品的主旨，"言说殖民主义对主体，特别是女性主体与后殖民主体的影响是金凯德作品的核心"。⑥ 这种叙述主旨从金凯德的第一部作品《在河底》开始就业已成形。

《在河底》是金凯德的第一部短篇作品集，由《女孩》《夜晚》

---

① Fiedler L A. English Literature: Opening Up the Canon[C]. Baltimore: John Hopkins UP, 1981, pp. 18—19.

② Raiskin J L. Snow on the Cane fields: Women's Writings and Creole Subjectivity [M]. Minneapolis: University of Minnesoda Press, 1996, p. 9.

③ Cliff M. Abeng: A Novel[M]. Trumansburg: Crossing Press, 1984, p. 85.

④ Kincaid J. Lucy[M]. New York: Farrar, Straus and Giroux, 1990, p. 30.

⑤ Burrows V. Whiteness and Trauma: The Mother-Daughter Knot in the Fiction of Jean Rhys, Jamaica Kincaid and Toni Morrison[M]. New York: Palgrave Macmillan, 2004, p. 73.

⑥ Covi G. Jamaica Kincaid's Prismatic Subjects: Making Sense of Being in the World[M]. London: Mango Publishing, 2003, pp. 29—30.

《黑暗》《我的母亲》等 10 篇独立的小短文构成，文本中梦境与现实、真实与虚幻交织的碎片化叙述使得评论者常将其视为金凯德所有作品中"最难被理解"的一部作品①。而金凯德通过母女关系折射殖民文化对加勒比黑人女性影响的书写范式也是从这部作品开始，是其母女关系书写主题的缩影。第一篇作品的《女孩》(*Girl*)仅有 650 字，全文以单句结构构成，描述了一个严厉的母亲教导女儿如何才能成为一个得体、知礼仪的女性，如何才能相夫教子，如何才能避免误入娼妓的歧途。"必须""不要"等命令性的语句贯穿全文：

> 星期一洗白色的衣服，把衣服晾在石头堆上面；星期二洗有颜色的衣服，晾在衣服绳子上……星期天必须像一个优雅女士那样走路，不要像娼妓那样总弯着腰；不要和码头上那些不务正业的男孩子说话……这才是正确的缝纽扣的方法，这才是折起裙边的正确做法，把你的裙边折起来才能避免自己像一个娼妓那样生活……这是熨烫你父亲的卡其衬衣的正确做法，这样熨烫衣服才不会有油渍……这是打扫角落的正确方法，这是打扫整个房子的正确方法……这是对你不太喜欢的人的正确的微笑方式，这是对你喜欢的人的正确的微笑方式……②

在母亲的教导中，除了"必须""不要"等命令性的字眼之外，"娼妓"一词亦频繁出现，这一词语是白人殖民者"赐予"西印度黑

---

① Simmons D. Jamaica Kincaid［M］. New York：Twayne Publishers，1994，p. 73.

② Kincaid J. At the Bottom of the River［M］. New York：Farrar，Straus and Giroux，1983，pp. 3—4.

人女性的固定标签，粗俗、道德沦丧成为殖民者眼中西印度黑人女性的主要性别特征，"她们是极其容易走向道德沦丧的一个人种"[1]，而"引诱那些新来的白人或是引诱那些毫无经验的白人"也被视为西印度黑人女性生活的"主要目标"[2]，这就与维多利亚时代被视为"屋子里的天使"的纯洁、忠贞的白人女性形象形成极大的反差。因此，已经遭受过这样的殖民心理伤害的母亲，为了防止女儿再次遭受同样的殖民伤害，才会不厌其烦地重复告知这些生活禁忌，才会以维多利亚女性准则严格要求自己女儿的行为举止："这是你不认识的男性在场时应该有的行为举止，只有这样做，他们才不至于立即将你看作娼妓；每天必须洗澡，即使那只是你的体液。不要蹲下玩弹珠，你要知道自己并不是一个男孩子"[3]。母亲的女性"知识"折射出的正是殖民历史与父权社会对西印度黑人女性的文化建构，这种文化建构业已影响了母亲所代表的第一代西印度黑人女性，也正在对女儿所代表的第二代西印度黑人女性产生影响。

虽然《女孩》中的母亲与《安妮·约翰》《露西》抑或是《我的弟弟》中的母亲都具有相通之处，即她们是殖民文化的承载者，也是殖民文化的受害者，但相比于《安妮·约翰》《露西》抑或是《我的弟弟》中的女儿对母亲殖民内化思想的直接反叛与仇恨，《女孩》中的女儿则更多的是沉默与遵从。金凯德本人也承认《在河底》这部作品太过温和，并未充分表达出西印度黑人女性应该表达的愤怒与愤恨，"《在河底》是一部温和的、得体的、文明的作

---

①　O'Callaghan E. Women Writing the West Indies, 1804—1939[M]. London and NewYork: Routledge, 2004, p. 48.

②　Ibid.

③　Kincaid J. At the Bottom of the River[M]. New York: Farrar, Straus and Giroux, 1983, pp. 4—5.

品，展现出的正是英国人想要塑造的文明人的形象。我现在很惊讶自己为何当时要那样写。我以后永远都不会像那样写作，我可能还会再写童年，但对这种表达方式我再也不感兴趣了"①。尽管《女孩》全篇充斥的都是母亲训导的声音，但我们还是能在两个地方捕捉到女儿的声音。一处是当母亲要求女儿"不要在星期天的主日学校唱 benna"时，女儿才回答道"我星期天没有唱过 benna，更不要说在主日学校唱了"②；另一处是当母亲警告女儿"买面包时必须捏一捏，才能知道面包是否新鲜"时，女儿却质疑道"如果面包师不让我捏怎么办?"③倘若仔细阅读，可以发现只有在母亲否定安提瓜本土文化与生活形式的时候，女儿才会进行质疑与驳斥。benna 是卡利普索音乐(Calypso)中的一种曲风④，这种音乐形式最初源于 19 世纪特立尼达(Trinidad)庄园经济时代，来自西非的西印度黑奴表面上以这种音乐形式歌颂奴隶主，实则是在嬉笑怒骂中讽刺挖苦奴隶主。久而久之，"颠覆性的反讽、对于滑稽逸闻的夸张、颠覆种族定式，甚至使政治话题产生戏剧效果"便成为这种音乐形式的主要特点⑤。因此，当母亲要求女儿在星期天应该接受西方基督教义，放弃西印度黑人独有的文化表达形

① Nasta S. Motherlands: Black Women's Writing from Africa, the Caribbean and South Asia[C]. London: The Women's Press, 1991, p. 219.

② Kincaid J. At the Bottom of the River[M]. New York: Farrar, Straus and Giroux, 1983, pp. 3—4.

③ Ibid., p. 5.

④ 卡利普索音乐(Calypso)是源于特立尼达的一种音乐形式。音乐节奏快速，常以吉他、竹子或是具有不同音高的油桶等打击乐器为伴奏，将喜剧、笑声、饶舌等多种艺术表现形式融为一体。最初是为了嘲讽当地奴隶主的种种行为，展现黑人奴隶以苦为乐的狂欢化心理，后演变为一种即兴讽刺的音乐形式。参见 Smith D, Tagirova T, Engman S. Critical Perspectives on Caribbean Literature and Culture[C]. Newcastle: Cambridge Scholars Publishing, 2010, pp. 67—87.

⑤ Nasta S. Home Truths: Fictions of South Asian Diaspora in Britain[M]. New York: Palgrave, 2002, p. 78.

式时，女儿才第一次发声。而母亲"捏面包判断面包新鲜程度"的教导显然与奥比巫术强调的万物的自然性与神性相背离，这才激起了女儿的质疑与反驳。如果说罗切斯特所代表的白人殖民者只是将奥比巫术视为一种邪恶、诡异的文化的话，《女孩》中女儿所代表的西印度黑人女性则是将奥比巫术或卡利普索音乐视为西印度人的精神支柱，是西印度人生活中不容侵犯亦不可或缺的一部分。金凯德在采访中对奥比巫术这一文化形式给出了详细的阐释：

> 我对它非常感兴趣，它也是我日常生活中的一部分。我会在内衣底下戴一个黑色的小香囊，会泡那种特殊的澡，这已经是我长久以来的一种生活方式。晚上，我会将自己的尿液收集到一个小陶罐里。第二天早晨，我的母亲会用它来给我洗脚。然后，她又会把我的尿液与他们自己的尿液倒在一个瓷器罐里来泡脚（实际上并不是瓷器，只是叫作瓷器罐子）。泡完脚后，她会绕着房子走一圈，将尿液撒到台阶和房子周围。当然，有时候房子周围也会有一些刚挖出来的鲜泥巴，我们会埋一个瓶子在里面。这就是我真实生活中的一部分，它不仅寄居在我的记忆中，也扎根在我的无意识之中，所以我作品中的奥比巫术就是我生活中的奥比巫术，它一直都会存在。①

就像金凯德所言，这种崇尚自然灵气、将自然与神灵融为一体的奥比巫术已经寄居于加勒比非裔黑人的无意识中，成为他们

① Cudjoe S R. Jamaica Kincaid and the Modernist Project: An Interview [J]. Callaloo, 1989, 39(12), p.408.

文化身份的象征，也正是依托于西印度黑人自己的文化力量，《女孩》中的女儿才得以发声。借助母女之间的日常生活叙述，金凯德一方面揭示出殖民历史与殖民文化对于加勒比黑人女性家庭生活的影响，另一方面也暗示出被克里奥尔化的非裔文化在加勒比黑人生活中的重要性，强调其对抗殖民主义与殖民文化的反作用效力。除去聚焦英殖民文化对西印度家庭领域的影响，金凯德又将这一影响扩展至自然界，通过叙述花园里的植物展现殖民历史对加勒比社会的深远影响。

1999 年，金凯德出版了《我的花园》(My Garden)这部作品集，不同于之前所有作品中的母女关系叙述，这部作品重点描述的却是花园里的植物，细至如何买花种、如何培植花朵等一系列程序，以至于有评论者将其视为一部有益的园艺指南，是"关于种植与照料花园的经典指南，是关于园艺乐趣、植物目录以及植物学原理的探讨"①。实际上，除了园艺这一植物学概念之外，金凯德笔下的花园也同样成为殖民历史与殖民文化的见证。在开篇处，第一人称叙述者"我"详细地介绍了自己花园里"被移植"来的各种植物，并赋予花园新的寓意：

　　我又开始准备种植我的花园了，如果没记错的话，那时我恰巧在读一本关于墨西哥或者新西班牙被征服的历史书（作者是历史学家威廉姆·普利斯哥特）②，我也认识了被命名为万寿菊、大丽菊与百日菊等花朵的名字。自此之后，花园对我而言就不再是我以前所有的那个概念了，而是意味着

① Paravisini G L. Jamaica Kincaid: A Critical Companion[M]. Westport: Greenwood Press, 1999, p. 45.
② 新西班牙的核心区域为墨西哥南部、巴拿马以北的中美洲，加勒比海曾经的西班牙属岛屿(譬如古巴、波多黎各、圣多明各、巴巴多斯等)都属于这一区域范围。

其他一些东西。①

　　万寿菊、大丽菊与百日菊这些曾经生长于墨西哥地区的花朵被殖民者重新命名、重新移植他处,失去了自己本该有的名字,失去了自己原有的根基。这种植物的被命名、被移植历史就与加勒比地区被殖民者重新命名的殖民历史有着相同的属性,命名就意味着占有与征服。1827 年,索塞(Thomas Southey)在《西印度编年史》(*Chronological History of the West Indies*)中记录了西印度地区各个岛屿被殖民者重新命名的历史:"西印度不同的岛屿被赋予同样的名字或者相同的岛屿却有着不同的名字,这都容易产生诸多混淆。为此,现将曾经叫作 Barbata 的岛屿分别改名为巴巴多斯岛(Barbadoes)、巴布多岛(Barbudo)与圣茨岛(the Saints);将哥伦布起名的 Isla Larga St. Fernandina 赐名于古巴,尽管哥伦布之前将这一岛屿命名为 Juana……"②因此,在金凯德看来,花园已经不再是植物与自然审美的融合,而是包含殖民征服与被征服的权力关系场域,这也就是文中的第一叙述者所言的"花园对我也意味着其他一些东西"的具体内涵,花园也就此成为时刻触碰加勒比人殖民创伤记忆的象征,"这个植物花园强迫我认识到曾经征服我的人有多么强大,他们将我带到他们才能拥有的植物世界"③。

　　正如花园里的花草终有衰败之日,欧洲殖民的辉煌也终将结

---

　　① Kincaid J. My Garden [M]. New York: Farrar, Straus and Giroux, 1999, p. 6.

　　② Soto-Crespo R E, Kincaid J. Death and the Diaspora Writer: Hybridity and Mourning in the Work of Jamaica Kincaid[J]. Contemporary Literature, 2002, 43(2), p. 349.

　　③ Kincaid J. My Garden [M]. New York: Farrar, Straus and Giroux, 1999, p. 120.

束。因此，金凯德笔下的花园有着双重指涉，它一方面是英国殖民历史记忆的见证，是英帝国辉煌历史的见证，另一方面也是英帝国衰败的见证。《我的花园》中的第一人称叙述者"我"这样叙述后殖民时代的英国："我去过这样一个国家，它的居民（他们将自己称为主体，而非公民）不知道该如何生活在当下，更不可能憧憬未来的生活，他们只能生活在过去，因为那是一个有着胜利成果的过去。"①于是，在叙述者"我"的眼中，埋葬种花人的花园就是埋葬英帝国的坟墓，"一个花园会与它的主人一起死亡，一个花园会随着主人的死亡而死亡"。② 花园的死亡就是英帝国时代的死亡。除去这种文化投射，金凯德将花园与死亡联系在一起的叙述方式也映射出加勒比非裔黑人曾经的苦难历史。社会学家托姆（Jas A Thome）与金博尔（J Horace Kimball）指出 19 世纪安提瓜的黑奴家庭每家每户"都会有一个小花园"，他们会种一些自己喜欢的植物，甚至是"有毒的或是苦的木薯"③，主要用来对付残暴的白人庄园主，这也是最初奥比巫术赋予植物某种魔力的原因所在。1834 年，一位名叫刘易斯（Matthew Gregory Lewis）的西印度庄园主也曾经在其回忆录里叙述了奴隶利用花园里的有毒植物对抗庄园主的细节：

> 那些黑鬼使用的其中一种毒药（也是他们最常用的）就是取材于木薯根，挤出它的汁，静待其发酵，一种蠕虫就会从中诞生。这种东西一旦进入腹腔内，就会产生致命的伤害。

---

① Kincaid J. My Garden [M]. New York: Farrar, Straus and Giroux, 1999, pp. 111—112.

② Ibid., p. 129.

③ Soto-Crespo R E, Kincaid J. Death and the Diaspora Writer: Hybridity and Mourning in the Work of Jamaica Kincaid[J]. Contemporary Literature, 2002, 43(2), p. 357.

黑鬼会把这种蠕虫藏于拇指指甲下面，让其不断长大。然后他们会竭力邀请他们想要蓄意谋害的受害人一起吃饭，乘递盘子或杯子的时机，抖落蠕虫，吃下这种虫子的人必死无疑。另外一种具有毒害性的植物几乎在每一个黑奴的花园里都能找到，那就是一种有毒的豆子，这种豆子不会用作食物也不会当作观赏植物。当被质问时，那些黑鬼从不会说出他们要种这些豆子的目的。①

虽然刘易斯的叙述是从白人庄园主的角度出发，但却能够体现出西印度社会白人庄园主与黑人奴隶之间的尖锐矛盾，也再次从侧面印证了花园对西印度黑人的重要性。对于西印度黑人而言，花园里的植物不再是观赏性或食用性的植物，而是成为他们抵制英国殖民统治、发泄民族与种族仇恨的替代物。

本章借助里斯的克里奥尔白人女性与金凯德加勒比非裔女性交叉互补的叙述视角，通过探究里斯作品中加勒比社会文化对英国白人殖民者的影响以及金凯德作品中英国殖民文化思想对当代加勒比非裔女性家庭生活与思维方式的影响，展现加勒比社会文化语境中英殖民文化与加勒比黑人民族文化之间的双向性而非单向性影响，凸显加勒比克里奥尔文化中各种文化互相交织、互相影响的具象化杂糅特征。长期以来，"杂糅"这一概念被广泛地运用于后殖民文学文化研究，成为后殖民文学文化研究中的常识性术语。但后殖民批评中的杂糅概念却更多被视为一种反抗殖民霸权的策略战术，是"通过歧视性身份效果的重复来重新评估殖民

---

① Soto-Crespo R E, Kincaid J. Death and the Diaspora Writer: Hybridity and Mourning in the Work of Jamaica Kincaid[J]. Contemporary Literature, 2002, 43(2), pp. 357—358.

身份"①，是被殖民者通过模拟的、有差异的重复手段逆转殖民者
主导话语的策略。归根结底，这一抽象化的混杂与杂糅终究是一
场殖民与反殖民文化范围之内的较量，而殖民主导话语永远是反
殖民话语的杂糅策略要对付的核心，民族、性别等问题在殖民话
语与反殖民话语的框架之内一概都被次要化——"殖民文化之外
的一切事情都只能是含糊其词"②。作为后殖民文学发生的重要区
域，加勒比克里奥尔文化也常被简单地贴上后殖民混杂、杂糅等
抽象化的文化标识，这种笼统化的描述可能会忽视加勒比克里奥
尔文化独特的社会历史语境，也会忽略加勒比克里奥尔文化模式
中不同文化间的交织与对话属性，以及加勒比克里奥尔文化模式
在殖民文化之内又在殖民文化之外的各种民族文化间的跨文化融
合特征。因此，本章回归加勒比地区具体的殖民历史语境，探究
里斯与金凯德作品中英殖民文化与加勒比黑人文化间的双向性影
响，这既是对加勒比克里奥尔文化跨文化的文化属性的一种具象
化展现，又是对后殖民混杂与杂糅文化现象的一种修正性阐释。

---

① Bhabha H K. The Location of Culture [M]. London: Routeledge, 1994, p. 159.

② Loomba A. Colonialism/Postcolonialism [M]. London and New York: Routledge, 1998, pp. 179-180.

结　语

　　后殖民文学的优势在于从文化位移的晚期体验重新阐释、重新书写"旧"殖民意识的形式与效果。

——［印］霍米·巴巴

　　修正就是一种回顾的行为，是以新的眼光、新的批评角度审视旧文本的行为。

——［美］艾德丽安·里奇

作为欧洲殖民的重灾区，加勒比地区遭受了全球最为严重的欧洲殖民主义。从 1492 年哥伦布发现新世界至 20 世纪 60 年代加勒比各个岛屿分别获得独立，近 5 个世纪的欧洲殖民统治使得加勒比人丧失自己的文化源头，无从追寻自己的文化身份，遭受强烈的心理异化感与文化错位感，这是加勒比人刻骨铭心的殖民历史记忆。但是，欧洲殖民历史造就的多元民族、种族共存的社会现实以及各种文化互相交织的克里奥尔文化体系形成了加勒比地区独特的杂糅文化地貌。作为记录、展现该地区历史与文化地貌的加勒比文学，也因此受到越来越多的关注①。然而，加勒比文学蕴含的加勒比社会独特的殖民历史结构以及多元化的文学与文化关系却常被淹没于整齐划一的后殖民理论体系中，"我们的文学(加勒比文学)被那些将所有的后殖民文学整齐划一的文学理论所挪用"②。忽略加勒比具体的历史文化语境，一味地强调加勒比文学反帝反殖民的后殖民书写任务，仅以普遍的殖民与反殖民意识形态对抗关系辨析西方文学与加勒比文学之间的文学文化关系，不仅会掩盖加勒比社会中存在的多元文化关系，模糊加勒比文学中民族、种族与性别等多种元素的交织关系，更无法展现西方文学与加勒比文学之间在文学与文化层面的对话关系，使得西方文学与加勒比文学之间的文学互动与文化对话关系被浓厚的反殖民意识形态所遮盖，陷入为反殖民而反殖民的后殖民同质化评析僵局。

也正是基于此，本书将里斯与金凯德的作品置于加勒比文学

---

① 自 20 世纪中后期开始，加勒比文学逐步成为英美文学研究的重地，哈佛大学、哥伦比亚大学等著名学府纷纷成立加勒比文学研究中心，并将加勒比文学设置为其核心课程之一。参见朱振武，周博佳. 加勒比英语文学在英美的研究热点与诗学构建[J]. 当代外国文学，2015(3)，pp. 167—173.

② Cooper C. Noises in the Blood：Orality，Gender and the "Vulgar" Body of Jamaica Popular Culture[M]. Durham：Duke University Press，1995，p. 15.

与欧洲文学、加勒比女性文学与西方女性文学的汇合点上，以《简·爱》的女性叙事内容与叙事形式为参照，关注里斯与金凯德作品中加勒比文学简·爱塑形过程中的文本修正与文化语境修正，解析文本修正背后的交叉文化语境，追溯加勒比女性话语建构历程的同时又对加勒比的文化特性加以阐释，探究西方女性文学与加勒比女性文学、西方殖民文化与加勒比克里奥尔文化之间的对话关系，管窥加勒比克里奥尔文化的杂糅特征。一部《简·爱》不仅将勃朗特、里斯与金凯德这三位跨越时空、民族与种族的女性作家连接起来，也连接起了西方女性文学与加勒比女性文学在内容与形式中存在的女性文学纽带关系。因此，《简·爱》不再单纯是一部西方女性作品，而是集女性主义精神价值与文化杂糅性为一体的转义符码。里斯与金凯德这两位加勒比女性作家也正是在继承简·爱所代表的女性话语精神之上，又将这一女性精神移植到加勒比社会文化语境之内，使其产生语境化的变形，形成加勒比文学"简·爱"女性形象的塑形与转型。在《黑暗中的航行》《藻海无边》等作品中，里斯以文学想象叙事的方式诚实地记录了殖民主义时期西印度女性的生存状态。虽然安娜、安托瓦内特等女性人物不再像勃朗特笔下的简·爱那样直接宣扬自己的独立与反叛，而是一反常规，成为懦弱甚至是疯癫的里斯式女性人物，但是她们从未放弃对自我与女性身份的探寻，依旧在怯懦中倔强地生存，在疯癫中言说自己曾经被压制的声音，暴露殖民地女性悲苦生活的深层原因，塑造出另一个去除童话色彩、以怯懦与疯癫诉说底层女性真实生活的"简·爱"的形象。而半个世纪之后的金凯德则在《安妮·约翰》《露西》等作品中，将简·爱的反叛精神移植于后殖民时代的安提瓜社会，以诗化的语言叙述了安妮与露西的精神成长，以强烈的反叛性格展示后殖民时代加勒比女性的成长蜕变与文化心理。尽管安妮与露西最终的生活不再像简·爱那样拥有幸福圆满的童话结局，不再有理想化的婚姻与家庭模式，不再迎合个人生活与社会现实的和谐节奏，也不再是那个柔弱还需倔强生存的安娜或安托瓦内特，而是在加勒比社会文化语境重新被本土化的简·爱，是将简·爱与安娜或安托瓦内特重新糅合后的当代加勒比简·爱形象。因此，里斯与金凯德作品中的加勒比文学简·爱的塑形历程折射的正是加勒比女性身份话语的建构历程，这一历程中既有对自简·爱开始的共性女性话语精神的继承，又有从民族、种族与历史文化语境视角的补充与修正，还有对加勒比克里奥尔文化杂糅性的具象阐释，最终搭建的是西方女性文本与加勒比女性文本、加勒比女性文本内部以及西方殖民文化与加勒比殖民地社会文化传统之间的跨文化的文学与文化对话模式。

这种由文本层面延伸至文化层面且文类杂糅与文化交叉的探讨，一方面能够跳出对立的殖民与反殖民意识形态，从文学层面探究加勒比女性主义与西方女性主义之间的关联性，在彰显不同民族、种族与历史文化语境中共性的女性身份诉求的同时，又能关照不同民族、种族与历史文化语境中具有差异性的女性话语表现形式；另一方面能够打破白人殖民者与黑人被殖民者这一非白即黑的固化的后殖民论断准则，从文化层面展现加勒比社会与西方社会的文化对话关系，在揭示民族与种族的文化建构性的同时，展现加勒比地区具象化的杂糅文化。概言之，这一由文本层面延伸至文化层面的尝试性探讨，不仅意在揭示加勒比女性话语的叙述特征，亦意在借此以小见大，通过加勒比女性文学与西方女性文学在文学表现主题与形式层面的重合与差异，折射西方文学与后殖民文学在文学与文化层面的跨文化互动关系。实际上，对存在于西方宗主国与殖民地、西方文学与后殖民文学之间的跨文化互动关系，后殖民理论体系也并非全然排斥。赛义德

(Edward Said)在《文化与帝国主义》(*Culture and Imperialism*，1994)中采用的"对位阅读法"，首先是以维多利亚经典小说为参照，然后对处于殖民地的"故事世界进行重新审视，揭示那些未被写入故事的暗示或附带性描述"①。而巴巴在论及后殖民文学的优势时，指出"后殖民文学的优势在于从文化位移的晚期体验重新阐释、重新书写'旧'殖民意识的形式与效果"②。虽然赛义德与巴巴仍旧强调的是后殖民文学的话语颠覆力量，但他们所言的后殖民文学"重写"与对西方文学形式与效果的"重新阐释"功能却隐含了后殖民文学与西方文学在内容与形式层面上先依赖后分离的渐变过程。后殖民文本正是在参照西方文本的叙述传统之上形成的具有差异性的修正效果，以进入西方文学传统又颠覆西方文学传统的叙事策略讲述殖民地人的故事。然而，这一文学层面上先依赖后分离的渐变过程最后却逐步被后殖民话语演变为只看重分离结果，却忽视从依赖至分离、从继承至裂变的差异性嬗变历程，也忽视了这种嬗变背后不同文化的对抗与对话的共存关系，这也正是后殖民文学被推向全然反殖民路线发展方向的症结所在。这种发展局面既与多元文化的交叉发展趋势不相吻合，也与文学与文化的跨民族发展转向相背离。

文学与文化的跨民族发展方向就是要跨越时空、地域与意识形态的局限，探索不同时代、不同社会文化语境中文学内容与表现形式上的重合与差异，关注不同文化之间的交融与对话，在解构潮流中寻找文学与文化各种可能的交叉点。这种跨民族、跨文化的文学发展趋势为当代后殖民文学的发展及研究提供了契机，

---

①　王丽亚：《后殖民叙事学：从叙事学角度观察后殖民小说研究》，《外国文学》，2014(4)：97.

②　Bhabha H K. Freedom's Basis in the Indeterminate[J]. The Identity in Question，1992，61(10)，p. 48.

而本书探究加勒比女性文学中呈现出的跨越时空、民族与种族差异的文学与文化对话关系的意义也正是如此。探究加勒比女性文学与西方女性文学、欧洲文化与加勒比克里奥尔文化在文学与文化层面的对话关系，一方面是以跨文化的视野将女性身份话语叙事与加勒比地区具体的民族、种族与社会文化语境相连接，既能对加勒比女性身份叙事做出具体的审视，又能弥合因民族、种族差异而导致的女性话语的隔阂与断层，展现女性叙事的延展性与多元性；另一方面则是打破了后殖民研究中欧洲殖民文化主导性影响的定式思维，能够有效地管窥不同文化之间的交互影响，有利于进一步推动后殖民文学跨民族、跨文化的多元文化发展。

参 考 文 献

[1]Abel E,et al. The Voyage In: Fictions of Female Development[C]. Hanover: UP of New England, 1983.

[2]Adjarian M M. Between and Beyond Boundaries in "Wide Sargasso Sea" [J]. College Literature, 1995, 22(1): 202—209.

[3]Alexander S A J. Mother Imagery in the Novels of Afro-Caribbean Women [M]. Columbia: University of Missouri Press, 2001.

[4]Alvarez A. The Best Living English Novelist[N]. New York Times Book Review,1974-3-17.

[5]Angier C. Jean Rhys[M]. Harmondworth: Penguin Books, 1985.

[6]Angier C. Jean Rhys: Life and Work[M]. London: Andre Deutsch, 1990.

[7]Armstrong N. Desire and Domestic Fiction: A Political History of the Novel[M]. New York and Oxford: Oxford UP, 1987.

[8]Ashcroft B. Caliban's Voice: The Transformation of English in Post-Colonial Literatures[M]. London and New York: Routledge, 2009.

[9]Ashcroft B, Griffiths G, Tiffin H. The Empire Writes Back: Theory & Practice[M]. New York: Routledge, 1989.

[10]Bakhtin M M. The Dialogic Imagination: Four Essays[M]. Austin: University of Texas Press, 1982.

[11]Beckles H. White Women and Slavery in the Caribbean[J]. History Workshop Journal, 1993(36): 66—82.

[12]Berry B. " Between Dog and Wolf ": Jean Rhys's Version of Naturalism

in After Leaving Mr. Mackenzie[J]. Studies in the Novel, 1995,17(4): 544—559.

[13]Bhabha H K. Freedom's Basis in the Indeterminate[J]. The Identity in Question, 1992, 61(10): 46—57.

[14]Bhabha H K. The Location of Culture[M]. London: Routeledge, 1994.

[15]Birbalsingh F. Frontiers of Caribbean Literature in English[C]. Macmillan:St. Martins Press, 1996.

[16]Bloom H. Jamaica Kincaid[M]. Philadelphia:Chelsea House Publishers, 1998.

[17]Bloom H. Charlotte Bronte's Jane Eyre[C]. New York: Chelsea House Publishers, 1987.

[18]Boehmer E. Colonial and Postcolonial Literature[M]. Oxford: Oxford UP, 1995.

[19]Boehmer E. Stories of Women: Gender and Narrative in the Postcolonial Nation[M]. Manchester : Manchester UP, 2005.

[20]Boes T. Modernist Studies and the Bildungsroman:A Historical Survey of Critical Trends[J]. Literature Compass, 2006,3(2): 230—243.

[21]Bouchard D, Simon S. Language, Counter-Memory, Practice: Selected Essays and Interviews by Michel Foucault[C]. Ithaca:Cornell UP, 1977.

[22]Bouson J B. Jamaica Kincaid: Writing Memory, Writing back to the Mother[M]. Albany:State University of New York Press, 2005.

[23]Bowen S. Drawn from Life: Reminiscences[M]. London:Collins, 1941.

[24]Brah A, Annie E C. Hybridity and Its Discontents: Politics, Science, Culture[M]. New York: Routeledge, 2000.

[25]Brathwaite E K. Roots[M]. Ann Arbor:The University of Michigan Press, 1993.

[26]Brathwaite E K. Contradictory Omens: Cultural Diversity and Integration in the Caribbean[M]. Kingston:University of the West Indies, 1974.

[27]Brathwaite E K. History of The Voice: The Development of Nation Lan-

guage in Anglophone Caribbean Poetry[M]. London: New Beacon, 1984.

[28]Brathwaite E K. Mother Poem[M]. Oxford: Oxford University Press, 1977.

[29]Brathwaite E K. The Development of Creole Society in Jamaica, 1730—1820[M]. Oxford: Clarendon Press, 1971.

[30]Brancato S. Mother and Motherland in Jamaica Kincaid[M]. New York: Peter Lang, 2005.

[31]Braziel J E. Caribbean Genesis: Jamaica Kincaid and the Writing of New Worlds[M]. Albany: State University of New York Press, 2009.

[32]Brenier L A. An Introduction to West Indian Poetry[M]. Cambridge: Cambridge University Press, 1998.

[33]Brennan T. Between Feminism and Psychoanalysis[C]. London and New York: Routledge, 1990.

[34]Britton C. Edouard Glissant and Postcolonial Theory: Strategies of Language and Resistance[M]. Charlottesville: University of Virginia Press, 1999.

[35]Bronte C. Jane Eyre: With Related Readings[M]. New York: Glencoe/McGraw-Hill, 2000.

[36]Brown J D. Textual Entanglement: Jean Rhys's Critical Discourse[J]. MFS (Modern Fiction Studies), 2010, 56(3): 568—691.

[37]Bruner C H. The Meaning of Caliban in Black Literature Today[J]. Comparative Literature Studies, 1976, 13(3): 240—253.

[38]Buckner B. Singular Beast: A Conversation with Jamaica Kincaid[J]. Callaloo, 2008, 31(2): 461—469.

[39]Burnett P. Derek Walcott: Politics and Poetics[M]. Gainesville: UP of Florida, 2001.

[40]Burnett P. The Penguin Book of Caribbean Verse in English[C]. Middlesex: Penguin Books, 1986.

[41]Burrows V. Whiteness and Trauma: The Mother-Daughter Knot in the

Fiction of Jean Rhys, Jamaica Kincaid and Toni Morrison[M]. New York: Palgrave Macmillan, 2004.

[42]Carr H. Jean Rhys[M]1ˢᵗ ed. Plymouth: Northcote House, 1996.

[43]Carr H. Jean Rhys[M]2ⁿᵈ ed. Plymouth: Northcote House, 2012.

[44]Caruth C. Unclaimed Experience: Trauma, Narrative and History[M]. Baltimore: Johns Hopkins UP,1996.

[45]Chace R. Protest in Post-Emancipation Dominica: The Guerre Negre of 1844[J]. Journal of Caribbean History, 1989, 23(2): 118—141.

[46]Chancy M J A. Searching for Safe Spaces: Afro-Caribbean Women Writers in Exile[M]. Philadelphia: Temple University Press, 1997.

[47]Clarke E. My Mother Who Fathered Me: A Study of the Family in Three Selected Communities in Jamaica[M]. London: G. Allen and Unwin, 1957.

[48]Cliff M. Abeng: A Novel[M]. Trumansburg: Crossing Press, 1984.

[49]Cliff M. Caliban's Daughter[J]. Journal of Caribbean Literatures, 2003, 3(3): 157—160.

[50]Cobham R. Revisioning Our Kumblas: Transforming Feminist and Nationalist Agendas in Three Caribbean Women's Texts[J]. Callaloo,1993, 16 (1): 44—64.

[51]Colley L. Captives[M]. New York: Pantheon, 2002.

[52]Conde M, Lonsdale T. Caribbean Women Writers: Fiction in English [C]. New York: St. Martin's Press, 1999.

[53]Cooper C. Noises in the Blood:Orality,Gender and the "Vulgar" Body of Jamaica Popular Culture[M]. Durham: Duke University Press,1995.

[54]Covi G. Jamaica Kincaid's Prismatic Subjects: Making Sense of Being in the World[M]. London: Mango Publishing, 2003.

[55]Cudjoe S R. Jamaica Kincaid and the Modernist Project: An Interview [J]. Callaloo, 1989, 39(12): 396—411.

[56]Dance D. New World Adams: Conversation with Contemporary West In-

dian Writers[M]. London: Peepal Tree, 1992.

[57]Dash J M. The Other America: Caribbean Literature in a New World Context[M]. Charlottesville: University of Virginia Press, 1998.

[58]Dathorne O R. Caribbean Narrative: An Anthology of West Indian Writing[C]. London: Heinemann Educational Books Ltd. , 1966.

[59]Davies C B. Black Women, Writing and Identity: Migrations of the Subject[M]. London and New York: Routeledge, 1994.

[60]Davies C B, Fido E S. Out of the Kumbla: Caribbean Women and Literature[C]. Trenton: Africa World Press, 1990.

[61]Deena S F H. Situating Caribbean Literature and Criticism in Multicultural and Postcolonial Studies[M]. New York: Peter Lang Publishing, 2009.

[62]Dettmar K J H. Rereading the New: A Backward Glance at Modernism [C]. Ann Arbor: University of Michigan Press, 1992.

[63]Dilger G. I Use a Cut and Slush Policy of Writing: Jamaica Kincaid talks to Gerard Dilger[J]. Wasafiri, 1992(16): 21—25.

[64]Diquinzio P. The Impossibility of Motherhood: Feminism, Individualism,and the Problem of Mothering[M]. New York: Routledge, 1999.

[65]Donnell A. Twentieth-Century Caribbean Literature[M]. London and New York: Routeledge Publishing House,2006.

[66]Doring T. Caribbean-English Passages: Intertextuality in a Postcolonial Tradition[M]. London and New York: Routeledge, 2002.

[67]Duplessis R B. Writing Beyond the Ending: Narrative Strategies of Twentieth-Century Women Writers[M]. Bloomington: Indiana University Press,1985.

[68]Edwards J D. Understanding Jamaica Kincaid[M]. Columbia: The University of South Carolina Press, 2007.

[69]Emery M L. Jean Rhys at "World's End": Novels of Colonial and Sexual Exile[M]. Austin: University of Texas Press, 1990.

[70]Enwezor O, et al. Creolite and Creolization[C]. Ostfilden-Ruit: Hatje

Cabtze，2003.

［71］Erwin L. "Like in a Looking-Glass"：History and Narrative in Wide Sargasso Sea［J］. Novel：A Forum on Fiction，1989，22(2)：143－158.

［72］Etsy J. A Shrinking Island：Modernism and National Culture in England ［M］. Princeton：Princeton University Press，2004.

［73］Etsy J. Unseasonable Youth：Modernism，Colonialism，and the Fiction of Development［M］. New York：Oxford University Press，2012.

［74］Fanon F. Black Skin，White Masks［M］. New York：Grove Press，1967.

［75］Fayad M. Unquiet Ghost：The Struggle for Representation in Jean Rhys's Wide Sargasso Sea［J］. Modern Fiction Studies，1988，34(3)：437－452.

［76］Felman S. Writing and Madness［M］. Palo Alto：Standford University Press，2003.

［77］Ferguson M. A Lot of Memory：An Interview with Jamaica Kincaid［J］. Kenyon Review，1994，16(1)：163－188.

［78］Ferguson M. Jamaica Kincaid：Where the Land Meets the Body［M］. Charlottesville：University Press of Virginia，1994.

［79］Ferguson M. The Hart Sisters：Early African Caribbean Writers，Evangelicals and Radicals［C］. Lincoln and London：University of Nebraska Press，1993.

［80］Fiedler L A. English Literature：Opening Up the Canon［C］. Baltimore：John Hopkins UP，1981.

［81］Folkenflik R. The Culture of Autobiography：Construction of Self-representations［M］. Standford：Standford University Press，1993.

［82］Frickey P M. Critical Perspective on Jean Rhys［C］. Washington：Three Continents Press，1990.

［83］Friedman E G，Fuchs M. Breaking the Sequence：Women's Experimental Fiction［C］. Princeton：Princeton UP，1989.

［84］Frye N. Anatomy of Criticism［M］. Princeton，New Jersey：Princeton UP，1957.

[85]Fuchs M. The Text Is Myself: Women's Life Writing and Catastrophe
    [M]. Madison:University of Wisconsin Press, 2004.

[86]Garis L. Through West Indian Eyes[N]. New York Times Magazine,
    1990-10-7.

[87]Gikandi S. Maps of Englishness: Writing Identity in the Culture of Colo-
    nialism[M]. New York: Columbia University Press, 1996.

[88]Gikandi S. Writing in Limbo: Modernism and Caribbean literature[M].
    Ithaca and London: Cornell UP, 1992.

[89]Gilbert S M, Gubar S. The Madwoman in the Attic:The Woman Writer
    and the Nineteeth-Century Literary Imagination[M]. New Haven/Lon-
    don: Yale University Press, 1979.

[90]Gilchrist J. Women, Slavery and the Problem of Freedom in Wide Sar-
    gasso Sea[J]. Twentieth-Century Literature, 2012,58(3): 462—494.

[91]Gilligan C. In a Different Voice: Psychological Theory and Women's De-
    velopment[M]. Cambridge: Harvard UP, 1982.

[92]Glissant E. Caribbean Discourse[M]. Charlottesville: UP of Virginia,
    1989.

[93]Gregg V M. Caribbean Women:An Anthology of Non-fiction Writing
    1890—1980[M]. Notre Dame: University of Notre Dame Press, 2005.

[94]Gregg V M. Jean Rhys and Modernism: A Different Voice[J]. Jean Rhys
    Review, 1987(2): 30—46.

[95]Gregg V M. Jean Rhys's Historical Imagination: Reading and Writing the
    Creole[M]. Chapel Hill:University of North Carolina Press, 1995.

[96]Hackett R, Hauser F, Wachman G. At Home and Abroad in the Em-
    pire: British Women Write the 1930s[M]. Newark: University of Dela-
    ware Press, 2009.

[97]Handley G. Postslavery Literatures in the America: Family Portraits in
    Black and White[M]. Charlottesville: UP of Virginia, 2000.

[98]Harrison N R. Jean Rhys and the Novel as Women's Text[M]. Chapel

Hill and London: University of North Carolina Press, 1988.

[99]Harte J C. Come Weep with Me: Loss and Mourning in the Writings of Caribbean Women Writers[M]. Cambridge Scholars Publishing, 2007.

[100]Hartman D. Review of My Brother[N]. Denver Post,1997-12-7.

[101]Hazzard S. Marya Knew Her Fate and Couldn't Avoid It[N]. New York Times Book Review, 1971-4-11.

[102]Heller D. The Feminization of Quest-Romance[M]. Austin: University of Texas Press, 1990.

[103]Henke S A. Shattered Subjects: Trauma and Testimony in Women's Life Writing[M]. New York: St. Martins's Press, 1998.

[104]Hirsch M. The Mother/Daughter Plot: Narrative, Psychoanalysis, Feminism[M]. Bloomington and Indianapolis: Indiana UP, 1989.

[105]Hodge M. Young Women and the Development of Stable Family Life in the Caribbean[J]. Savacou, 1977(13): 39—44.

[106] Hoving I. In Praise of New Travelers: Reading Caribbean Migrant Women's Writing[M]. Stanford: Stanford University Press, 2001.

[107]Howells C A. Jean Rhys[M]. New York: St. Martin's Press, 1991.

[108]Irigaray L. An Ethics of Sexual Difference[M]. Paris: Minuit, 1984.

[109]James L. Caribbean Literature in English[M]. Harlow: Longman,1999.

[110]James L. Jean Rhys[M]. London: Longman Group Limited,1978.

[111]Jameson F. Magical Narratives: Romance as Genre[J]. New Literary History, 1975, 7(1): 135—163.

[112]Johnson K. Writing Culture, Writing Life: An Interview with Jamaica Kincaid[J]. Iowa Journal of Cultural Studies, 1997(16): 1—5.

[113]Joseph M P. Caliban in Exile: The Outsider in Caribbean Fiction[M]. Westport:Greenwood Press,1992.

[114]Kaplan C. Girl Talk: "Jane Eyre" and the Romance of Women's Narration[J]. Novel: A Forum on Fiction, 1996, 30(1): 5—31.

[115]Kaplan C. Victoriana: Histories, Fictions, Criticism[M]. Edinburgh:

Edinburgh UP, 2007.

[116]Kincaid J. Annie John[M]. New York: Farrar, Straus and Giroux, 1985.

[117]Kincaid J. A Small Place[M]. New York: Farrar, Straus and Giroux, 1988.

[118]Kincaid J. At the Bottom of the River[M]. New York: Farrar, Straus and Giroux, 1983.

[119]Kincaid J. Lucy[M]. New York: Farrar, Straus and Giroux, 1990.

[120]Kincaid J. Mr. Potter[M]. New York: Farrar, Straus and Giroux, 2003.

[121]Kincaid J. My Brother[M]. New York: Farrar, Straus and Giroux, 1997.

[122]Kincaid J. My Garden [M]. New York: Farrar, Straus and Giroux, 1999.

[123]Kincaid J. On Seeing England for the First Time[J]. Transition,1991, 51: 32—40.

[124]Kincaid J. The Autobiography of My Mother[M]. New York: Farrar, Straus and Giroux, 1996.

[125]King B. West Indian Literature[C]. London: Macmillan Press Ltd., 1979.

[126]Kloepfer D K. The Unspeakable Mother: Forbidden Discourse in Jean Rhys and H. D. [M]. Ithaca and London: Cornell UP, 1989.

[127]Kristeva J. Desire in Language: A Semiotic Approach to Literature and Art[M]. Oxford: Basil Blackwell, 1980.

[128]Lai W L. The Road to Thornfield Hall: An Analysis of Jean Rhys' Wide Sargasso Sea[J]. New World Quarterly, 1968(4): 17—27.

[129]Lamming G. Coming,Coming Home: Conversation II [M]. St Martin: House of Nehesi, 1995.

[130]Lamming G. In the Castle of My Skin[M]. New York: Schocken,1983.

[131]Lawrence L S. Women in Caribbean Literature: The African Presence
[J]. Phylon,1983, 44(1):1—11.

[132]Lima M H. Decolonizing Genre: Jamaica Kincaid and the Bildungsroman
[J]. Genre, 1993, 26(4): 431—459.

[133]Lima M H. Imaginary Homelands in Jamaica Kincaid's Narratives of
Development[J]. Callaloo, 2002, 25(3): 857—867.

[134]Lionnet F. Autobiographical Voices: Race, Gender, Self-portraiture
[M]. Ithaca:Cornell UP, 1989.

[135]Lionnet F, Shih Shu-mei. The Creolization of Theory[C]. Durham and
London: Duke UP, 2011.

[136]Loomba A. Colonialism/Postcolonialism[M]. London and New York:
Routledge,1998.

[137]Lukács G. The Theory of the Novel: A Historico-Philosophical Essay
on the Forms of Great Epic Literature[M]. Cambridge: The MIT
Press, 1971.

[138]Maja-Pearce A. Corruption in the Caribbean[N]. New Statesman and
Society, 1988-10-7.

[139]Makris P. Colonial Education and Cultural Inheritance: Caribbean Liter-
ature and the Classics[D]. Case Western Reserve University, 2002.

[140]Maushart S. The Mask of Motherhood: How Becoming a Mother Chan-
ges Our Lives and Why We Never Talk about It[M]. New York: Pen-
guin Books, 1999.

[141]Mcleod J. Beginning Postcolonialism[M]. Manchester: Manchester
UP, 2000.

[142]McNees E. Virginia Woolf: Critical Assessments(Vol. 3)[C]. Mount-
field: Helm Information, 1994.

[143]Mezei K. Ambiguous Discourse: Feminist Narratology and British
Women Writers[C]. Chapel Hill: The University of North Carolina
Press, 1996.

[144]Miles R. The Fiction of Sex: Themes and Functions of Sex Differences in the Modern Novels[M]. London: Vision, 1974.

[145]Miller T. Late Modernism: Politics, Fiction and the Arts between the World Wars[M]. Berkeley and Los Angeles: University of California Press, 1999.

[146]Maxwell G. The Poetry of Derek Walcott 1948—2013[C]. New York: Farrar, Straus and Giroux, 2014.

[147]Moran P. Virginia Woolf, Jean Rhys and the Aesthetics of Trauma [M]. New York: Palgrave Macmillan, 2007.

[148]Moretti F. The Way in the World: The Bildüngsroman in European Culture[M]. Trans. Albert Sbragia. London: Verso, 2000.

[149]Murdoch H A. Severing the (M)other Connection: The Representation of Cultural Identity in Jamaica Kincaid's *Annie John*[J]. Callaloo, 1990 (13): 325—340.

[150]Naipaul V S. Miguel Street[M]. London: Heinemann, 1974.

[151]Naipaul V S. The Mimic Men[M]. New York: Penguin Books, 1969.

[152]Nancy C. The Reproduction of Mothering: Psychoanalysis and the Sociology of Gender[M]. Berkeley: University of California Press, 1978.

[153]Nasta S. Home Truths: Fictions of South Asian Diaspora in Britain [M]. New York: Palgrave, 2002.

[154]Nasta S. Motherlands: Black Women's Writing from Africa, the Caribbean and South Asia[C]. London: The Women's Press, 1991.

[155]Nebeker H. Jean Rhys: Woman in Passage[M]. Montreal: Eden Press Women's Publications, 1981.

[156]Nicholson N, Trautmann J. The Letters of Virginia Woolf: Volume 5 (1932—1935)[C]. New York: Harcourt Brace Jovanovich, 1979.

[157]O'Callaghan E. Women Version: Theoretical Approaches to West Indian Fiction by Women[M]. London and Basingstoke: Macmillan Caribbean, 1993.

[158]O'Callaghan E. Women Writing the West Indies, 1804—1939[M]. London and NewYork: Routledge, 2004.

[159]O'Connor T F. Jean Rhys: The West Indian Novels[M]. New York and London: New York UP, 1986.

[160]Olmos M F and Paravisini G L. Creole Religions of the Caribbean: An Introduction from Vodou and Santeria to Obeah and Espiritismo[M]. New York and London: New York UP, 2003.

[161]Paquet S P. Caribbean Autobiography: Cultural Identity and Self-representation[M]. Madison: The University of Wisconsin Press, 2002.

[162]Paravisini G L. Jamaica Kincaid: A Critical Companion[M]. Westport: Greenwood Press, 1999.

[163]Patterson O. The Sociology of Slavery: An Analysis of the Origins, Development and Structure of Negro Slave Society in Jamaica[M]. London: Macgibon and Kee, 1967.

[164]Peacock L. The Rambles of Fancy or Moral and Interesting Tales[M]. London: T. Bensley, 1786.

[165]Pecic Z. Queer Narratives of the Caribbean Diaspora: Exploring Tactics [M]. Houndmills: Palgrave Macmillan, 2013.

[166]Pell N. Resistance, Rebellion, and Marriage: The Economics of Jane Eyre[J]. Nineteenth-Century Fiction,1977, 31(4): 397—420.

[167]Peralta L L. Jamaica Kincaid and Caribbean Double Crossings[C]. Newark: University of Delaware Press, 2006.

[168]Perry D. Blacktalk: Women Writers Speak Out[M]. New Brunswick: Rutgers UP, 1993.

[169]Peterson L H. Victorian Autobiography: The Tradition of Self-Interpretation[M]. New Haven: Yale UP,1986.

[170]Plante D. Difficult Woman: A Memoire of Three[M]. New York: Atheneum, 1983.

[171]Plante D. Jean Rhys: A Remembrance[J]. Paris Review,1979(76):238—

284.

[172]Pool G. Jean Rhys: Life's Unfinished Form[J]. Chicago Review, 1981, 32(4): 68—74.

[173]Raiskin J L. Snow on the Cane Fields: Women's Writings and Creole Subjectivity[M]. Minneapolis: University of Minnesoda Press, 1996.

[174]Ramchand K. An Introduction to the Study of West Indian Literature [M]. Middlesex: Thomas Nelson and Sons Ltd. , 1976.

[175]Ramchand K. West Indian Literary History: Literariness, Orality and Periodization[J]. Callaloo, 1988, 11(1): 95—110.

[176]Ramchand K. The West Indian Novel and Its Background[M]. London: Faber and Faber, 1970.

[177]Redfield M. Phantom Formations: Aesthetic Ideology and the Bildungsroman[M]. Ithaca: Cornell UP, 1996.

[178]Rejouis R M. Caribbean Writers and Language: The Autobiographical Poetics of Kincaid and Patrick Chamoiseau[J]. The Massachusetts Review, 2003, 44(1—2): 213—232.

[179]Rhys J. After Leaving Mr. Mackenzie[M]. Harmondsworth: Penguin Books, 1971.

[180] Rhys J. Good Morning, Midnight [M]. Harmondsworth: Penguin Books, 1969.

[181]Rhys J. Quartet[M]. Harmondsworth: Penguin Books,1973.

[182]Rhys J. Smile Please: An Unfinished Autobiography[M]. London: A. Deutsch, 1979.

[183]Rhys J. Voyage in the Dark[M]. Harmondsworth: Penguin Books, 1969.

[184] Rhys J. Wide Sargasso Sea [M]. Harmondsworth: Penguin Books, 1968.

[185]Rich A. On Lies, Secrets and Silence: Selected Prose, 1966—1978[C]. New York: Norton, 1979.

[186]Rich A. Of Woman Born: Motherhood as Experience and Instituition [M]. New York: Norton, 1976.

[187]Rich A. When We Dead Awaken: Writing as Re-vision[J]. College English, 1972, 34(1): 18—30.

[188] Rody C. The Daughter's Return: African-American and Caribbean Women's Fictions of History[M]. New York: Oxford UP, 2001.

[189]Rosenberg L R. Nationalism and the Formation of Caribbean Literature [M]. New York: Palgrave Macmillan, 2007.

[190]Rowell C H. An Interview With Olive Senior[J]. Callaloo, 1988(36): 480—490.

[191]Ryan M. Innocence and Estrangement in the Fiction of Jean Stafford [M]. Baton Rouge: Louisiana State UP, 1987.

[192]Said E. Culture and Imperialism[M]. New York: Vintage Books, 1993.

[193]Scharfman R. Mirroring and Mothering in Simone Schwarz-Bart's Pluieet Et Vent Sur Tdlumee Miracle and Jean Rhys' Wide Sargasso Sea [J]. Yale French Studies, 1981(62): 88—106.

[194]Schwartz B C. Thinking Back Through our Mothers: Virginia Woolf Reads Shakespeare[J]. ELH, 1991, 58(3): 721—746.

[195]Scott H C. Caribbean Women Writers and Globalization: Fictions of Independence[M]. Burlington: Ashgate Publishing Company, 2006.

[196]Sewell W. The Ordeal of Free Labor in the British West Indies[M]. New York: Harper, 1861.

[197]Showalter E. A Literature of Their Own: British Women Novelists from Bronte to Lessing[M]. New Jersey: Princeton UP, 1977.

[198]Showalter E. The New Feminist Criticism: Essays on Women, Literature, Theory[C]. New York: Pantheon, 1985.

[199]Silva D, Alexander S A J. Feminist and Critical Perspective on Caribbean Mothering[C]. Trenton: Africa World Press, 2013.

[200]Simmons D. Jamaica Kincaid and the Canon: In Dialogue with Paradise

Lost and Jane Eyre[J]. MELUS, 1998, 23(2): 65—85.

[201] Simmons D. Jamaica Kincaid[M]. New York: Twayne Publishers, 1994.

[202] Skow J. Review of My Brother[N]. Times, 1997-10-10.

[203] Smilowitz E, Knowles R. Critical Issues in West Indian Literature: Selected Papers from West Indian Conferences 1981—1983[C]. Parkersburg: Caribbean Books, 1984.

[204] Smith R. Exile and Tradition: Studies in African and Caribbean Literature[C]. London: Lomgman, 1976.

[205] Smith D, Tagirova T, Engman S. Critical Perspectives on Caribbean Literature and Culture[C]. Newcastle: Cambridge Scholars Publishing, 2010.

[206] Soto-Crespo R E, Kincaid J. Death and the Diaspora Writer: Hybridity and Mourning in the Work of Jamaica Kincaid[J]. Contemporary Literature, 2002, 43(2): 342—376.

[207] Spacks P M. Gossip[M]. Chicago: University of Chicago Press, 1986.

[208] Spivak G C. A Critique of Postcolonial Reason: Toward a History of the Vanishing Present[M]. Cambridge: Havard UP, 1999.

[209] Spivak G C. Three Women's Texts and a Critique of Imperialism[J]. Critical Inquiry, 1985, 112(1): 243—261.

[210] Springfield C L. Daughters of Caliban: Caribbean Women in the Twentieth Century[C]. Bloomington and Indianapolis: Indiana UP, 1997.

[211] Staley T F. Jean Rhys: A Critical Study[M]. London and Basingstoke: The Macmillan Press Ltd, 1979.

[212] Staves S. Married Women's Separate Property in England, 1660—1833 [M]. Cambridge: Havard UP, 1990.

[213] Stitt J F. Gender in the Contact Zone: Writing the Colonial Family in Romantic-Era and Caribbean Literature[D]. The University of Michigan, 2002.

[214]Suleri S. Woman Skin Deep: Feminism and the Postcolonial Condition [J]. Critical Inquiry, 1992,18(4): 756－769.

[215]Summerfield G, Downward L. New Perspectives on the European Bildungsroman[M]. London: Continuum International Publishing Group, 2010.

[216]Thieme J. Postcolonial Con-texts: Writing Back to the Canon[M]. London and New York: Continuum, 2001.

[217]Thomas S. The Worlding of Jean Rhys[M]. Westport: Greenwood Press, 1999.

[218]Tiffin H. Mirror and Mask: Colonial Motif in the Novels of Jean Rhys [J]. World Literature in English, 1978, 17(1): 328－341.

[219]Tiffin H. Post-Colonial Literatures and Counter-Discourse[J]. Kunapipi,1987, 9(3): 17－34.

[220]Todorov T. French Literary Theory Today: A Reader[C]. Cambridge: Cambridge UP, 1982.

[221]Troester R R. Turbulence and Tenderness: Mothers, Daughters and "Other Mothers" in Paule Marshll's Brown Girl, Brownstones[J]. Sage, 1981(1): 13－16.

[222]Uraizee J. "She Walked Away Without Looking Back": Christophine and the Enigma of History in Jean Rhys's Wide Sargasso Sea[J]. CLIO, 1999, 28(3): 261－277.

[223]Valens K. Desire Between Girls in Jamaica Kincaid's Annie John[J]. Frontiers: A Journal of Women Studies, 2004, 25(2):123－149.

[224]Vorda A. An Interview with Jamaica Kincaid[J]. Mississippi Review, 1991, 20(1－2):7－26.

[225]Vorda A. An Interview with Jamaica Kincaid[J]. Mississippi Review, 1996, 24(3):49－76.

[226]Vreeland E. Jean Rhys: The Art of Fiction LXIV[J]. Paris Review, 1979(76): 218－237.

[227]Walia R. Women and Self: Fictions of Jean Rhys, Barbara Pym and A-
nita Brookner[M]. New Delhi:Book Plus, 2001.

[228]Walker A. In Search of Our Mothers' Gardens: Womanist Prose[M].
San Diego: Harcourt Brace Jovanich, 1983.

[229]Wilentz G. Toward a Diaspora Literature: Black Women Writers from
Africa, Caribbean and United States[J]. College English, 1992, 54(4):
385—405.

[230]Podnieks E, O'Reilly A. Textual Mothers/Maternal Texts: Motherhood
in Contemporary Women's Literatures[C]. Ontario: Wilfrid Laurier U-
niversity Press, 2010.

[231]Woolf V. A Room of One's Own[M]. New York: Harcourt Brace,
1929.

[232]Woolf V. The Common Reader[M]. New York: Harcourt, 1925.

[233]Woolf V. Three Guineas[M]. New York: Harcourt, Brace and Compa-
ny, 1938.

[234]Wyndham F, Melly D. The Letters of Jean Rhys[M]. New York:Vi-
king Penguin Inc. , 1984.

[235] 曹莉. 简论《茫茫藻海》男女主人公的自我建构[J]. 外国文学评论,1998
(1): 54—59.

[236] 陈颖卓. 论《早安,午夜》的文体特征[J]. 国际关系学院学报, 2000
(1):45—50.

[237] 菲格雷多,弗兰克·阿尔戈特-弗雷雷. 加勒比海地区史[M]. 王卫东
译,北京:中国大百科全书出版社,2011.

[238] 谷红丽. 一个逆写殖民主义话语的文本——牙买加·金凯德的小说
《我母亲的自传》解读[J].外国语言文学,2012(3):190—195.

[239] 何昌邑, 区林. 边缘女性生存:谁是《简·爱》中的疯女人——《茫茫藻
海》的底蕴[J]. 四川外语学院学报,2002(3):42—45.

[240] 路文彬. 愤怒之外,一无所有——美国作家金凯德及其新作《我母亲的
自传》[J]. 外国文学动态, 2004 (3): 21—26.

[241] 任一鸣,瞿世镜. 英语后殖民文学研究[M]. 上海:上海译文出版社,2003.

[242] 芮小河. 加勒比民族寓言的性别寓意——评《安妮·约翰》及《我母亲的自传》[J]. 外语教学,2013(1):90—93.

[243] 舒奇志. 殖民地文化的成长之旅——牙买加·金凯德自传体小说《安妮·章》主题评析[J]. 四川外语学院学报,2005(4):59—63.

[244] 孙妮. 琼·里斯生平及其作品[J]. 外国文学,2001(6):15—19.

[245] 孙胜忠. 成长小说的缘起及其概念之争[J]. 山东外语教学,2014(1):73—79.

[246] 王丽亚. 后殖民叙事学:从叙事学角度观察后殖民小说研究[J]. 外国文学,2014(4):96—105.

[247] 吴元迈. 20世纪外国文学[M]. 南京:译林出版社,2004.

[248] 尹星. 女性在城市非场所中的现代性经验——里斯《早安,午夜》研究[J]. 山西大学学报,2013(3):68—72.

[249] 曾莉. 后殖民语境中的解构与回归——解读《藻海无边》[J]. 四川外语学院学报,2001(5):26—29.

[250] 张德明. 成长、筑居与身份认同——当代加勒比英语文学中的成长主题[J]. 浙江大学学报:人文社会科学版,2006(1):126—132.

[251] 张德明. 流散族群的身份建构——当代加勒比英语文学研究[M]. 杭州:浙江大学出版社,2007.

[252] 张德明.《藻海无边》的身份意识与叙事策略[J]. 外国文学研究,2006(3):77—83.

[253] 张峰."他者"的声音——吉恩·瑞斯西印度小说中的抵抗话语[M]. 北京:外语教学与研究出版社,2009.

[254] 张峰."属下"的声音——《藻海无边》中的后殖民抵抗话语[J]. 当代外国文学,2009(1):125—132.

[255] 赵静. 逆写"黑暗之心"——评简·里斯的《黑暗中的航行》[J]. 山东外语教学,2010(5):76—82.

[256] 朱振武,周博. 加勒比英语文学在英美的研究热点与诗学构建[J]. 当代外国文学,2015(3):167—173.

附录一　里斯大事年表

1890 年	8 月 24 日出生在多米尼加的罗素（Roseau），被父母取名为艾拉·格温德琳·里斯·威廉姆斯（Ella Gwendolen Rees Williams）。
1907 年	离开多米尼加，奔赴英国剑桥的博斯女子学校（Perse School）求学。
1908—1909 年	离开博斯女校，前往戏剧艺术学校（皇家戏剧艺术学院的前身）求学；父亲病逝后失学，成为唱诗团成员；1909 年改名为简·里斯（Jean Rhys）。
1909—1910 年	邂逅一中老年富商，后又被其抛弃。这一次情感也成为《黑暗中的航行》的素材。
1917—1919 年	与琼·朗格莱（Jean Lenglet）结婚，婚后奔赴巴黎。
1920 年	儿子欧文（William Owen）在巴黎出生，3 周后夭折。
1922 年	女儿玛丽·沃恩（Mary Vonne）在布鲁塞尔出生；经朋友介绍认识福特先生（Ford Madox Ford）。
1923—1924 年	朗格莱入狱，里斯介入福特与其妻子博文（Bowen）的婚姻。
1927—1930 年	1927 年短篇作品集《左岸》（*The Left Bank and Other Stories*）出版；1928 年《四重奏》（*Quartet*）出版；1930 年《离开麦肯齐先生之后》（*After Leaving Mr. Mackenzie*）出版。

1932 年	与朗格莱离婚。
1934 年	《黑暗中的航行》(*Voyage in the Dark*)出版。嫁给史密斯(Leslie Tilden Smith),走入第二次婚姻。
1936 年	重返多米尼加,短暂停留 4 个月。
1939 年	《早安,午夜》(*Good Morning,Midnight*)出版。
1945 年	筹划书写《藻海无边》(*Wide Sargasso Sea*);史密斯病逝。
1947 年	嫁给史密斯的表兄哈默(Max Hamer),走入第三次婚姻并移居伦敦。
1952 年	哈默因资金挪用问题入狱 6 个月。
1957—1964 年	《早安,午夜》成为 BBC 广播剧,里斯重回读者视野;开始书写《藻海无边》;哈默去世。
1966 年	《藻海无边》出版。
1967—1973 年	里斯的作品版权被 Andre Deutsch 购买,Penguin 获得其纸质出版权。
1968—1976 年	《老虎更漂亮》(*Tigers are Better Looking*)与《安息吧,夫人》(*Sleep It Off Lady*)相继出版。
1979 年	里斯病逝;其未完成的自传《请微笑》(*Smile Please*)出版。
1984 年	里斯的书信集出版。

附录二　金凯德大事年表

1949 年	5 月 25 日出生于安提瓜，被父母取名为伊莱恩·波特·理查德逊（Elaine Potter Richardson）。
1965 年	离开安提瓜前往美国，在纽约的一户人家做寄宿女佣。
1969—1970 年	在纽约的一所社会学校（New School for Social Research in New York City）学习摄影。
1973 年	首次在 Ingenue Magazine 发表短文《当我 17 岁时》（*When I was 17*）；改名为 Jamaica Kincaid。
1974 年	邂逅《纽约客》（New Yorker）的主编威廉·肖恩（William Shawn），并在《纽约客》上发表《西印度周末》（*West Indian Weekend*）一文。
1976 年	成为《纽约客》专栏作家。
1978 年	《女孩》（*Girl*）刊登在《纽约客》，后被收录在《在河底》（*At the Bottom of the River*）中。
1979 年	与威廉·肖恩的儿子艾伦·肖恩（Allen Shawn）结婚。
1983—1984 年	短篇作品集《在河底》出版，并荣获莫顿·道文·扎贝尔奖（Morton Dauwen Zabel Award）以及福克纳小说奖（The PEN/Faulkner Award for Fiction）。

1985 年	《安妮•约翰》(*Annie John*)出版；女儿安妮(Annie)出生；荣获巴黎丽兹海明威奖(Ritz Paris Hemingway Award)。
1988 年	《小地方》(*A Small Place*)出版；儿子哈罗德(Harold)出生。
1989 年	荣获古根海默奖(Guggenheim Fellowship)。
1990 年	《露西》(*Lucy*)出版。
1992 年	在《纽约客》上发表了一系列关于园艺的短文。
1995 年	获得全美优秀短篇作品奖(the Best American Essays)。
1996 年	《我母亲的自传》(*The Autobiography of My Mother*)出版。
1997 年	《我的弟弟》(*My Brother*)出版；荣获莱南文学奖(Lennan Literary Award)。
1999 年	《我的花园》(*My Garden*)图书出版。
2002 年	《鲍特先生》(*Mr. Potter：A Novel*)出版；与艾伦•肖恩(Allen Shawn)离婚。
2013 年	作品《忆今昔》(*See Now Then*)出版。
2014 年	获得美国图书奖(American Book Award)。